捜査一課殺人班イルマ

ファイアスターター

結城充考

祥伝社文庫

目次

――メタンガス掘削プラットフォーム「エレファント」――

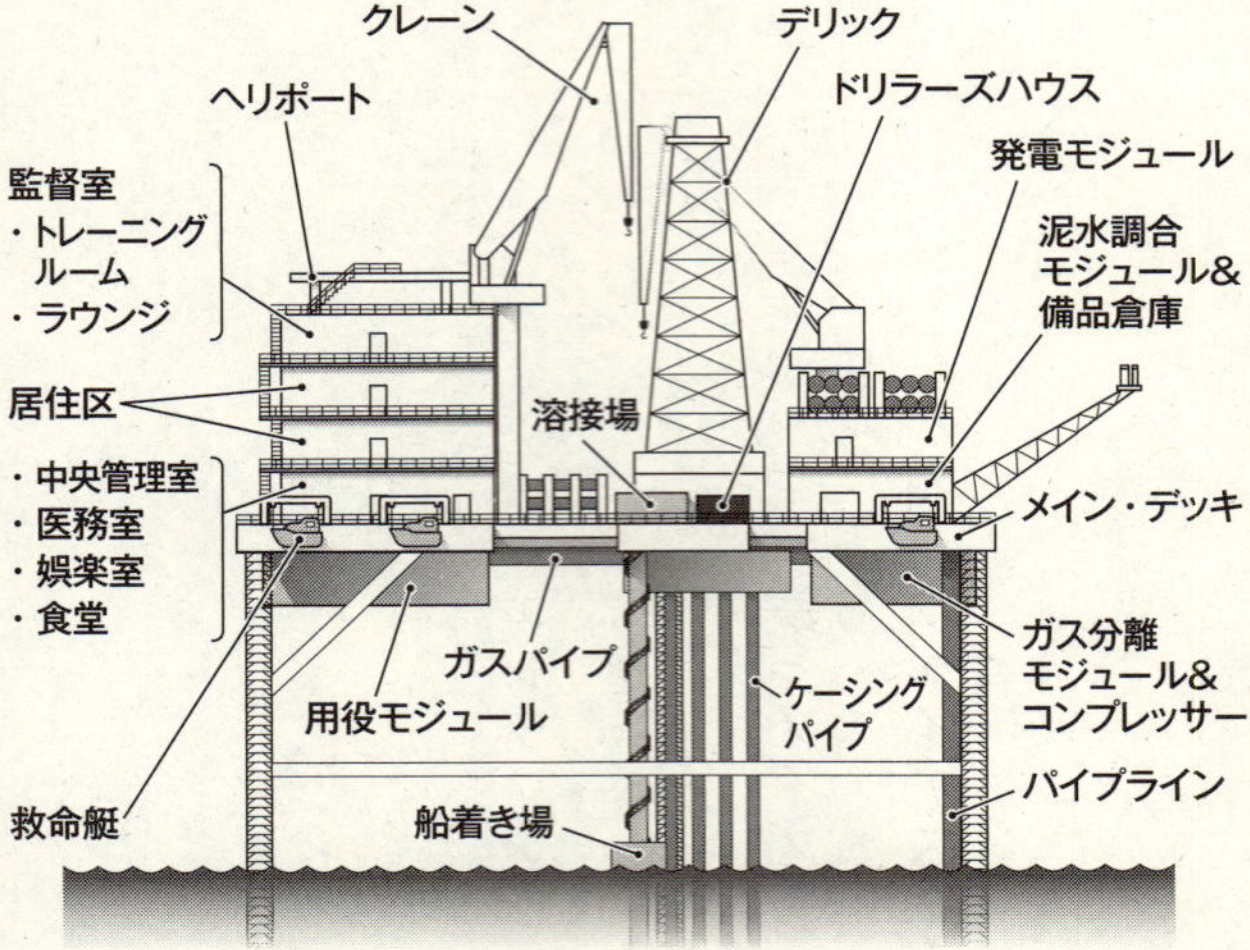

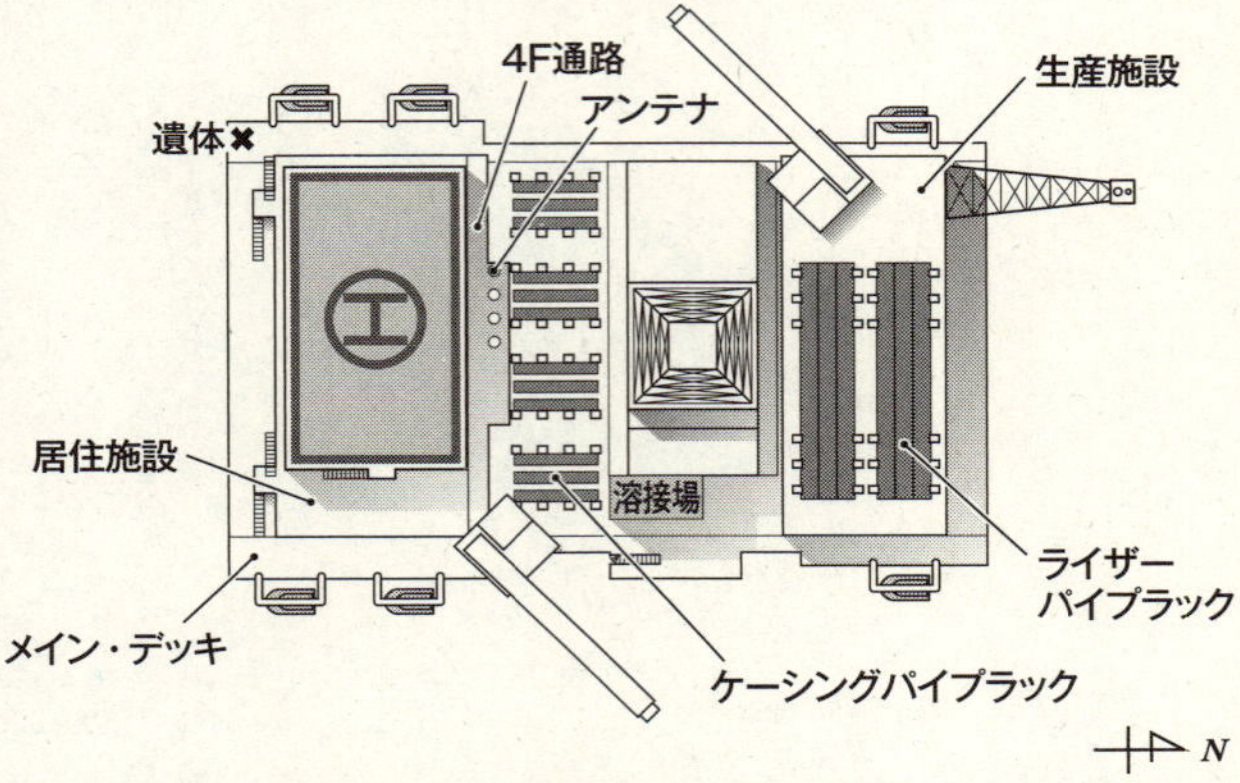

一　エレファント

b

窓のない個室に、風が低い雑音として微かに響いている。

約束の時間を迎えようとしていた。作業服から私服に着替えた後は、室内に設置されたベッドに腰掛け、机の上の液晶時計を凝視し続けている。口の中が粘《ねば》ついた。怒りと緊張が、口内の水分を失わせたせいで。

約束の時間。複雑な気分で濁《にご》る息を吐き出し、ベッドを離れ、個室の扉の並ぶ人気《ひとけ》のない通路に出た。雨期の熱が通路に籠《こも》っている。突き当たりで鉄の扉を開けた途端、入口を囲む風防を回り込んで風が吹きつけてくる。嵐の前兆、というよりもすでに、その暴風域に建築物《プラットフォーム》も入りつつあった。居住施設から外通路へと足を踏み出した。

外通路から見えるのは、黒くうねる空と起伏の激しい灰色の海だけだ。天候は期待以上の激しさで、計画のためにはこの状況を最大限に利用するべきだったが、そう簡単にことは運ばないのも分かっている。目前の光景が、空想と現実の違いをいびつな形で――徹底的に——示していた。

解決のための準備は済んでいる。その結果を実際に確かめるためにも、相手に呼び出された場所へ向かう必要がある。今までのところ、それらしき音は聞こえていなかった。

通路を折れ、風はますます強くなった。防錆《ぼうせい》塗装された手摺《てす》りを握り、慎重に階段を降り始める。これから提示されるだろう、相手からの要求を想像する。金銭的要求であるのは間違いなく、かなりの額を提示されるのも疑いなかった。

あるいは素直に応じるべきではないか、とも思う。けれど……要求が一度で済む、という保証はどこにもない。

階下の踊り場に相手の姿が見えた。橙《だいだい》色の、繋《つな》ぎの作業服のファスナーを大きく下げて、内側のTシャツをだらしなく晒《さら》す姿で待っていた。その格好は規則違反だが、指摘できる場面でもない。相手がこちらの気配を感じて振り返る。よう、と発した声は、すぐに強風に掻《か》き消された。冷笑が痩せた顔貌《がんぼう》に張りついている。

視線を落とし、自分の立ち位置を確認する。近付きすぎるわけにはいかない。結果はまだ出ていない。

男は片方だけ手袋を外し、作業服のポケットから煙草《たばこ》の箱を取り出した。中の一本を咥《くわ》えるが、なかなか火を点《つ》けることができずにいた。居住施設の外階段はもちろん、指定喫煙場所ではない。

思わず階段一段分、後ろへ下がった。

「もっと、こっちに来なよ」

ようやく点火した煙草の先端を赤く光らせ、紫煙を吐き、相手は嬉《うれ》しそうにそういった。躊躇《ちゅうちょ》しつつ階段を数段降り、相手との距離を二メートルほどまで縮めたが、それ以上近寄る気にはなれない。風の中でも顔が火照《ほて》り、脇の下に汗が滲《にじ》んだ。

「何を怯《おび》えている……」

黙っていると、

「ちょうど、これくらいの大きさだったかな？」

煙草を咥えたまま、相手は軽く腕を広げ、

「あんたが奴から買ったものは」

強風に逆らい、怒鳴《どな》るような口調で、

「つまり、あれだろう？　いつもの気分のよくなる奴。違うかい……」

相手の大声にひやりとしてしまう。作業員数を最低限まで縮小した待機中の現在、強風のさなか、プラットフォームの端までわざわざ足を運ぶ者など自分たちの他いるはずがない、と分かってはいても。

返答はしなかった。相手は自分が見たものについて誤解をしている。しかし違法性からすると薬物を上回る可能性もあり、うかつに否定することもできなかった。

「その件についてはね、確かに俺も関わっているさ。あんたの売買をばらせば、こっちもただでは済まない。でもさ……罪の重さが末端と仲買では違うから。自首すれば、俺には執行猶予《ゆうよ》もつくだろう?」

風が鼓膜を震わせている。息を凝《こ》らして相手の口先の、徐々に短くなる煙草を見詰めていると、

「五千万」

相手が口にしたその金額に、思わず目を剝《む》いてしまう。

「また別の話を小耳に挟んだものでね」

笑みが広がり、頰《ほお》に多くの皺《しわ》が現れ、

「鉄道株の空《から》売りで、相当儲《もう》けたって……脱線事故の前後の話だったな。俺の計算じゃあ、億単位に届くくらい」

相手のことを甘く見ていた、と思う。緊張で一瞬、体が大きく震えた。

「俺なら素直に支払うがね。いや、むしろ自分から支払いたい、と申し出るかもしれない」

笑い声が強風に紛《まぎ》れる。気持ちが、景色と同じ灰色に染まる。

仕事中、不意に脱線事故の話題が持ち上がり、思わず株式投資のことを口にしてしまったのだ。何株を空売りした、という話までした覚えもあった。雑談相手には理解できないだろう、と考えて。興味のある様子すらみせなかった作業員が、まさか他の人間に伝える

とは全く予想していなかった。

その儲けは、億単位には届いていない。けれど容易に否定してしまっては、ますます足元を見られることになる。それに……本当に巨大な利益が手に入ったとしても、こんなつまらない人間に掠《かす》め取られたくはなかった。悟《さと》られてはならない。これからの計画と、《鯨》との取引を。

煙草が、とても短くなっている。相手はいつもこの場所で、ぎりぎりの長さまで煙草を吸い、金属製の踊り場に落として靴底でにじり消し、吸殻《すいがら》を拾い上げ、海へ投げ捨てる。それを知っているのは不幸中の幸いだった、と思う。

「後で口座番号を教える。口頭の方がいいだろう？　証拠が残らない。それで――」

相手の笑みが突然消え、

「――払うのか払わないのか、どちらかね……」

慌《あわ》てて頷《うなず》いた。屈辱感が、蛇《へび》のように胸の中でのたうち回る。相手は緊張を解いた様子で、ふと安堵《あんど》の表情を浮かべ、

「あんたはまた、稼げばいいからさ。コンピュータやネットワーク関係にも詳しいじゃないか。再就職も簡単だな。俺には……もう何もないからな」

聞き取りにくい声量で、

「借金以外、何もないんだ。まあ……頼むよ」

相手を踊り場に残し、背を向けて階段を上り始めると、悪いな、という大声が背中に届いた。最後に一瞬だけ振り返り、煙草の短さを確認し、残りの段を駆け上がった。角を曲がったところで立ち止まる。自分の心臓の鼓動が、はっきりと聞こえている。全身の皮膚が汗に包まれ、緊張の余り吐き気がした。けれど、うまくいくという自信はあった。

鈍《にぶ》い轟音《ごうおん》とともに、金属製の通路が揺れた。悲鳴は聞こえなかった。

曲がり角から階下を覗《のぞ》き込む。踊り場にいたはずの相手が消失していた。手摺りを越えて確認すると、十数メートル下の鉄の床に、姿勢を奇妙に歪《ゆが》めた人間が仰向《あおむ》けに張りついていた。相手を海へ落とすつもりだったが、仕掛けはそこまでうまく作動しなかった。

深呼吸を繰り返し、外通路を早足で歩き、扉を開けて施設内に戻った。

人を殺《あや》めた、という事実が痺《しび》れとなって思考を朦朧《もうろう》とさせ、指先まで震えさせた。

誰もいない居住施設の通路を歩き、我慢しきれず、笑い声を漏《も》らした。

g

腕組みをしたまま、伍藤《ゴトウ》は曇り空を見詰めていた。もう数十分はそうしている。

警視庁所属のヘリコプターを出迎えるためだったが、本当にやって来るものかどうか疑ってもいた。ヘリパッドの上を吹き抜ける風が刻々と強くなり、今では唐突に体を押されて、姿勢を崩してしまうほどなのだ。

「引き返したんじゃないでしょうか」

隣で、ＨＳＥエンジニアの世田《せた》がそういった。伍藤は頭一つ背の高い世田の顔を見上げたが、口を開けば愚痴《ぐち》が噴き出しそうで、空へと視線を戻した。

そうあって欲しい、とは伍藤も考えている。しかし嵐が過ぎれば結局、警察にしろ海上保安庁にしろ、捜査機関がここを訪れることになる。

――最初の対応を誤ったのかもしれない。

伍藤は自らの、事故処理の方法を省《かえり》みる。ＨＳＥ統括部長として本社からの東京湾上プラットフォーム視察中に、落下による死亡災害が生じたことがすでに不運だったが、航空救急は要請せず、施設に常駐する産業医に死亡確認をさせ、事後報告として警視庁へ連絡を入れたのが裏目となり、逆に捜査機関を呼び寄せる結果となってしまった。警視庁が、事件性があるものかどうか確認したい、といい出したのだ。

今の時期に……と考えると、渋面《じゆうめん》を和《やわ》らげることができない。一刻も早く事故処理を、という本社からの指示を受け、懸命に動いたこの二時間余りの努力が全て無駄となってしまった。いや、と伍藤は考え直す。全ては俺の責任だ。初動対応を誤ったせいだ。まずは海上保安庁へ連絡し、明確に事故として処置を進めるべきだった。部外者を全て遠ざけようと焦ったために、逆方向へと話が進んでしまったらしい。

今年三度目の大型台風の直撃が、最初の不運だった。暴風域に入る度に海底からの天然ガス採掘を中断せねばならず、それだけでも幹部たちは危機感を募らせているというのに。そして、今回の死亡事故。作業中の発生ではないとはいえ、三〇〇日に近付こうとしていた無災害期間の記録もこれで、途絶えてしまったことになる。

世田と同時に、空の一点へ視線を送る。機体の近付く気配があった。青色の回転翼機。凝視するうちに尾翼に印刷された、「警視庁」の文字までが見えるようになった。来たか、とつぶやいてしまう。警視庁航空隊は悪天候での操縦に、余程の自信があるらしい。

——そもそも、捜査機関とは関係のない話だ。

問題が起こるはずはない、と伍藤は自分にいい聞かせる。これから訪れる警察官も、細かく詮索《せんさく》するべき施設ではない、ということは理解しているだろう。このメタンガス・プラットフォームが今後のエネルギー産業の要《かなめ》となる国家的事業であることは、経済産業省を通じ知らされているはずだ。事務的に最低限の確認だけをして、事業に波風を立てず、陸へと戻ってゆく物分かりのいい警察官がやって来るに違いない。世田が両手を上げて、機体を誘導する。強風の中、ふらつきながらも、ヘリはうまく接地した。エンジンを止める気配はなく、どうやらすぐに飛び立つつもりらしい。伍藤はほっとする。挨拶程度で帰ってくれるなら……

機体のスライドドアが勢いよく開き、現れたのはデニム姿の、少年のように短い髪をした女性警察官だった。

女性警察官は、装着した鏡面サングラスを片手で押さえて回転翼《ロータ ー》が発生する吹き下ろし《ダウンウォッシュ》から顔を背け、手を貸そうとする伍藤を無視してヘリパッドに降り立つと、メタンの臭いなんてしないじゃん、とつまらなそうにいった。

i

すぐに飛び立ちます、という操縦士の言葉を背に、イルマはメタンガス・プラットフォームのヘリパッドに降りる。アスファルトやコンクリートとは違う感触があり、金属製のようだった。

回転翼から吹き下ろされる強い風を避け、出迎えに来た男性二人とともに、急ぎ足でヘリから距離をとり、外階段まで下がった。再び上昇を始めた機体内に見える操縦士へ、イルマは親指を立て、拳《こぶし》を上げる。同じサインが返ってきた。

ヘリを見送りつつ、強風の中、イルマはその場で深呼吸する。機体内での様子を思い起こしていた。乗り物酔いには強い方だと思っていたけれど。

ローターの回転音と切り裂かれる風の音。絶え間なく揺れる機内。よく効いた冷房が、鎮静剤として機能してくれた。それと、わずかに漂うガソリンの匂いも。以前は交通機動隊として一日中、交通取締用自動二輪車《白バイ》に接していたからこその感覚。

そして、このプラットフォーム。まるで、梁《はり》と柱とコンテナを赤色と黄色と白色で塗り分け、無造作に積み重ねた鉄の城塞《じょうさい》のようで、非現実的に巨大であり、接近するにつれ緊張さえ感じたほどだった。

こちらへ、といって案内する背広姿の中年男性に従い、外階段を降りて建物の中に入った。狭い通路を少し歩くと開けた場所があり、細身の初老男性が周囲の書類を片付けていて、イルマに気付くと副所長であることを名乗り、名刺を差し出した。

「台風が接近しているために、急ぎの用が沢山ありまして……」

新日本瓦斯《ガス》開発株式会社　掘削場副所長　村田宏《ムラタヒロシ》。

「事故については、彼らに。失礼します」

副所長はそういって、逃げるように去っていった。

「ここはヘリ・ラウンジです。すみません、ミーティングがあって散らかっていますが、ひとまず、ここで」

促《うなが》され、床に固定された椅子の一つに座り、サングラスを外してジャケットに仕舞った。通路とは違い、ラウンジは冷房が効いていた。長居すると、体が凍りついてしまいそうなくらい。

「HSE統括部長のゴトウです」

そういいながら、イルマをラウンジに案内した丸顔の中年男性が、名刺を取り出した。

伍藤貴教《ゴトウタカノリ》　新日本瓦斯開発株式会社　HSE統括部長。

この人物だけが背広を着ている。たぶん、現場の人間ではないのだろう。その隣の作業服姿の背の高い三十代くらいの男性の名刺には、HSEエンジニア　世田真木夫《セタマキオ》、と記されていた。朴訥《ぼくとつ》な印象。伍藤以外は皆、よく陽に焼けた黒い顔をしている。

「HSE、って何？」

警視庁の名刺を渡しながら伍藤へ訊ねると、

「健康《ヘルス》、安全《セキユリティ》、環境《エンバイロメント》を略した言葉です」

伍藤は額の汗をハンカチで拭きつつ、

「労働の安全衛生を守り、あらゆるリスクを管理する業務、と理解していただければ」

そのお腹《なか》で健康？　とイルマは考えるが、口に出しはしなかった。世田とともに、伍藤が苦しそうに体を曲げて前に座った。

イルマは空間を軽く見回した。椅子がコの字形に並び、ファイルやペットボトルが中央の机に乱雑に置かれていた。壁際には液晶TV。大きな窓が北と西の二方向にあり、外の景色が見えている。座っていると水平線は視界に入らず、それだけで気分が少し楽になる。

「メタンは元々、無臭です」

伍藤がそういい出し、

「その印象は不純物、硫化水素などのせいで、東京湾の海底から採取される水溶性の天然ガスには、不純物はほとんど含まれませんから、臭いもしません。いずれにせよ」

心持ち姿勢を正して、

「点火の恐れのあるガスを扱うわけですから、漏《も》れるような不備はこの施設にはあり得ません。セキュリティのためのネットワークがエレファント全体に張り巡らされている、とお考えください」

イルマは軽く、首を竦《すく》めてみせる。独り言のつもりだったが、聞かれていたらしい……私が気にしているのはメタンじゃなくて、辺りに潮の匂いしかしないことなんだけど。それよりも。

「エレファント？」

「この建造物固有の名称です。エネルギー・レベルアップ・ハンティング・プラットフォーム《ELEPHANT》」

興味は覚えず、イルマは北側の窓の外を指差し、

「中央の、あの大きな塔は何？」

「掘削櫓《くっさくやぐら》、デリックです。海底から地下約二〇〇〇メートルまでドリルやパイプを送り込むための、掘削作業の要となるものですが……現在は休止しています」

「その奥の建物は？」

「発電設備《モジュール》や掘削に必要な泥水を調合するモジュールと、メタンガスを分離して地上へ送るための圧縮機《コンプレッサー》モジュールが、地下も含めて三層に積み重なった建物です。メタンガスの生産施設、ということになります。メタンガスは地下水に溶けた状態で存在します。地下水に含まれる不純物はわずかですが、中には高濃度のヨウ素が含まれていまして、これを分離することでまた別の貴重な資源が得られると……」

「ガスって、採取してどこかに溜《た》めておくの？」

「いえ、海底のパイプラインで陸へ直接、送っています」

「そこの窓から見える、白い球体は何？　大きい奴と小さい奴」

「球形は保護用のカバーで、内部はアンテナです。小さい方がインマルサット、大きい方はＭＶＳＡＴで、どちらも衛星通信に使用します。棒状のアンテナは船舶無線用のもので、周囲を航行する船との連絡用の備えですが、実際に使う機会はほとんど……」

「通話のために、いちいち衛星通信を？」

イルマは軽く眉をひそめ、

「携帯の電波は届かないの？」

「ぎりぎり届くのですが、プラットフォーム自体ほとんど金属で造られているために、外部からの電波を遮断してしまうのです。ヘリパッドに上がれば、利用できるはずですが」

「一般業務無線や簡易無線は利用できないもの？」

「エレファントの通信は本社との通話だけでなく、データ転送も兼ねていますので。一般業務無線では伝送速度が足りず、簡易無線の高周波数帯では、電波が陸まで届きません」

「データ転送、って何の？」

「……ガス井戸の状態や、それぞれの装置の稼働状況、セキュリティ・ネットワークの情報を、常に本社と共有していますので」

「どうして二種類あるの」

「ＭＶＳＡＴは周波数帯のＫｕバンドを使用しています。高速なのですが、雨天になると減衰してしまうのです。Ｌバンドを利用するインマルサットは低速ですが雨には強いので、状況に応じ使い分けています」

「外部との通信手段はそれだけ？　従業員はどうしているの？」

「データ通信であれば、内線通話としても利用するＷｉ－Ｆｉと衛星を介して、携帯端末《スマートフォン》でも送受信が可能です。衛星電話も用意していますが、全員が持っているわけではありません」

「誰が持っているの」

「副所長と私と、世田だけです」

「ふうん……この建物の下の方は、どうなっているの」

「地下も含めると五層になっています。この階には監督室やトレーニングルームがあって、一階には中央管制室や娯楽室などが入り、その間の二、三階が居住区です。つまり生活のための建物で、居住施設ということになります」

「地下は？」

「海水を濾過する浄水装置や飲料水タンク、汚水処理装置などの入った用役モジュール、そしてこちらにも発電機を備えておりまして……生産施設で分離されたメタンガスの一部を、地下のパイプを通して居住施設に送り、別系統で生活用の電力として利用するという無駄のない仕組みです。今はガスの流れが止まっていますから、生産施設内のディーゼル・エンジンから直接電力が供給されて……」

「中央管制室って何？」

「ガス生産に関する全ての圧力、温度、流量の情報が集まる場所です。その他、エレファント内のネットワーク、セキュリティ、遠隔制御、衛星通信を司《つかさど》る部屋でもあります。文字通り、プラットフォームの中央、と考えていただければ」

「プラットフォーム全体の大きさは」

「建築面積は一一〇メートル×七〇メートル、といったところです」

「建物から海面までの高さも、かなりあるように見えたけど」

「地下にあたるセカンド・デッキの底から海面まで、二五メートル前後です。メイン・デッキからは三〇メートルほどでしょう。潮汐《ちょうせき》の影響で、多少の上下はあります」

「作業員の部屋は、個室？」

「はい。休まれるのでしたら、女性社員用の区画も三階にあります。以前は四人部屋などが主流でしたが、現在ではプライバシーを重視しており……」

「遺体はどこに？」

「……医務室です」

早口で捲《まく》し立てていた伍藤の口が、急に重くなり、

「この建物内の一階にあります」

「死亡確認は誰が？」

「エレファントに常駐する専属の医師です。強風のため、陸上への搬送が難しかったものですから」

「死亡診断書は？」

「医務室に。すぐにご覧になるようでしたら、取りに……」

「今はいい。後で直接、医者からも話を聞くから」

一瞬、伍藤の表情が軽く歪んだ。話の最中、ハンカチで額と首筋の汗を拭いてばかりいる。分かりやすい奴、とイルマは思う。発生した問題を、とにかく早く処理したくて仕方がないらしい。

「このプラットフォームは普段、何人で動かしているの？」

「医師や調理師も含めて、一番多い時で六十人ほどです。エレファントでは掘削作業の自動化が進んでいますから、本来の規模からすると半分ほどの……」

「今は何人くらい？」

「だいぶ陸に送りましたから、十人前後だと思います」

「その人数で、ここを維持できるの？」

「現在は掘削も採取も止めていますから。保守程度なら、充分です」

「皆、事故のことは知っているの」

「事故を発見したのは幹部ではなく、通信士ですから……他の作業員に医務室へ運ぶのを手伝ってもらいましたし、今頃は全員の耳に入っているのではないかと」

風の唸《うな》りが、室内にまで届いてくる。イルマは鉄製の天井を見上げ、

「ここって、嵐が来ると危険なわけ？」

「いえ、計六本の支柱で直接海底と固定されたジャッキアップ型ですから、転覆や倒壊の恐れはありません。軋《きし》む音すら聞こえないでしょう？　今回のエレファントからの一時退避も、あくまで予防的措置です。事業が事業ですからね、安全管理には神経質にならざるを得ないのです」

「で、施設のどこで人が亡くなったの？」

「……事故の詳細はお知らせしたはずですが」

「一番乗りを命じられた私には、なんにも伝わってないんだよね」

イルマは脚を組んで椅子の背に体重を預け、

「事故で亡くなった人がいる、って聞いただけ。メタンガス採取中の事故と考えていいのかな」

「まさか、とんでもない」

伍藤が身を乗り出し、

「今日は二週間に一度の作業員の交代日なのですが、台風の進路が変わったために作業員を陸に戻すだけにして、交代要員をプラットフォームには送らなかったんです。ガス採取も全く行われていません」

「あなたは本社の人間でしょ。なぜプラットフォームにいるの？」

「視察に訪れたまま帰る機会を失った、というだけです。ヘリの運航が中止になり、その旨をミーティングルームで全員に伝え、ガス井戸やパイプラインを全て閉鎖して全体を点検したのち、作業員は休憩に入ってもらいました。転落事故はその後のことです」

「転落……高所から落ちた、と？」

「はい。この施設の外階段から。先程使用した階段とは反対側、西側の踊り場からです。風に煽られたんですな」

「誰か目撃していたの？」

「いえ……」

「亡くなったのは作業員の一人だよね。どうして休憩中に、そんな場所にいたのかな」

「それが……亡くなった作業員はその点について、少々無精者《ぶしょうもの》だったようで」

伍藤は隣に座る世田と顔を見合わせてから、

「亡くなった男は喫煙者で、規則に反して、よく外階段で煙草を吸っていたらしいのです。我々も先程知った話なのですが」

「本来の喫煙場所は？」

「一階の食堂の傍に設けられています」

「ふうん」

この強風の中、喫煙のためだけに外へ出るだろうか、という疑問。出るかもしれない。煙草は意外に強い欲求を喚起する……一課の男性警察官たちの様子を見ていると、その渇望がよく分かる。

「あなたたちは健康管理の責任者でしょ。あえて聞くけど、その作業員は何か精神的な問題を抱えていた、ということはない？　つまり……自分から飛び降りた、って可能性の有無が知りたいのだけど」

二人はもう一度顔を見合わせ、今度は世田が口を開き、

「正直にいって、その可能性は零《ゼロ》ではありません。ですが……ここの医師は産業医ですから、カウンセラーも兼ねています。亡くなった作業員から相談を受けていた、という事実は全くありません」

「喫煙のために踊り場に立ったところ、風に煽られたのでしょう。エレファント自体には、何も問題はないのですから」

そういう伍藤へ、

「問題があるかどうかは、こっちで判断する」

イルマは首を回して、飛行中の緊張で硬くなった筋肉をほぐし、

「雨が降らないうちに、現場へ案内してもらえる……」

「現在でも充分に危険ですが」

伍藤が驚いた顔で、

「今、捜査を開始する、ということですか」

「鑑識が入るまでは手をつけるべきじゃないんだけど、これから台風が通過してしまえば、現場の表面は全部洗い流されちゃうでしょ。正式に事件化したわけじゃないから、あくまで初動捜査、ということだけど」

「そもそも、湾内の捜査は海上保安庁が担当するのでは……」

「微妙なところだけど、ここは海ではなくて陸上だから。でも、そもそも私がここに来た

のは、ね」

　イルマは顔をしかめて、

「あなたたちの誰かが最初に、警視庁に通報したせいよ。第三管区海上保安本部へ通報していれば、こっちがわざわざ嵐の中、出張る必要もなかったかも、ってわけ」

　花見の席取りじゃあるまいし、と思い、イルマは内心改めてうんざりする。結局、貧乏くじを引いたのは私だけじゃないの。せめて一一〇番通報じゃなく管轄の警察署に直接連絡を入れてくれたら、捜査一課の人間が真っ先に東京湾の北部中央、周囲の陸から約一〇キロメートルずつも離れた場所まで臨場する必要もなかっただろうに。管轄の曖昧《あいまい》な湾上からの通報に上層部が張りきった余り、一番乗りの役割を押しつけられ、それでも本来なら鑑識や所轄署が到着するまで現場保存をして、交代ですぐに陸へ戻ることができたはずなのに、台風の進路変更のせいで一人鉄塊のような建造物に取り残され、歓迎されない客として東京湾の真ん中で一晩をすごす破目に陥ってしまったのだ。

「ですが、もうこちらでは事故として処理するつもりで……」

「あのさ」

　食い下がろうとする伍藤へ、

「あなたは私に、これから明日の朝まで、余計なことはせずに遺体を見張って医務室でじっとしていろ、っていうわけ？」

「いえ、まずは医師の話を聞いてからでも……」

イルマは立ち上がり、驚いた顔で見上げる二人へ、

「先に現場。案内してくれないなら、勝手に歩き回るからね」

＋

居住施設内の狭い通路を進み、外階段に出た。こちらです、と露骨に不満げな中年男性の先導で向かったのは、小さな踊り場だった。ヘリから降りた時よりも、さらに風が強くなったように感じる。立入禁止《キープアウト》テープをこの辺りに張り渡したところで、きっと剝《は》がれるか捩《ねじ》れるかで、役には立たないだろう。そもそも持って来ていないけれど。

そしてまた、まともに鉛色の海が視界に入る。サングラスを掛け直そうかと考え、強風を意識して諦《あきら》める。この施設が好きになることはなさそうだ。現場にどこまで足を踏み入れるべきか迷い、せめて小型の鑑識キットくらい持っていればよかった、と後悔する。とにかく一刻でも早く先着しろ、と課長から厳命され、航空隊のヘリに搭乗させられたものだから、むしろサングラス一つだけでも持ち出せたことが幸運だった。

階段から手摺り越しに覗き込むと、隣で伍藤が指差し、落下場所を示した。エレファントの一階、金属製のデッキの隅。全体的に黒っぽく汚れていて、転落死の痕跡を見分ける

ことはできない。

どうせ嵐が吹きつけるのだし。好奇心を抑えきれず、踊り場の傍まで金属製の階段を降りる。階段も踊り場も等間隔に大きな水抜き穴が並んでおり、簡単に雨が落ちるようになっている。向かい風の凄さに目を開けているのも難しかったが、イルマは踊り場の床に付着した黒色に気がついた。染みだろうか？

足元を確認すると、階段にも同様に汚れた箇所があった。もう踏んでしまったことだし、とブーツの裏で擦《こす》ってみると、砂をにじるような感触があり、その場で身を屈《かが》めて指先で触れ、風を避けて後ろを向き、鼻先で擦り合わせてみる。何かが焦げたような臭い……

「これ、煙草の痕《あと》？」

風に逆らい、大声で伍藤へ訊ねると、

「恐らく。他の作業員の話では、日常的に喫煙場所にしていたということですから」

「清掃は？」

「内部だけです。外の問題は汚れよりも腐食ですから、必要なら、防錆塗装をやり直します」

もう一度黒色の物質を摘《つま》み上げ、臭いを嗅いだ。焦げ臭さの中に、覚えのある薬品の香りが混じっている。イルマは太股のホルスターバッグからハンカチを取り出し、そこに煤《すす》状の何かを擦りつけ、ファスナー付きのビニール袋に畳んで押し込んだ。

「踊り場から、転落したわけです」

伍藤が念を押すように、

「自業自得……はいいすぎですが、本人が定められた喫煙場所を常に使用していれば、こんな事故も起こらなかっただろうとは思います」

イルマは足元を見詰める。次に踊り場を。そして、同じ黄色に塗装された手摺りを。

「その作業員の身長は？」

「一七〇前後だったはずです」

伍藤の背後に控える世田が声を張り上げ、

「今、正確には分かりませんが、健康診断の資料は残されているはずです」

手摺りの高さ。風に煽られて。

次には外階段をデッキまで降りて、落下地点を確かめた。わずかに血痕《けっこん》が見えた。それもハンカチの隅で拭い、証拠として布地に移した。近くの鉄柵をつかむ。風が、海面に大きな起伏をいくつも作っていた。踊り場を見上げる。

――当時も向かい風があったなら。

イルマは二時間前の様子を想像する。作業員は、もっと内側に落下するはずでは。思いきり海側へ飛び出さなければ、この位置には落ちないはず。とはいえ、気力をなくした人間が、まるで陸上選手のように躍動し、自死を決行するという話にも違和感がある。

中へ戻る、とイルマがいうと、二人は露骨にほっとした表情をみせた。

先頭に立ってラウンジまで戻り、促される前に元の席に腰を下ろした。強風の中立っていただけで、体力を奪われたように感じる。腕と脚を組み、少しの間考え、

「……まだ判断は控えるけど」

呆然《ぼうぜん》と立つ二人へ、

「転落事故、とはいいきれないよね、これ」

「いや……他に可能性はないものと」

すかさず反論する伍藤へ、

「この数時間、風の吹く方向は変わっていないでしょ。あの位置では、ほとんど向かい風じゃない？　それに」

自分の鳩尾《みぞおち》の辺りに下向きに広げた手のひらを置き、

「一七〇センチだったら私と大して変わらないんだけど、幾《いく》ら風に煽られても胸の近くまである鉄柵を越えて落下、というのはちょっと不自然だよ」

ＨＳＥ統括部長の顔がみるみる青ざめ、

「事故ではない、ということは……まさか」

「明日になれば、鑑識や検視官が来るのだから、私の判断することでもないけど」

イルマは椅子の背に片腕を掛け、立ったままの二人を見上げる。

「事故でも自殺でもないなら……でしょ」

「凶器になるものなど、どこにもありませんでしたよ」

「あったとしても、海へ投げ込むに決まってるじゃん。建物の反対側に回り込めば、追い風になるし」

イルマは立ち上がり、喉《のど》に何かを詰まらせたような顔でいる伍藤へ、

「次は医務室。案内をお願い」

「しかし、判断は明日と……これ以上、捜査の必要は」

「現在状況を報告するためにも、まだ材料は必要」

やや個人捜査がすぎている、とは自覚していたが、

「働いていないと、すぐに怒られちゃうから。公務員って」

一晩黙ってじっとしているなんて、退屈でどうにかなってしまう、とはいわなかった。

+

「Ｍｅｄｉｃａｌ　ｏｆｆｉｃｅ」と印刷された扉の前で伍藤が立ち止まった。伍藤も世田も入室を躊躇しているのに気付き、その理由にもすぐに思い至った。室内には現在も、遺体が安置されているはず。

　イルマがノブを回し中を覗き込むと、事務机に座る白衣姿の中年女性と目が合った。明るい室内の奥にカーテンで隔離された場所があり、異臭はしなかったが、そこにはきっとベッドがあり、遺体が載せられている。イルマの後に続き、二人も入室した。警視庁捜査一課の入間祐希《イルマユウキ》警部補です、と紹介する伍藤の声から緊張が伝わってくる。中年女性も席を立ち、名刺を交換した。産業医　中島加代《ナカジマカヨ》。

　よろしければどうぞ、と勧められた回転椅子への着席を断ると、医師だけが元の席に座った。とても落ち着いて見える。このプラットフォームに入ってから、初めて冷静な態度と接した気がする。医師は、無言で死亡診断書を差し出した。警察官として頻繁に目にする死体検案書と同じ書式のため、イルマにとっては見慣れた書類でもあった。

　氏名……喬木光也《タカギミツヤ》。死亡時刻。場所。そして、死亡原因。高所からの転落死。

　……休憩中、西側外階段三～四階踊り場から転落、全身を強打し多発外傷により死亡。

　イルマは書類を机に置いてカーテンに近寄り、境目から内側に入った。手狭なベッドの上で、白いシーツが人の形で盛り上がっている。ホルスターバッグを探り、薄手のビニール手袋——捜査員として常に持ち歩くべき道具の一つ——を見付け、片手に嵌《は》めた。ベッドへ両手を合わせてから静かにシーツをめくると、青白い痩せた顔貌と腰まで降ろされた作業服の中にTシャツを着た体が現れた。

「……その格好は、発見当時のままではありません」

そういながら医師がカーテンを開けてくれたおかげで、天井のＬＥＤ照明の光がよく届くようになった。振り返ると、ベッドに近寄ろうとしない二人の、不安そうな顔。医師はイルマの隣に立ち、

「死因を調べるために、ここで上半身だけは作業服を脱がせました。落下現場で、すでに心拍は停止していました。即死でしょう」

「彼をベッドまで運んだのは誰……」

医師は入口の方を顧《かえり》みて、

「ＨＳＥエンジニアと、作業員の方です」

「作業員の名前は？」

カシマという者です、と離れた場所から世田が答え、

「力の強い男ですから。私が内線で呼び寄せました」

イルマは医師へ、

「高所からの転落による衝撃が原因。間違いない？」

「出血がほとんどありません。見ての通り、顔面もきれいです。その代わりに、特に背中側の内出血がひどく、触ればＴシャツの上からでも肋骨《ろっこつ》の複雑骨折が分かるくらいです。肩も脱臼《だっきゅう》していますし、脊椎《せきつい》も恐らく損傷しているでしょう。もし犯罪が絡むようでしたら念のため、Ｘ線撮影その他で詳細を調べるべきだとは思いますが、これだけの衝

撃の原因を落下以外から求めるのは、無理があると思います」

「やはり落下です」

少し離れた位置から、伍藤がいう。声には安堵の音色が混じっていて、

「事故です。不注意か何かで、転落したんですよ」

触ってはまずいだろうか、と考えながら、少しだけTシャツの裾《すそ》を持ち上げ、胴体の状態を覗いてみる。確かに腹部には目立った傷も痣《あざ》もなく、ベッドに接した背部には濃い紫色の死斑《しはん》が現れているようだったが、それは衝撃の際に刻印された皮下出血と合わさったものだろう。

イルマはTシャツを元に戻し、腕を組んで考え込んだ。少なくとも、「転落死」という死因と遺体の状態に矛盾はない。医師へ、

「……産業医って、どちらかというと、従業員の精神面を診《み》ているのでしょう？」

「精神面を含めた健康管理が私の仕事です」

「それにしては、遺体を見慣れているようだけど。死亡診断も手馴《な》れた感じだし」

「元は、繁華街の開業医なので」

「ああ、そう……で、亡くなった彼の精神面はどうだったの？」

「先程まで、健康診断などの書類を見直していたのですけど」

椅子に戻り、

「問題がある、という記録は存在しません。身体も問題なし……ただ」

医師はＡ４用紙数枚を手にして、

「以前……もう半年も前の話ですが、他の作業員からの相談で、彼の名前が出たことがあります」

「どういうこと……」

首を傾《かし》げるイルマへ、

「喬木氏にプライバシーを覗かれている気がする、と訴える作業員がいたんです」

「ストーカー的な話……」

「いいえ。そうではなく、自室のＰＣに誰かに触れた痕跡があり、それが喬木氏のせいではないか、という訴えで、日頃の喬木氏の口調からも周囲の作業員全員の個人情報を集めている気配があった、という話でした。一応、ＨＳＥエンジニアには報告しましたが……様子を見る、という状態のまま、件《くだん》の作業員が退社してしまいましたので」

世田の方をちらりと見る。

「他に、喬木氏に対する苦情はなかったものですから」

急に話を振られた世田は慌てた口調で、

「相談した作業員本人も、被害妄想的であるのを自覚していましたし……」

「真偽は不明、と」

でも少し、気にはなる。思いきって遺体の作業服を腰の辺りから引き出し、ポケットを探って所持品を検《あらた》めると、煙草の箱と片方だけの作業用手袋が現れた。箱は潰れ、中には四本の煙草と安物のライターが入っていた。手袋は本人の右手に嵌められていたものだろう。喫煙するために外したのだ。

シーツを戻そうとしたイルマは、ビニール手袋の指先に付着した汚れに気付いた。目線を低くすると、作業服の背面部分に黒く汚れた箇所があるのが分かる。デッキに落ちた際の汚れ？　イルマは、耐熱ブーツの底がわずかに歪んでいるのを発見する。覗き込み、歪みじゃない、と気付いた。

溶けている。耐熱ゴムが。作業時の痕跡だろうか。

鼻先を近付け、臭いを確かめる。薬品臭。イルマはシーツを戻し、ビニール手袋を外して手近なゴミ箱に落とした。遺体をカーテンで囲んで隠し、携帯端末を取り出すが、「圏外」の文字が表示されている。そうか、と思い出し、伍藤へ、

「電話、貸してくれる？　衛星専用しか使えないんでしょ、ここ」

世田が作業服の外ポケットからトランシーバーのような機械を取り出し、手渡してくれた。伍藤は警戒心を隠さず、

「捜査一課に、何と報告するつもりですか……」

「一課の前に、連絡したい部署があるから」

「他の、どの部署に……」

自分の名刺に印刷された、警視庁の番号を衛星電話に打ち込みつつ、

「警備部警備第二課、爆発物対策係」

言葉をなくしたらしい伍藤を尻目に、イルマは身分を名乗って爆発物対策係の土師《ハジ》と連絡を取ろうとするが、警備部まで繋がったところで所属や氏名や生年月日を細かく訊ねられ、なかなか本人と話をすることができない。用心深いのは悪いことじゃないけどさ……相手が納得するまで辛抱強く質問に答え、ようやく土師の、珍しいな、という一言がスピーカーから聞こえた。

『で、色か形状か、それとも内部構造？』

「……何の話？」

イルマが訊き返すと、

『爆発物だろ』

土師は簡単にそういい、

『お前が俺に連絡する用件は。厄介《やっかい》ごとが目の前にある。違うのか？』

口数の多い、三十代半ばの男性警察官の顔を思い出す。切れ者だったことも。

「……訊きたいのは、臭い。でもその前に基本的な話として知りたいのだけど、爆発物の影響って、例えば人体の炭化は局所的、限定的で合ってる？」

『ああ。爆発の場合、対象が高温に晒される継続時間は極めて短い。爆死体は焼死体のように、黒焦げになったりはしないね』

「爆発物って固形や液体以外の形状はあり得る？　例えば……床に塗布しておくっていうのは」

『あり得るね』

　土師は迷うことなくいい、

『というよりも、それは最新の方法だ。液体状の爆発物を蒸発させて、粉末にする。中東じゃあ、衣類に染み込ませた後に乾燥させて、その服を着て自爆を行うって話だ。床に塗りつけるのはもっと原始的で、危険なやり方だね。液体そのものも爆発物となり得るし、いずれにせよ、そのやり方は起爆薬が必要ないほど感度が高くなるからな……』

「例えば」

　思考が鋭敏になる。

「そこに煙草を落としたり、擦りつけたりした場合は？」

『火の点いた煙草を？　それはもう、確実に』

「階段の段差みたいに、少しずつ離れた場所に塗布しても、連鎖的に爆発する？」

『それはもう、瞬間的に』

　イルマは電話機を頬と肩で挟み、ジャケットからビニール袋を取り出し、慎重にファス

ナーを開いた。ハンカチを手にし、黒く汚れた内側を嗅いで、

「……消毒薬の臭い。酸の臭いも。それと……これ、除光液の臭いのように感じるのだけど」

『過酸化水素と塩酸と有機溶剤、だな。それなら完全に、爆破物として機能するね』

「それって、誰にでも作れるもの……」

『温度管理も含めて、慎重に作製する必要がある。混合液をうかつに刺激すれば、少量でも自分の指を吹っ飛ばし兼ねないからな。つまり……個人製作も可能だって話さ』

「材料は特殊なもの？　それとも簡単に入手可能？」

『誰にでも手に入る。高価なものもない。純粋な薬品でなくとも、清掃用の薬剤程度で代用が可能なんだ。残念ながら、な』

「それ、何時間前から仕掛けておける？　一日二日前でも？」

『環境次第。空気が静止した屋内なら、数日でも持つだろうよ』

「屋外では？　台風が近付いていたら？」

『頭がおかしいね、そいつは』

苦笑の吐息が聞こえ、

『作業自体が恐ろしく危険だよ。せめて強風域に入る前に仕掛けるべきだ。爆薬が乾燥しちまえば全部風で吹き飛び兼ねないし、接近のぎりぎり前に仕掛けるしかねえだろうな』

イルマはハンカチを丁寧に戻し、そのまま考え込んでしまう。ということは、つまり――

『ということは』

土師の声がスピーカーから聞こえ、

『俺はたった今、あんたに貸しができたわけか』

貸し。やな言葉。

「……慌てて返すほどの話じゃないみたい。忘れて、遠慮なく」

『忘れる？　あんたの目の前にある爆発物は、一課だけで解決できる事案じゃないだろ』

「応援は明日までなし。そういう状況なの」

『一匹狼《おおかみ》かね……相変わらず。で、鼻は利《き》く、と』

「かもね。情報ありがとう」

返事も待たず、通話を切った。土師のお喋《しゃべ》りには付き合う気になれない。皮肉屋だから、というのではなく、以前の捜査で土師と行動をともにした時に、イルマは彼の心底の、冷え冷えとした部分を見出していた。土師と接しているとどうしても、嫌悪感とはまた別の防衛本能らしきものが働き、距離を置きたくなってしまう。衛星電話をリダイヤル操作する。

「今度は、どこに……」

いちいち口を挟むＨＳＥ統括部長へ、

「捜査一課。管理官に報告」

「どんな報告を……先程は、爆発物という言葉が聞こえましたが」

「そう。踊り場とそこに近い階段の段差部分に薬品を塗布しておけば、爆発力が斜め上へ働くはずだから、柵を越えて階段の外へ被害者を投げ出すことができる。つまり、亡くなった作業員は爆発物によって放り出され殺された、というのが私の推測」

伍藤が言葉を失ったのが分かった。イルマは構わず、

「だから殺人を前提としてこの事案を扱う、っていう話」

g

礫《つぶて》が当たるように、建物の壁が激しく鳴っている。

大粒の雨が降り始めたことに気付き、伍藤は顔を上げた。いつまでもこうしてラウンジで一人、頭を抱えているわけにはいかない。

女刑事を亡くなった作業員の個室へ案内し、室内を勝手に捜索させておき、その間にプラットフォーム内のＷｉ－Ｆｉを利用するための——内線通話として使用することも、衛星を経由して外部とデータ通信を行うことも可能になる——パスワードを調べてくると伝え、ようやくいったんイルマから離れることができたのだった。実際は、パスワードは初期設定のままで調べる必要もなかった。東京湾上で、誰かが無線を盗用するはずもない。

嘘《うそ》をついたのは、とにかく一人になって今後の方針を思案するためだ。

イルマからは、エレファントに残った社員全員を食堂に集めるよう、いわれている。その招集と、残留者の名簿を作成するために、副所長と世田が建物内を走り回っていた。

それにしても、と伍藤は嘆かずにいられなかった。エレファントは、これ以上ないほど最悪の状況にはまり込んでいる。それも、あの女の独断のせいで。女は、この施設が未来のエネルギー政策においてどれほど重要な位置を占めているか、少しも理解していない。

エレファントだけで四百億円以上が注ぎ込まれているのだ。計画自体に投入された資金は補助金も含め、四千億円を超えていた。経済産業省は今、液化天然ガス最大消費国として、国内にも取引市場を形成して世界への影響力を高めようと『LNG《エルエヌジー》ハブ』構想を推進している。エレファントの年間生産量三〇億㎥は、世界の消費量全体からすれば微々たる量にすぎないが、それでもエネルギー売買の中心地《ハブ》に足る国として仲介や買い手の立場だけでなく、安定的な供給手段を持って売り手側に回ることができるという事実は、重い意味を持つ。

警視庁といえど何の知識も理解もなく、無造作に足を踏み入れていい場所ではない。爆発物を用いての殺人、という考え方そのものが常軌《じょうき》を逸《いっ》している。女刑事は、エレファント内に工業用火薬が存在するのでは、としきりに疑っていたが、南関東の地盤は比較的軟らかいため掘削作業に爆発物を用いる必要はなく、施設内に運び込まれたことは一度もなかった。

イルマのぞんざいな態度も耐え難かった。せいぜい二十代の終わりといった年齢だろう小娘は、警察官であることを笠《かさ》に着て、こちらに全く敬意を払おうとしない。弱い陽射しと強風の中、多少は整った容姿に合わせたつもりなのか、わざわざサングラスを着けて現れる場違いな感覚といい、前時代的な特権意識といい、そんな高飛車な警察官が立て続けに起こる不運の中やって来るとは、状況に苛立《いらだ》たしさを塗り重ねるようなものでしかない。なぜ捜査一課はあんな不躾《ぶしつけ》な女一人を、プラットフォームに送り込んだのか。

イルマは、食堂で全社員へ作業員の一人が亡くなったことを改めて開示し、そののち別室で一人ずつ、殺人に関しては伏せた上で事情聴取をする、といった。

殺人、という事態を避ける術《すべ》はもうないだろう。そう考えると、なかなか席を立つ気力が起こらなかった。明日になれば、事件は世間へ知れ渡ることになる。それでこの施設が、どれほどの痛手を受けるものか。

イルマが使用するのは、食堂と休息用の個室。それで充分だ。これ以上、好きに歩き回らせる必要はない。事情聴取は、食堂の隅でも利用すればいい。あの女に与えるべきは自由な捜査権限などではなく、エレファントについての正確な教育であるはずだ。

伍藤は背広から手帳を抜き出し、Ｗｉ－Ｆｉのパスワードを一息に書きつけ、その一枚を破り、ようやく椅子から立ち上がった。

雨粒がプラットフォームの鉄の壁を叩《たた》き続けている。

i

伍藤が乱暴な筆跡で書かれたパスワードを手渡し、五時に食堂へ来てください、といった。少し早いですが食事をしたのちに、社員への説明を始めましょう。それまで、ご自由に室内を捜索していただいて結構です。食事も、調理師が皆退去していますから、冷凍食品を解凍する程度のものしか出せないのですが……鍵は食堂で返してください。

後三十分も退屈なんだけど、といいたかったが、黙って頷いた。伍藤が退室し、イルマは備えつけの低いベッドに腰掛ける。

被害者である喬木光也の所持品は少なく、ベッドの傍に設置された机には支給品らしきノートPCが載っていたが、パスワードでロックされていてログインすることはできなかった。衣服の中に所持品はなく、ロッカー内の財布には免許証とクレジットカードとキャッシュカード、後は小銭と紙幣だけ。紙幣は三十万以上入っていて、プラットフォームで生活するにはやや多いのではないか、という気はしたが、これが何かの証拠になるわけでもない。欲しいのは特別な人間関係を示唆する、何らかの物証……

伍藤から渡された紙片を眺め、記されたＷｉ－Ｆｉ用のパスワードを携帯端末に登録する。そうしたところで、正規の電話として使用可能になるわけではなかったが、メール程度でもできないよりはましだろう。

借りものの衛星電話から連絡した際の、篠多《シノダ》管理官の反応を思い起こした。殺人を前提に捜査を開始します、という報告に管理官は、明日まで大人しくしていられないのか、と呆《あき》れたようにいった。嵐で証拠が吹き飛ばされてしまうので、とイルマは答え、それ以上何かいわれる前に回線の状態が悪い振りをして、通話を切断してしまった。

メール・アプリを起動し、無線の接続を確かめつつ、考えを巡らせる。何かが、思考の隅に小さく突き立ったままでいる。思い出したのは、医師の証言だった。

――日頃の喬木氏の口調からも、周囲の作業員全員の個人情報を集めている気配があった……

つまり、被害者は詮索屋だった、ということ。

この話が本当だとすれば、被害者には殺害される理由が存在した、ということになる。喬木は何かを知り、そのために殺された。まだ想像の域を出ない、妄想に近い推測。とはいえ辻褄《つじつま》は合っている、と思う。メールの着信を知らせる振動が、携帯端末から届いた。

イルマは顔をしかめた。あの野郎。

同じ捜査一課二係の部下、宇野《ウノ》からの着信だった。メールは開封せず、端末をスリープさせ、ジャケットの外ポケットに突っ込んだ。

上司の娘を見合い相手として紹介されることになりました、という報告を宇野から直接聞いたのは、一週間ほど前の話だ。上司は、人事第一課長の高級官僚《キャリア》だという。断る必要も、断ることのできる縁談でもない……で、速攻、愛を育んで結婚の追加報告とか？　馬鹿野郎。大体あいつは少し前には私に、一生面倒を見るとか何とか――馬鹿は私だ、とイルマは思う。期待なんて最初から全然していなかったはず。全然。ほとんど。

溜め息をついた。今は、体内の緊張感を失うべきじゃない、と戒《いまし》める。一番の問題は、すぐ近くにあるのだから。たぶん、あの様子からすると伍藤は気付いていない。体面か利益か、会社のことばかりを心配する余り。

喬木が転落死したのが、ヘリの運航が終わったのちであることに。爆発物の仕掛けは直前――殺人者が、今もこのプラットフォームの中にいる、という事実に。

エレファントに残された約十名の者たち。犯人はその誰かであることに。

＋

食堂の中で、夕食は淡々と進んだ。その間も建物の軋む音が鳴り続け、イルマは難破船の中で最後の晩餐《ばんさん》をとっている心地になった。壁の一面には小振りな窓が並んでいたが、全てにカーテンが引かれていて外の様子は窺《うかが》えず、それはたぶん、部外者に対しての心遣いなのだろう。HSE統括部長の伍藤とHSEエンジニアの世田と副所長の村田、医師の中島と同じテーブルで、イルマは食事をとった。平皿にレトルトのライスやハンバーグ、冷凍食品のフライドポテトが載ったお子様ランチのような夕食は、副所長が用意したものらしい。格別おいしいとは思わなかったが、文句をいうほどのものでもない……というよりも、食後五分も経ってしまえば、きっと記憶にも残っていない。食堂に麦酒《ビール》はあるの、と訊ねると副所長は困惑した顔で、プラットフォーム内は飲酒禁止になっています、すみません、と答えた。社員たちのアルコールの摂取状態を質問したかったのだが、こちらが要求しているものと捉えられたようだ。副所長は痩せた体を丸めて、コップの水を足してくれた。

食事中、皆がほとんど無言だったのは作業員の死の影響だろう。同席した者たちは気詰まりな態度だったが、おかげでイルマは、隣のテーブルで夕食を進める作業員の様子に意識の大部分を振り分けることができた。全員が作業服姿の男性だった。大柄。小柄。優男《やさおとこ》。若者。頬《こ》の瘦けた不健康そうな男性。初老の男性。

プラットフォームには今、とイルマは考える。

――私を含めてここには今、十一名の人間が存在する。

食後、副所長が咳払《せきばら》いののち、もう一つのテーブルへ向け、作業員の転落死の説明をした。殺人の可能性は伏せられた。その可能性を知っているのは、イルマと同じテーブルを囲む四人のみ、ということになる。副所長の後を引き継ぎ、伍藤が立ち上がった。

「本社勤務、ＨＳＥ統括部長の伍藤です」

隣のテーブルを軽く見渡し、

「お手数ですが皆さんにはこれから、こちらの……警視庁捜査一課入間祐希警部補の方針に従い、聞き取り調査に協力していただきたいと思います。不本意かとは思いますが、転落事故発生の原因を突き止めるために、是非ご協力をお願いします」

「……事故だって決まっているんですかね」

そう訊ねたのは、小山のような体格をした四十前後の男性だった。食事中、イルマとは何度か目が合っている。首から肩の盛り上がった筋肉を見せつけるように作業服の上半身を脱ぎ、袖の部分を腰で結びつけ、Ｔシャツ姿となっていた。水の入ったコップが男の手の中にあると、ひどく小さく見える。

「それは、当然……」

「決まっていない。もちろん」

イルマに言葉を遮《さえぎ》られた伍藤が、目を剝《む》いてこちらを見やる。その反応を無視し、

「殺人の可能性だってある」

疑問が全員の前で提示された以上、もう隠す意味もなかった。

「それも、状況とあなたたちの証言から判断するつもり」

わずかに、ぼかして伝えた。伍藤が咳払いをし、

「聞き取り調査は、一人ずつ行いたいと思います。私もその場には同席し……」

「待った」

イルマは伍藤の話を再び遮り、

「聞き取りは、私と二人きりで行う。同席者はなし」

「いや、それは……」

「分かってないね」

いちいち説明するのも面倒だったが、

「あなただって、この事件と無関係とは証明されていない。でしょ?」

口ごもる伍藤へ、

「もちろん、副所長もＨＳＥエンジニアも、医師も同様」

「……あんたはどうなんだい」

大男がいった。

「捜査一課、といったな。どこにその保証がある?」

イルマが立ち上がると、食堂内の空気がぴんと張ったのが分かった。副所長の後ろを回

り込んで、大男の傍へ寄り、ジャケットの内から警察手帳を取り出して開き、身分証票を突きつけた。大男の周囲の作業員が皆、息を呑《の》んだのが分かった。大男だけが落ち着き払っていて、

「これが本物だと、誰が分かる？」

イルマは微笑み、

「私が本物の警察官だったら、あなた、何か都合が悪いわけ？」

「やめてくれ」

伍藤が間に割って入り、

「彼女は警視庁のヘリでやって来た。私と世田が直接見ている。こんなところで、余計ないざこざを増やさないでくれ」

大男がイルマを見詰めたまま、コップに残った水を飲み干した。不精髭《ぶしょうひげ》の下の喉仏が別の生き物のように、大きく動いた。冷えきった視線がイルマを捉え続けている。周囲の作業員からも、同じ温度の視線が送られるのを感じていた。

敵意。この男はきっと、彼らの首領《ボス》的な立場にいる。

「ご協力をお願いするわ」

イルマは笑みを絶やさず、

「あなたの潔白を証明するためにも」

警察手帳を仕舞いつつ、

「いずれ分かることだけど……名前は？」

「……カシマだ」

猪首《いくび》の大男はそういい、ようやく視線を逸らした。

カシマ。落下現場からＨＳＥエンジニアとともに遺体を医務室へ運んだのは、この男。

＋

自分以外誰もいなくなった食堂で長机の上の借りもののノートを見詰め、イルマは最初の聴取対象者を待った。

プラットフォームに降りかかる雨が、固形物の衝突のように聞こえる。外部から攻撃を受けている気分だった。風の音も激しさを増し、時折室内にまで大きく響いた。最大風速33ｍ／ｓ。中心気圧930ｈPa。ヘリの中で操縦士から受けた説明では、風雨の勢いは増し続け、深夜零時頃から約三十分、台風の目に入り、夜明けすぎに通過するということだった。現在の時刻は……十八時。初動捜査での解決を試みるなら、残された時間は多いとはいえない。

頬杖《ほおづえ》を突き、白紙に視線を落とし、殺人の可能性について言い及んだ際の社員たちの反応を思い起こしていた。皆が驚いていたが、その態度には差があったように思う。別の見方をすることもできる。彼ら全員が素直に、殺人の発生に驚いていたものかどうか。

犯人が、その中に存在するはずだった。少なくとも一人は、殺人が発覚したことに愕然《がくぜん》としていただろう。けれどあの時の反応だけでは、その人物を特定することはできなかった。

イルマは全員へ、いったん個室に戻り聴取の呼び出しを待って欲しい、と要請した。個室の扉は施錠し、HSE統括部長である伍藤が迎えに来るまではできるだけ外に出ないように、と。被疑者でない以上、こちらが全員の行動を完全に制限することはできなかったが、社員側もまた、疑われたくなければ警察官からの要請を無視できないはずだ。

最初の聴取は、HSE統括部長に行うことにした。本社勤務の背広組も例外ではない、というこちら側の態度を明確にするためであって嫌がらせのつもりはなかったが、そう指示した時には、伍藤の顔が赤くなったり青くなったりするのを見ることができた。

少し休ませてください、と力なくいう伍藤にも一度退席を許したのは、他の社員の手前、高圧的に接するのは得策ではないと判断したからだった。じゃあ三十分後に、と伝えると伍藤は微かに頷き、他の社員——中には反抗的な視線をこちらへ送る者もいた——とともに食堂を出ていった。

退席を許した理由は、人間関係を考慮した、というだけではなかった。本当のところ、伍藤を殺人の被疑者とはイルマも考えていない。加害者と想定するには、幾つかの無理があるように思える。伍藤は捜査に対して協力的とはいえなかったが、自らの罪を本当に隠《いん》蔽《ぺい》する気なら、それをもっとうまく実行できる立場にいるはずで、彼が本格的に事故に偽装するのであれば、凝った仕掛けよりも迅速《じんそく》さが重要となり、東京湾上であるのに遺体を海へ投棄しない、という状況自体、奇妙な話となってしまう。海へ落とし、行方不明とするだけで済むのだから。

伍藤がしようとしているのは事件の隠蔽ではなく、できるだけ公表時の波紋を小さくすることであり、所属する会社のために、世間への印象操作を試みようともがいているのにすぎない、とイルマは見ていた。爆破、というあの乱暴な殺害方法とその結果は、被害者を海へ落とそうとして向かい風の抵抗に遭いしくじった、という様態を示しているはずだが、それはむしろ、計画性の欠如を表しているように感じられる。突発的で、偏執的な発想。

伍藤はどちらかというと常識的人物、というのがイルマの印象だった。自分の会社に忠誠を誓う管理職一筋の中年男性、という意味では。

風が唸りを上げている。窓硝子《ガラス》の振動する様子が、カーテン越しに届いてくる。

イルマは、社員名簿のコピーをめくった。プラットフォームから退避した社員欄は、（たぶん副所長によって）黒く塗り潰されていた。隠されていない欄も、特に貴重な情報が記載されているわけでもない。氏名。入社日。生年月日。住所。緊急連絡先。家族構成……

扉がゆっくりと開き、伍藤が現れた。どうぞ、と正面の椅子への着席を、イルマは手のひらで促した。

伍藤は背筋を伸ばして席に着いた。何かいいたいことがあるらしく、切り出す機会を窺っているように見えたが、質問には一つ一つ丁寧に答えた。被疑者扱いされたことを憤っている様子はなく、戸惑い、さらには多少気落ちしているように見える。

イルマがまず知りたいのは事件発生当時、社員がそれぞれどこにいたのか、という話だ。同じ場所にいた者が存在するなら、完全ではなくとも現場不在《アリバイ》証明がある、という判断はできる。矛盾があるなら、その範囲に殺人者も位置していることになる。

伍藤は主に、ミーティングルームかヘリ・ラウンジにいた、という。副所長の村田、ＨＳＥエンジニアの世田とともに台風による操業への影響を検討していた、事故を知らされ、ミーティングルームから世田とすぐに現場へ向かった、その後は医師を呼んで転落した喬木の死亡確認を行ってもらい、遺体を担架に乗せ世田と作業員に医務室へ運ばせた、という話だった。

了解、次は副所長を連れて来て、とイルマが告げると伍藤は意外そうな表情をみせ、次に探るような目付きになった。二十分程度で解放されるのを不思議がる様子だったが、短い聴取時間で済ませたのはイルマ側の都合だった。十名の社員の聴取全てに時間をかけては、それだけで夜が明けてしまう。けれど伍藤は食堂を出ようとはせず、

「……現在、世界中で様々な方法により、新たなエネルギー資源の採掘が進められています」

神妙な顔付きでいい出し、

「その中で我が国だけが、地下と海底の資源を取り出せずにいるのです。資源がないのではありません。例えばこの真下を含め、南関東の地層にはガス田が広く含まれており、その可採埋蔵量は三七〇〇億㎥といわれています。この国の年間天然ガス消費量の、三年以上がそのまま賄《まかな》えるという計算になりますが、技術革新により——例えば、アメリカのシエールガスのように——、さらに採掘量は増える可能性もあります。その内の三〇億㎥を、このエレファントが年間に採取する計画となっているのですが、なぜ東京湾にガス井戸を掘ったのかと思われるでしょう？　地上では地盤沈下へ影響を与える可能性がありますが、湾上であれば、それもほとんど考慮する必要がありません。これは『ＬＮＧハブ』構想にも繋がる、海外から言い値で全てを買うだけの現況から脱却するための国家的計画であり、四千億円を超える資金規模の大事業なのです。エレファントの建造費だけでも四百億円が費やされています。経済産業省が南関東ガス田の増産を図り、物理探査と試掘によって勢いのよいガス井戸が発見され、実際に運営され始めた昨年までに、すでに一〇年の歳月が経っているのです。この事業は決して頓挫《とんざ》させるわけにはいきません」

言葉を切ると丸顔を紅潮させ、何かを期待するような様子でこちらを見ている。伍藤の話の内容に、特に事案との関わりは感じられず、

「そう。大切な事業。早く解決しないと。じゃあ、次の人を呼んで来て」

イルマがいうと、伍藤の張り詰めた顔から急速に力が抜けたのが分かった。立ち上がり、気落ちした態度を隠さず、とぼとぼと食堂を出ていった。


副所長と世田からそれぞれ聞いた話と、伍藤の証言との間に矛盾はなかった。三人は共通の懸念を抱いている。プラットフォームの今後について。

副所長は話し好きの質《たち》らしく、エレファントの最新設備を誇りつつメタンガス採取事業への事件の影響、その心配を多弁に語り、施設内の安全管理責任者である世田は、殺人の発生という事態そのものに動揺し、事態のどこに自分の責任が関連しているかに悩み、混乱する心情を慎重な言葉遣いで伝えた。事件の原因が個人の悪意に基づくのなら、環境の不備とは関係ないのでは、とイルマが疑問を口にすると、世田はこちらが驚くほど大きな息を吐き出し、ほっとした表情を浮かべ、ありがとうございます、といった。

迎えに来た伍藤とともに世田が食堂を出ていき、イルマは腰掛けたまま大きく伸びをした。これからが本番だぜ、とつぶやいた。

プラットフォーム内の重役にあたる副所長と伍藤と世田は、共通の現場不在証明を持っている。三人が共謀して……という可能性も完全には排除できなかったが、彼らの立場から考えても、爆発物による殺人を実行するのは無理があるように思える。

イルマはゆっくりと頭を回し、首の奥の鈍痛を拡散させようとする。

風と雨の音。激しさは増すばかり。それも、気持ちを鼓舞する環境音として聞こえなくもない。嵐によって気持ちが高ぶっているのも確かだ。扉が開き、医師の中島が現れた。送り届けたのを確認し、通路を引き返す伍藤の後ろ姿が遠ざかってゆく。

とても落ち着いた中年女性。中島へのその印象は、聴取が始まった際にも変わることはなかった。長い黒髪を後ろで束ねていたが、羨《うらや》ましいくらい艶《つや》がある。事情聴取に不快感を覚えているという風もなく、聞かれたことには短く淀《よど》みなく答えてくれた。けれどその態度が、本当に心根と同じかどうかまでは分からない。イルマはつい、協力的なのね、と探りを入れてしまう。

「警察官とは何度も接していますから」

繁華街の開業医だった過去。

「付き合い方も学びました。反発心は抑えること。それだけ心がけておけば、警察官との会話は滑《なめ》らかに進みますし、時間も短縮できる」

イルマは少し驚き、

「本当に事件が絶えなかったわけね……」

「銃撃事件さえありました。撃たれた組員の大腿骨《だいたいこつ》から、銃弾を摘出したこともあります。形成外科だったのですけどね。ほとんど何でも屋、といった感じでした」

へえ、とイルマが感心していると、

「ですから横柄な患者の態度にも、高圧的な警察官の態度にも慣れているんです」

「それは失礼」

「いえ。あなたの場合、問題はないと思いますよ」

中島は小さな笑みを浮かべ、

「問題なのは高圧的なだけで、仕事をしない警察官ですから」

思わず苦笑してしまう。なぜ開業医を辞めたの、という質問には、

「……落ち着きたかったので」

プラットフォーム専属の産業医は短く答えた。事件発生時の行動を訊ねると、

「私は基本的に、一人で医務室におりますから……むしろ、医務室以外で私の姿が見掛けられたとしたら、そちらの方が不自然でしょうね。特にこのような天候の際にはどのような負傷者が出るか分かりませんから、下手に施設内を見回ったりせず、待機を続けるのが職務上、正解だと思いますが」

「転落事故についての知らせは、医務室で受けたのね」

「ええ。連絡を受け、指定された事故現場へ直行しました。現場にはＨＳＥ統括部長、ＨＳＥエンジニア、それと最初に事故を発見した無線通信士がいました。落下した喬木氏を

その場で診断したところ、心肺停止はほぼ明らかでしたが、風が強く、脈拍を測り辛《づら》かったので医務室で改めて診察し、死亡診断書を作成しました」

「担架で運んだのは、世田と加島《カシマ》だよね。運び込んでからの、皆の行動は?」

「私以外は、すぐに退室しました。まあ……遺体の傍に長くつき添いたいと思う者はいなかったのでしょう」

「亡くなった喬木に関して、知っていることはない?」

「健康診断以外で接触することは、ありませんでしたから」

「この際、守秘義務は忘れて欲しいのだけど」

「喬木氏から何か精神的、肉体的な問題について相談を受けた、という事実はありません。いずれの兆候も見受けられませんでした。率直にいえば……人に悩みを打ち明けるようなタイプには見えませんでしたね」

「疑り深い人種、という意味?」

「高圧的な人種、という意味で。けれど働き者、というわけでもない……あくまで個人的、表面的な印象ですが」

職務上の礼儀を失わない範囲での、率直ないい方。イルマは中年の女性医師に好感を持った。とはいえ、事件発生当時のほとんどの時間を一人ですごしていた、というのも事実だ。

　次に入室した無線通信士は、聴取の間じゅう、怯えた顔でいた。遺体の第一発見者。名簿によると、志水直《シミズナオ》。二十四歳。扶養家族なし。華奢《きゃしゃ》な体格に見え、プラットフォームに残った者の中で伍藤と中島とこの男性だけが陽に焼けていないのは、仕事柄のせいだろう。神経質そうな面立ちだった。

　船舶無線の通信業務を任されており、そのために監督室に詰めていた際に異変を感じ、部屋を出て外通路から周囲を見渡し、デッキに横たわる遺体を発見したという。イルマの最初の質問は建物内の位置関係の話で、

「監督室、ってどこにあるの？」

「この建物の……居住施設の最上階です。中央管制室には窓がなく、外が見えませんから、船舶無線の機材だけは監督室に設置されています」

「デリックの掘削作業を監督している部屋、ってことだよね。つまり、プラットフォームの内側へ向いている。それなら監督室からは居住施設の南西で起こった作業員の落下の、その状況は見えないんじゃないの？」

「窓が震えた気がしたんです。何か、衝撃のようなものを感じた気が。風でデリック内のケーシングパイプが落ちたのかもしれない、と考えて……副所長へ連絡は入れたのですが忙しかったようで、繋がりませんでした。台風が近付いているのは分かっていましたから、見回るなら今しかない、と自分で判断して施設の外に出ました」

副所長へ連絡。イルマは記憶に留めた。後で副所長の持つ通信機器の履歴を調べる必要がある。

「……で、作業員が倒れていた、と」

「はい。直接副所長に知らせようと、居住施設を走り回って……ミーティングルームで他の二人といるところを、ようやく捕まえました」

「倒れている人を見付けた時、近付いて誰なのか確かめた？」

「近付きました。最初は、怪我か何かで動けないのだろうと思いましたから。喬木、という人だということはすぐに分かりました」

体を一瞬、大きく震わせ、

「肩の辺りを軽く揺すってみたのですが、両目が開いていて、誰が見ても、あれは……」

「副所長へ連絡、というのは冷静な判断としてそう考えたの？」

「いえ……正直、どうしていいのか分からなかったものですから、とにかくその場から逃げ出したかった、という感覚だったと思います……」

「被害者と面識はあった？」

「挨拶程度ですが、一応」

「あなたから見て、彼はどんな人物？」

志水は薄い唇を固く引き結んで考え込み、やがて、

「……多少、癖のある人物だとは思います」

「性格に難がある、という話……」

「どういったらいいのか……独立心が強いというか」

「規則に縛られない、という意味？」

「そうですね……おかしなものをプラットフォームに持ち込んだりもしていましたから」

「おかしなもの？」

「いえ、別に違法なものでは……バッテリー式の折り畳み二輪車ですよ。ここは火気厳禁ですからガソリンを用いる機械は全て持ち込み禁止なのですが、電動機型のものであれば……と考えたみたいで」

「それで、どうするつもりだったのかな」

「屋外の移動に使う気だったとか。隅から隅まで歩くには、それなりに時間がかかりますからね……でも、所長に没収されたんです」

「二輪車の持ち込み、って無茶な話？」

「無理のある話ですが……例えば、ヘリパッドをグラウンド代わりにしてランニングする者もいますからね……」

「生前に、彼とトラブルになったことはない？　同僚の話でも、聞いたことは？」

「ありませんが……」

少し言葉を濁し、

「あってもおかしくはない、と思います」

林《ハヤシ》勤《ツトム》。二十二歳。掘削作業員。現在プラットフォームに残留する者のうち一番年齢の若い社員だったが、やや丸みを帯びた容貌《ようぼう》はさらに何歳か若い印象を与えた。喬木が亡くなったことが信じられない、という様子で今も動揺を抑えきれていなかった。現場不在証明を提示できないことが、本人をさらに混乱させているようだった。

事件当時は自室のPCの前にいた、といい、時折大きな深呼吸を挟みつつ、質問にはゆっくりと答えた。喬木のことをどう思う、という問いかけに林の表情が曇った。イルマはすかさず、

「彼と何かトラブルがあった？」

林は短めの髪を忙《せわ》しなく掻き、

「……二万円貸してくれ、といわれたことがあります」

「貸したの？」

「はい」

「返済は？」

「……いえ」

イルマは慎重に、

「喬木が、何かあなたの弱みを握ろうとするようなことはなかった？」

林が黙り込んだ。あった、とイルマは判断するが、それ以上深追いはしなかった。

「あなたの印象では」

目を伏せる青年へ声を和らげ、

「彼はどんな人物……」

「……余り近付かない方がいいかな、という感じです。正直いって」

癖のある人物、と無線通信士の志水はいった。その証言が、とても正確な評価に聞こえる。イルマは若手作業員の様子を観察していた。表裏はないように見える。けれど、それも第一印象にすぎない。最後は雑談のつもりで、職場で他に気になることはない？　と訊ねると、林はしばらく黙考したのち、

「……後は、幽霊の噂《うわさ》くらいでしょうか」

イルマは首を傾げ、

「海から手が伸びてくるとか、海坊主とか？」

相手は真剣な顔で首を振り、

「エレファントの中の話です」

「あなたが目撃したの？」

「いえ……仲間内での噂です。子連れ、とか」

「幽霊は女性なの」

「いえ、確か男だと……」

男性で子連れ？　私なら、密入国者か何かを疑うけど。こちらの反応の鈍さに、林はそれ以上話をする気をなくしたようだった。気にしないでください、と小さな声でいい足した。


「最終点検をしておりました。ガス井戸は現在六十四本設置していますから、それぞれの閉鎖に見逃しがないか、現場責任者としてもう一度、と」

掘削エンジニアの西川《ニシカワ》と安道譲《アンドウユズル》。三十六歳。掘削監督《ツールプッシャー》。小柄な男性。事件発生当時は掘削エンジニアの西川とデリック内の作業場であるドリルフロアにいた、と少し早口で説明した。

「それほど心配？」

陽に焼けた皺の多い顔が頷き、

「海上とはいえ問題が起きた場合、外部から何をいわれるか分かりませんからね……とはいえ、本当の心配はガスが漏れることより、閉鎖の影響が今後の採取に現れてしまうことなのですが」

「副所長もそんな話をしていたけど」

「ガス井戸のバルブを閉じきるだけでもリスクがあるんです。海底下から採取するガスの状態は、地上の操作の影響を受ける場合がありますから。再開した際に採取量が減ったり、最悪の場合は止まってしまうことすらあります」

「で、点検したんだよね。デリック内の問題は消えた、と」

「いえ……」

声を濁らせ、

「デリック内側の上部にラックがあって、そこに繋ぎ合わせたパイプを下げておくのですが、全部は降ろしきっていないのです。歯止めがあって外れない仕組みになってはいますけど……この強風ですからね。もしパイプが落ちて、ドリルフロアの大型機械、モーターであるパワースイベルやパイプ接続のためのアイアンラフネックを壊してしまったら、と」

掘削監督は本当に、技術的な心配を第一に考えているように見える。被害者についての話を訊こうとすると、

「……仕事振りは、悪くはないですが」

「微妙ないい方だね」

「多少、自分勝手なところはありました。仕事を人に任せて、先に一人だけ部屋に戻ってしまうとか。いや、そう極端に仕事を怠けるということでもありません。人一倍熱心とはいえない、というだけで」

特に喬木との間に問題はなく、プラットフォーム内での他の問題——例えば幽霊出現の

噂——についても、何ですかそれ、と苦笑しただけだった。

エンジニアとして掘削装置の操作を担当する西川澄夫《ニシカワスミオ》は聴取の間、ずっと渋面を作り口の端を曲げ、その態度のまま始終、不満を表明していた。逆立った灰色の短い髪までが、不機嫌さを伝えているようだった。聴取を受けていることも、女性警察官を目の前にしていることも不服らしく、答える口調も乱暴だった。名簿には五十七歳、と記載されており、現在のプラットフォーム内では最年長ということになる。

けれど、交通機動隊員として路上の交通違反を取り締まっていた経験から、イルマは女性警察官を軽んじる年上の男たちの扱いには慣れている。ついからかってしまいたくなる誘惑を抑え、努めて冷静に、事件前後の居場所とその際の動きについて訊ね続けた。西川はやはり安道と行動をともにしており、二人の話に相違は見当たらなかった。

被害者への印象については、より辛辣《しんらつ》で、

「寝転んで口を開けて、そのまま甘いものが落ちて来るのを待っているような奴だ」

腕組みをし、居丈高《いたけだか》に、

「何も、自分の力で手に入れようとしない」

「彼にとっての甘いものって、お金のこと……」

「よく人にねだっていたよ」

吐き捨てるように、

「何かを得たいのなら人より汗をかき、働かなければだめだ」

イルマは誘惑を抑えきれず、

「あなたはどうなの。人のことがいえるくらい、努力してきた？」

「……俺なりに汗は流したつもりさ。掘削作業に携わるために必要な、研修や実技試験の話じゃないぜ。長く一つの仕事を続けるには、忍耐と動機が必要になる。分かるか……自分を見失わないよう保ち、汗を流し続け、初めて周囲からの信頼を得ることができるんだ。俺が汗をかいて手に入れたものは、家族だ。三人の孫の行く末まで面倒をみきれるほど、裕福とはいえないがね……何か文句があるか？」

「全然。私も公務員として、こうして真面目に働いているけどね、お金持ちにはなれないから」

「女が警察なんぞで働いて、何か手に入るのか」

「まだ、何も」

「手に入らないのは、仕事の方向が誤っているからだ。無実の人間を呼びつけるような、粗い仕事をしているからだ。もっと見る目を養うんだな」

「何かを手に入れるのは、これからだよ……っていうより」

イルマは長机の上で身を乗り出し、

「死ぬ時にはね、何かをつかんだまま逝《い》ってやる、って思っているだけ。何か文句ある？」

西川の渋面が初めて、少しだけ崩れた。しばらく無言で見返したのち、

「何をつかむ気でいるんだい」

「さあ」

イルマは微笑み、

「天国に着いた時に手を開いて、確かめてみるよ」

「……捜査一課の女刑事か。威勢のいいことだが」

眉間の皺がいっそう深まり、

「口先だけでなければいいがね」

イルマは黙って首を竦める。雑談を続けていい状況でもなかった。念のためにプラットフォーム上の幽霊についても訊ねてみたが、やはり、聞いたこともねえな、という素っ気ない言葉が返ってきただけだった。最後に西川が、いいことを教えてやる、といった。

「組織も生きものも同じだ。でかくなれば、自分の図体のせいで足元が見えなくなる。なのに、見ているつもりになるんだ。お前も気をつけるんだな」

「……新日本瓦斯開発は、違うの？」

イルマにはまるで、エレファントそのものについて話しているように聞こえる。最年長の掘削エンジニアはしばらく黙り込んだ後、違わねえな、と答えた。

西川を送り出したイルマは、食堂の硬い椅子の上でもう一度、ゆっくりと首を回した。半年前に高架道路から転落して、地下鉄入口のアルミ製の化粧屋根に全身を食い込ませて以来、首の付け根の重みが取れず、鈍痛も残ったままだ。

重みが苛立ちへ変わる前にイルマは立ち上がり、キッチン・カウンターに設置された冷水機からコップへ水を注ぎ、一気に飲み干した。聴取を始めてから、すでに三時間近くが経っている。確信を持って有益と判断できる情報は、まだ見付かっていない。

後二人、とつぶやいた時、連れて来ました、という伍藤の声が扉の向こうから聞こえた。

大津木信吾《オオツキシンゴ》。三十四歳。掘削作業員。長髪を後頭部できつく縛っているせいか、顔立ちが後ろへと引き攣《つ》っているように見え、頬骨が目立った。聴取の間は時折こちらを窺うように……というよりも、値踏みをするように視線を投げてくる。事件発生時の居場所については、

「食堂にいました。でも、調理師がいなくてね……」

「どうして食堂に？」

「いつもならセルフサービスのアイスがあるから。甘いものが好きなものでね」

話を逸らされているようにも思え、

「嵐が近付いて来る時に、甘味？」

「いけませんかね」

「その後は？」

「部屋に戻っても退屈ですからね……話し相手を探して、居住施設の中を彷徨《さまよ》っていましたよ」

「いつ事件を知ったの」

「トレーニング室で加島さんを見付けてね、そうしたら館内放送が流れて、外階段の一階へ来て欲しい、と加島さんが呼ばれたのを聞いたんだ。だから、俺もついていったよ」

「じゃあ、遺体を見ているのね」

「まあね。運ぶのも少し手伝いましたよ。通路も入口も狭いからね。担架を支えてやりました」

「亡くなった喬木のことを、どう思っていた？」

「どうかね……」

質問の意図を探るように、上目遣《うわめづか》いにイルマを見据《みす》え、

「喬木は評判が悪いんですか」

「人物評を、あなたから聞きたいのだけど。彼とは親しかった？」

目を伏せて、長く息を吐き出し、

「……今、エレファントに残っている人間の中じゃあ、あいつと話をしていた方かな」

「どんな話を？」

「観た映画の話。セ・リーグの勝敗……俺も喬木も煙草を吸うからね。吸っている間だけの、世間話ですよ」

「彼が外階段でよく喫煙していたこと、知ってた？」

「……まあね。細かい規則を気にしない奴だったから」

「問題の多い人間だったと思う？」

「さあ、そこまでは……」

曖昧に質問をかわそうとする相手へ、単刀直入に、

「彼は何かトラブルを抱えていなかった？　殺される理由になるような」

「殺されていい人間がいるんですかね」

イルマは苛立ち、

「喬木と、例えば金銭のやり取りをしたことはない？」

「俺が、ですか。ないですね。俺はこう見えて潔癖症ですから」

話を嚙《か》み合わせる気がない、ということだけは分かった。だからといって、殺人の嫌疑をかけることができるほどの不審点も、見当たらない。

「じゃあさ」

いったん引こう、とイルマは決め、

「プラットフォームに出没する幽霊の噂、聞いたことある……」

「幽霊。どんな噂です……」

「親子の幽霊だとか」

「知らないですね」

馬鹿馬鹿しい、といいたげな口振りで、

「誰がそんな話をしたんです？」

さあ、とイルマはとぼけてみせた。隠したのは幽霊の話題を持ち出した途端、大津木の顔に今までにない何かが横切ったような気がしたからだった。そして、すぐに表情を戻したように思えた。もう少し、追及するべきか。

いや。大津木はきっと、はぐらかしてしまうだろう。もしそこに、話したくない情報が含まれているのなら。それとも全て、私の気の高ぶりが引き起こした錯覚だろうか。

携帯端末に触れ、伍藤を呼び出した。聴取対象者の、最後の一人を連れて来てもらうために。

扉が開き、分厚い胸板をした作業員が食堂に入って来る。加島の体が傍にいるはずの伍藤の姿を隠してしまっていた。イルマが着席を勧める前に加島は無造作に腰掛け、パイプ椅子に甲高《かんだか》い悲鳴を上げさせた。脚を開いて座り、顎《あご》を上げてまともにイルマを凝視する。

加島武《カシマタケル》。四十二歳。デッキクレーン操縦手。体に力を込めていなくとも、首から肩にかけての筋肉の隆起が、はっきりと分かる。この体格は、見せかけだけのファッションだろうか。それとも戦うために身にまとった、凶器となり得る器官だろうか。

「書類では、入社が一年半前になっているけど」

イルマは注意深く質問を進める気になり、

「それまでは、どんな仕事をしていたの」

「事件と関係のある質問かい、それは」

「いいけど、別に」

イルマもパイプ椅子の背にもたれ、

「多少聴取に時間がかかっても、さ。あなたが最後だから」

「特別扱いかい」

「そう取ってもらえると嬉しいな。で、何の仕事を？」

「……工事現場さ」

「どんな？」

「色々だよ」

「ごつい体格しているけど、何かスポーツを？」

「……拳闘を少しな。若い頃の話だ」

「出身はどこ？」

「覚えていないな」

「態度、悪いよね」

「詮索屋が嫌いなだけだ」

「正直にいわせてもらうけど」

机の上に頬杖を突き、

「あなたはまだ明確な意味では、被疑者とはいえない。事件と関係する証拠は何もない。プラットフォーム内の問題として、あなたのことを口にする者は誰もいなかった。でも、もしかすると皆、怯えているだけかもしれない。その体格と態度に。で、覚えていてもらいたいのだけど」

微笑みかけ、

「嵐が過ぎれば、すぐに警察官が大勢やって来る。殺人の可能性についてはもう報告しているからね。あなたの目の前にいるのが、か弱い女性一人、っていう状況は後数時間程度の話なの」

加島も鼻で笑い、

「一人じゃ何もできないって、そういう話かよ」

「どうかな……これでもね、色々な捜査方法を試してみたいって欲求を抑えているんだけどね」

「俺も自分を抑えているぜ。相手を海に放り込んでやりたい、って気分をな」

「女を殴《なぐ》ったことがある？」

「ねえな。今日までのところは」

「あなたこそ、試してみたら？」

唇の端に笑みを残して相手を見据え、

「力だけで勝負が決まるなんて、思わないでね」

そのまま睨《にら》み合うことになった。加島は太股《ふともも》の辺りに両手を軽く載せ、微動だにしなかった。イルマは大柄な聴取対象者を、観察し続けていた。加島は、私を軽い相手だと考えている。けれどそれは、こちらが女だからというのではなく、自らの体力への自信の表れなのだろう。確かに、逮捕術で絶対に絞め落としてみせる、と確信できるだけの隙《すき》は加島の姿勢の中に見付からない。だからといって、引くつもりもなかった。

「……事件発生当時の居場所は？」

イルマの硬い口調の問いに、

「トレーニング室だ」

「どのくらいの時間、そこにいたの」

「二時間程度だろうな」

「それ以上まだ、図体を膨《ふく》らませたいわけ？」

「他にすることもないもんでな」

「で、それから……」

「放送で呼び出された。外階段の一番下へ来てくれ、と」

「喬木を医務室へ運んだのね」

「ああ。ＨＳＥ統括部長が怖がっていたもんでな」

「そこなんだよね……」

イルマは姿勢を戻して脚を組み、

「あなたは事件の発生にも、遺体の話にも全然動じていないように見える。私があなたの前歴にこだわるのは、そういうことなんだけど」

「……工事に事故はつきものだろう」

「どんな事故に遭ったの」

「さあな」

「運転免許証、見せてくれる？」

「見せたらどうなる」

「事故の記録を照会するの」

「持ってねえな。最初から」

「クレーンの操縦手でしょ……」

「クレーンデリック運転士免許だ。車の運転とも警察とも関係はねえな」

「じゃあ、それでもいい」

「どこに置いたかな……会社には提示したがね、忘れたよ」

「なら、部屋を見せてもらえるかな。参考までに」

「令状なしに、か」

「令状なしに」

「ごめんだな」

捜索差押許可状なしに個室の調査を要請するのは、賭《か》けのようなものだった。拒否されるのが前提のようなものだったし、承諾を得られた場合、すでに室内には証拠品が存在しない、ということになる。湾上から証拠品を消すのは簡単な話。どうしても相手の反応を確かめたくて切り出した用件だったが、加島の態度には瞬《まばた》き一つ分ほどの変化も見られなかった。イルマは、大事な持ち札を無意味に捨てた気分になる。結果、加島への疑惑の軽重は変わらない、というだけ。

「ほんと、冷静よね」

相手の瞳の奥を覗き込もうとする。

るの」

「人が死ぬような事故に、何度も遭ったわけ？　何度遭えば、そんなに落ち着いていられ
「あんたと同じくらいじゃないのか」

「交通事故の悲惨な結果を幾度も目にした、元交通機動隊員の私と同じくらい？　それは
ちょっと、どうかな」

「……動揺はしているさ」

「とてもそうは見えないのだけど。むしろ……私以上に、こういう状況に慣れているよう
に見える」

加島が初めて視線を逸らした。顔付きに怒気が含まれたように見え、それは回答の拒絶
も示している。無理はせず話題を変えることにし、喬木に対しての印象を訊ねると、

「詮索屋だ。あんたと同じだよ」

としか答えなかった。

「じゃあ……このプラットフォーム自体の印象について。何か問題は？」

「何の文句もねえさ」

「幽霊が出る、って話は知らない？」

加島の表情が曇り、

「何の話だい……」

「さあ。噂を小耳に挟んだ、っていうだけ。親子連れなんだってさ」

「いつ、その話を聞いた」

加島の表情は今も落ち着いている。けれど、瞳の奥には好奇心以上の何かが灯《とも》ったように見える。イルマははぐらかすことに決め、

「教えない」

黙り込む加島へ、もうお終い、と伝え、

「部屋に戻ってゆっくり休んで。ご苦労様」

少しの間、静かにイルマを見詰めていた加島は沈黙したまま立ち上がり、伍藤の迎えを待たず食堂を出ていった。


ノートに細かく書き込まれた自分の文字を眺め、さらに思いついた事柄を書き足しつつ考えを整理し、進めようとする。社員たちの証言で得られたものは……思案の材料程度、というところだ。爆発物に関しての情報は全くなく、こちらから問いかけるべきだったか、とも思うが、「秘密の暴露」にもなり得る重要項目を全て晒してしまうのも得策ではない、という気がする。

それでも、収穫が零《ゼロ》だったわけではない。

伍藤と世田と副所長、掘削監督の安道と掘削エンジニアの西川はそれぞれ、互いの現場

不在証明を補完し合っている。特に幹部の三人はその立場もあり、爆発物を扱う犯人像とは距離があるように思える。無線通信士の志水と作業員の林、加島と大津木、医師の中島には現場不在証明がない。特に加島と大津木の証言には、噂話に対する反応もあり、ノイズが混ざっているのを感じる。その二人が最も警戒するべき者たちで、幹部の三人がシロに近く、残りの五人は灰色に含まれる、と想定するべきだろう。

加島と大津木は、食堂でも隣り合って座っていたのをイルマは覚えている。できる限り二人は一緒に行動させない方がいい、と思う。

けれど、それらも確率的な推測にすぎない。全員から殺人者である疑いが消えたわけではなかった。プラットフォーム内の殺人を追及する上で特有の問題となるのは、やはり海に囲まれているために犯行の道具を見付け出すことが難しい、という点だ。証拠となるものを海へ捨ててしまえば、ほぼ完全に消滅させてしまうことができるし、私が犯人ならすでにそうしている。即座に令状を発行できるなら、今すぐに各自の部屋に踏み込んで調べ上げたいところだったが、それでも成果が上がるかどうかは微妙な状況だろう。

証拠隠滅をやすやすと見逃してしまうのは……全員を見張るだけの人員が、まるで揃《そろ》っていないから。つまり、警察官が私一人しかいない、という状況だから。

不運を嘆いていても仕方がない、と思う。得られた情報だけでも整理するべきだった。

喬木が殺された理由。被害者は詮索屋で、金を必要としていて、その二つの要素は連動しているのかもしれない。周囲の弱みを握り、それを種に金を脅し取っていた、としたら。だとしたら殺人者の動機は、知られたくない秘密を喬木に握られたから、ということになる。そんな事実があった、と見えたのは最年少の林だけだったが、他の者がその点について正直に答えている、とも断定しきれない。

裏付け捜査をする余力がない以上、今できることは限られている。こちらから動くしかなかった。それには助手《ワトソン》が必要だ。私が動き回る間、その場に留《とど》まって警戒を続ける人間が。ふと、宇野の顔が脳裏に浮かんでしまい、イルマは悪態をつく。あの野郎。嘘つき野郎。

宇野がいればどれほど役に立ったか、と思わずにいられなかった。手書きの調書も、もっとずっと綺麗《きれい》に筆記したことだろう。雑事は完全に任せてしまい、思考と行動の全速力の繰り返しに、集中させてもらえたことだろう。

宇野の代役にはなり得なかったが、イルマは再び携帯端末の画面に、ＨＳＥ統括部長を務める中年男性の名前を表示させる。

g

副所長によって宛てがわれた来客用の個室の中、伍藤は狭い机に肘を突き、両手で額を支え項垂《うなだ》れていた。

本社への連絡を行うつもりだったが、うまく衛星電話が繋がらなかった。報告し損ない、安堵する自分を認めてもいた。机の上のブロック・メモには、伍藤が急ぎ書き殴った報告のための要件が乱雑な字体で記されている。嵐が過ぎるのを待って、もう一度通話する他ない。伍藤は顔を上げ、背後を振り返る。馴染《なじ》みのある空間とは感じられなかった。

伍藤がプラットフォームから内陸の本社へ勤務場所を移したのは、もう二十年は昔の話だ。現場のHSE責任者として、主に東南アジアの海上プラットフォームで一年の半分を暮らし、当時の居室は全て相部屋で、様々な国籍の者たちと生活をともにしたものだった。

——俺は、本社勤務となって何を手に入れたのだろう。

熱気とは無縁の世界。事故の心配も、異文化との摩擦もない生活。家族とすごす時間。では、失ったものは？

馬鹿騒ぎのような——離陸直前のヘリコプターのテイル・ローターが劣化により根元から落下し、関係者全員で呆然としたり、火災訓練の名目で作業員を集め、炎天下のプラットフォーム中に消火ホースで海水を撒《ま》いたりした——毎日。異国の人間の笑い声。ようやく自宅に帰った際の、幼かった息子との濃密な時間。では、今は……

会社と現場との調整に明け暮れる日々。数字ばかりを見詰める毎日。最初から、統括部長など向いていなかったのかもしれない、とも思う。今回、会社とエレファントを守ろうとした幾つもの手立ては、全て裏目に出てしまった。器用ではないのだ、元々。そんな俺が、調整役など。

扉を叩く小さな音が伍藤の心臓にも響いた。室外のイルマへ、どうぞ、と声をかけた。反射的にブロック・メモの一枚を破り取り、すぐ傍の屑《くず》入れへと落とす。

聴取を終了しても食堂へは呼び出さず、女刑事の方からこちらの個室に足を運んだのは彼女なりの労《いたわ》りかとも考えていたが、扉に背をつけて立つイルマの無遠慮に室内を眺め回す態度を見ていると、単に一人の被疑者の部屋を視察したかっただけでは、と思えてくる。

気分的な疲労から、聴取の所感を訊ねることもできずにいる伍藤へ、イルマは扉にもたれたまま腕組みをし、ねえ、と話しかけてきた。

「プラットフォーム上に出没する幽霊の話、知ってる……」

「幽霊？」

伍藤は戸惑いつつ、

「苦情としては、そういった話は報告されていませんが」

「そうじゃなくって……まあ、いいや」

「社員への聴取、いかがでしたか」

「微妙な収穫。犯人、と断定できる人物はいない」

いない、という言葉に伍藤はほっとする。思わず吐息が漏れた。

「あのさぁ」

イルマは眉をひそめていて、

「それって、単に問題の先送りだと思うのだけど」

「まだ、社員の中に犯人がいると決まったわけでは……」

「じゃあ、部外者がエレファントに入り込んで、どこかに潜《ひそ》んでいるわけ？」

「いえ……しかし」

「改めて聞くけど……あなたが現在このプラットフォーム上における、新日本瓦斯開発の責任者、と考えていいんだよね？　その立場も含めて、今の状況をどういう風に理解している？」

「どう、とは」

「事故。殺人の可能性。《爆弾魔《ボマー》》の存在。状況は移り変わっているでしょ？　どう認識しているの」

伍藤は考え込む。思考停止を指摘されるのは不快だったが、反論もできなかった。

「信じられない、という気持ちが今もあります」

「何割くらい、それ」

「三割くらいでしょうか」

「残りの七割は？」

「……論理的に説明されると、あり得るのかもしれない、と」

「三割は願望、でしょ。七割は理性。で、あなたは今、どうするべき……いい？　理性的に、積極的に考えて」

「私には、どうすることも……」

そうか、と突然思いつく。犯人がいるのであれば、見付けてしまえばいい。

犯人の逮捕が、この不祥事の中でも最大の衝撃となって世間に伝わるはずだったが、その話題も逮捕ののちは収束する他ない。捜査機関の興味もエレファント全体から犯人一人へと、完全に絞られることだろう。

「……犯人の逮捕に積極的に協力する、ということですか」

恐る恐るいうと、

「やっと少しは、やる気が起こった？」

生徒に対する教師のようにイルマがいう。伍藤は閉口し、嫌な予感も覚える。女刑事は、

「取りあえず、あなたは被疑者の中から外す。私からすると確率の問題だけど、相当低い、という感触があるから」

伍藤が口をつぐんでいると、

「で、あなたにはお手伝いをお願いしようかな、と」

「……何をすればいいのでしょう」

「直前にならないと、決められない。今は……二十二時。台風の目にプラットフォームが入るまでは、もう少し時間があるから」

「台風の目？　嵐が止《や》んでいる間に、何かを始めるつもりですか」

「こちらから仕掛けてみようかな、と」

イルマが薄く微笑んでいる。伍藤は、相手の口車に乗り協力を仄《ほの》めかしてしまったことを後悔した。厄介事に巻き込まれる、としか想像ができない。

「いや、しかし……」

そういいかけた時、伍藤は背広の内の携帯端末が震えているのに気付いた。

i

伍藤は、ついて来て欲しい、とはいわなかった。けれど、その顔色から事態の深刻さを測ったイルマは、こちらを押し退《の》けるように急ぎ退室する後ろ姿に続き、走り出した。狭いエレベータに乗り込んだ時には、衛星が繋がらないのは……と歯を食い縛るように伍藤がつぶやいた。その言葉で、目指す方角を把握した。

エレベータが最上階で止まると、イルマは伍藤を追い越して駆け、人の気配がする監督室へ飛び込んだ。掘削監督と無線通信士が振り返る。驚いたことに、二人ともずぶ濡《ぬ》れに

なっていた。無線通信士の志水が水滴を床に滴《したた》らせて、室内奥の大きな窓硝子を指差し、

「見てください」

イルマは扉の傍に置かれた車輪付きの機械に躓《つまず》きそうになりつつ大型の工具箱やノートPCや無線機器の並ぶ机に走り寄り、その前方の、窓外の光景へ目を凝らす。目前にデリックの金属製の骨組みが存在し、内側に設置された幾つものライトによって照らされていたが、吹き荒《すさ》ぶ風と雨のために霞がかって見え、異常を確認することはできなかった。

「アンテナが」

イルマの隣に立った伍藤が大声を上げた。

窓の向こう側、外通路から続くバルコニー状の広場の隅に設置された衛星通信用の大きなアンテナが折れ曲がり、特徴的な球状のカバーも割れ、花弁が萎《しお》れるような格好で強風になびいている。棒状のアンテナも大半が消え失せてしまっていた。何があった、と噛みつくように訊ねる伍藤へ掘削監督の安道が青い顔で答え、

「嵐で破壊されたのでは、と……」

「見ていたのか」

「いえ」

「ちょっと待って」

イルマは口を挟まずにいられず、

「第一、あなたたちはどうしてここにいるの」

「エレファント周辺の船舶の現在状況が気になったので……」

そう志水がいい、

「一人では不安でしたから安道さんへ内線で声をかけて、二人でここに入ったのですが……」

「通信の異常が分かり、詳細を確認しようと二人でいったんは外に出たんです」

掘削監督が話を引き継ぎ、

「とてもではないですが、近付けるものではありませんでした。やっとここまで戻って来たところです。しかしここからアンテナの状態を見ただけでも、通信状況の問題は明らかです。このままでは、本社とのデータ転送にも大きな影響が……」

「そんなに情報《データ》が大切？　こんな時に？」

「ガス井戸それぞれの状態を逐次《ちくじ》本社に送っているんです。今は出口のバルブを閉じているわけですから、いつも以上に神経質にもなりますよ。メタンガスの産出情報はエレファントの将来を占う記録でもありますし、あるいはプラットフォームの意義そのものと……」

「無駄話はいい」

伍藤が割り込み、志水へ、

「船舶通信は全く不可能か。それよりも、ＭＶＳＡＴやインマルサットは」

「今、中央管制室に副所長が向かっています。インマルサットのアンテナがあれでは……MVSATの方もカバーの破損はここからでも確認できますが、内部の状態までは……いずれにしても現在の雨の量では本社との通信はできないでしょうし……」

管制室へいく、とつぶやき、伍藤が監督室を飛び出していった。今にも千切《ちぎ》れ、風雨の中に消えてしまいそうなアンテナを見詰めるイルマは掘削監督へ、

「これまでにアンテナが壊れたことは？」

「ありません。何か硬いものが衝突でもしない限り、あのようには……」

原因が、嵐ではないとしたら。

爆発物が仕掛けられたのだとしたら。その工作はどの時点で行われたのだろう？　もしすぐ前に行われたのだとしたら、《ボマー》は今、ひどく全身を濡らしているはず。でも、仕掛けを直前に施すのが自殺行為になることくらい、犯人も分かっているだろう。爆発物はたぶん、プラットフォームが台風の渦に入る以前に準備されている。

イルマの脳裏に、新たな疑問が浮かんだ。《ボマー》はなぜ、アンテナを破壊したのか。外部との通信を遮断するため。でも、その効果はせいぜい一晩の間、という程度にすぎない。殺人が露見し、継ぎはぎ的に犯行を繰り返しているだけか、あるいはもっと、事件そのものに奥行きがあるのか――

「外に誰かいる」

志水が怯えた声でいい、イルマは反射的に窓に顔を寄せた。

窓外の光景に息を呑む。まさか。

誰かがデリックの土台部分から現れ、また内部に消えたのを、イルマの視覚ははっきりと捉えていた。机上の工具箱を急いで開け、中を探って大振りな銀色のハンマーを取り上げた。それと、プラスチック製の透明なゴーグル。

「何か、テープを」

イルマは焦り、周囲へ要求する。

「頑丈な奴がいい」

「テープでどうするつもりですか」

慌て声の志水へ、

「犯人を捕まえるの。手錠代わりにするんだ」

掘削監督が身を屈《かが》めて傍の引き出しを開け、これは、と何かの束をつかんで差し出した。アクリル製の結束バンド。充分、とイルマは礼のつもりで言葉をかけ、奪うように束を受け取ってホルスターバッグに突っ込んだ。

施設内の階段を駆け降り、一階の扉に辿《たど》り着いたイルマが首から下げていたゴーグルを顔に装着し、呼吸を整えていると、伍藤の声が背中に届いた。連絡を受けて大慌てで中央管制室から走って来たらしいHSE統括部長は、せめてヘルメットを用意するまで待っていてください、と息を切らせていうが、そんな猶予があるはずもなかった。

片手の内のハンマーを握り直し、金属製の扉のノブを回して押し開けようとするが風圧で重く、イルマは体重を預け何とか隙間を作り、背後の伍藤へ、

「社員たちから、できるだけ目を離さないで」

声を張って指示を送り、返答を待たず、扉の隙間へ肩口から体を滑り込ませた。

＋

外に出た途端、息を吸うことも困難であるのが分かり、一瞬後悔の念が胸に起こった。風雨が居住施設を回り込み、横殴りの暴力となって、イルマへと襲いかかる。風上から顔を背けて口中に流れ込む雨水を吐き出した。雨に塩辛さが混じっていて、数十メートル下方にあるはずの高波の飛沫《しぶき》が風に巻き上げられているのが分かり、嵐の激しさを味覚でも感じることになった。

俯《うつむ》き気味に浅い呼吸を繰り返し、デッキ上の通路、その両脇に設置された鉄柵の一方を片手で握り締め、前進を始める。固体のような雨滴が顔を直撃し、目の前さえ視認するのが難しく、すぐにゴーグルも外れかかってしまい、ハンマーを握った手で何度も元に戻

し、立ち止まって体勢を整えていると、なかなか先に進むことができない。デリックへ向かう、という目的そのものが吹き飛んでしまいそうだった。

遠い距離ではなかった。照明もプラットフォームのあちこちに充分な数が灯《とも》されており、建物の構造を見誤る、ということもあり得ない。居住施設に隣接して聳《そび》え立つ、大型のデッキクレーンを載せた柱より先に進むと、メイン・デッキの内側に資材置き場が見え、赤みを帯びた太く長いパイプが金属の柱に囲まれた格好で積み重なったまま擦れ合い、恐ろしげな音を立てている。

イルマは気持ちを鼓舞するつもりで一瞬、高層建築物――たぶん五〇メートルを超えている――である鉄塔、デリックを見上げようとするが、その高さと天候のせいで先端まで視界に入れることができない。

鉄柵に齧《かじ》りつくようにして、一歩ずつ歩を進めた。脚を交互に繰り出す単純動作だけを意識し、不安を呼び戻さないよう努める。資材置き場を過ぎると鉄柵の切れ目があり、通路の先へ進むためには数歩分、手掛かりなしで歩く必要があった。その一メートルにも満たない距離が、果てしなく遠く感じられる。でも、その先はもうデリックの土台部分だ。

考えるな、とイルマは自分へ命じ、勢いをつけて走り出し、横風に逆らって切れ目の先の鉄柵を握り締めた時、風の中に悲鳴のような金属音を聞いた。

鉄柵にしがみつき、音の発生源を確かめようとするイルマは、すぐ傍の溶接場の存在に気がついた。デリックの下部、ドリルフロアと隣接して鉄製の屋根と大きな机が設置されており、柱と机の脚にケーブルや鉄パイプや金網が括《くく》りつけられている。けれどどれも、今にも千切れて飛んで来そうだ。床に置かれていたはずの分厚い金網が風で捲れ上がり、机の脚を擦って嫌な音を発していた。イルマは溶接場の奥を見詰める。向かい風の先に、橙色の何かが動くのを感じた。

作業服の橙色。人影。

相手もこちらを向き、その手には光る何かが握られている。ナイフだ、と見て取った。イルマは橙色の人影へ向かい、片手のハンマーを持ち上げて、長さと重さでは負けていないことを誇示してみせた。

人影は容易に近付いては来なかった。イルマは相手が怯《ひる》んだとみて、嵐に全身を晒したまま、鉄柵の隙間から最短距離で近寄ろうとする。ドリルフロアは吹き抜け構造となっており、内外の空間は繋がっていたが、金属製の壁に囲まれている箇所も多く、このまま内部へ入ってしまえば嵐から幾分かは解放されて、もっと自由に動くことができるだろう。

人影は、向かって来る素振《そぶ》りをみせなかった。柱に取り縋《すが》るような格好で、何度もこちらを見やっているのが分かった。細身の男。そう認識した時、イルマは相手の意図に気がついた。

柱にしがみついているんじゃない。奴は、柱に結びつけられた溶接用のトーチとそれに繋がったケーブルの結束バンドを切断し、解放しようとしている。

突然、強風に乗った金属製の工具とケーブルが獰猛《どうもう》な蛇のように飛びかかり、銀色のトーチの先がイルマの鼻先を掠《かす》めるが、ケーブルの金具が机の脚に引っ掛かって絡まり、けれど安心する間もなく、男はその場にうずくまってまた別の備品を攻撃の道具にしようと躍起になり始める。

解き放たれた金網が風に煽られ、イルマへと吹き飛んで来た。事務机の天板ほどもある金網が、咄嗟《とっさ》に身をひねったイルマの肩と脇にぶつかった。軽々と飛ぶ様子からは想像できないその重さに通路側に倒れ込んでしまい、鉄柵を越えて体が海へと転がるのを自覚したが、どうしようもなかった。

プラットフォームの外周に設置された太い手摺りの柱に背中が叩きつけられ、イルマは声にならない悲鳴を上げる。痛みに呻《うめ》く時間もなく、手摺りに体重を預けてもたれつつ、何とか全身を起き上がらせた。片手からハンマーが消えている。けれど目線の先には、武器となり得るものが見えていた。

イルマはゴーグルを装着し直し、風雨に逆らって前進する。両手が自由になった分、動作が滑らかになったのを感じた。相手は、デリックの奥へ戻ろうとしている。振り返り、こちらの接近を察し、そしてこちらの狙《ねら》いにも気付いたらしい。

溶接場の机の脚に絡みついたケーブル。

追い風に乗って作業服の男が走り寄ろうとするが、イルマの方が早かった。ケーブルの先の溶接トーチを持って引くと、簡単にケーブルは解《ほど》けた。後退《あとずさ》る相手に合わせて、デリックの内部に足を踏み入れる。

荒い呼吸に乗り、潤滑油の臭いが鼻腔《びこう》に入り込む。骨組みで造られた鉄塔の中央、イルマの頭上では垂直のレールに繋がれた機械アームが太いケーブルを垂らし、揺れていた。そのさらに上方からは断続的な金属音が聞こえ、見上げるとラックに掛けられた何本もの長いパイプが、遠くで竹風鈴のように互いを打ち鳴らしている。

デリックの上部はともかく、少なくともこのドリルフロアでは、風と雨の半分を防ぐことができる。イルマは安堵と興奮を込め、男へ犬歯を剝き出すような笑みを向けた。相手は震える腕でナイフをこちらへ突きつけようとするが、ケーブルを持って振りかぶったイルマの溶接トーチがその手を打ちつけ、刃物は簡単に床に落ち、水の流れがすぐに男から遠ざけた。

そしてイルマは、痛みに歪む男の顔に見覚えがないことを知る。

全く見たことのない容貌。

「警視庁捜査一課っ」

一瞬、思考が空白になりかけるのを自らの大声で引き戻した。ドリルフロア中央に置かれたままの、神輿《みこし》のような大型機械を間に挟んで対峙《たいじ》し、回り込みつつ距離を詰めようとすると、男は急に、イルマが入って来た方角へと駆け出した。

「止まりなさいっ」

そう叫ぶが、相手に伝わったようには見えなかった。男はデリックから出ると鉄柵を頼りに、よろめきつつメタンガス生産施設へ向かおうとする。イルマもケーブルを素早くまとめて片手に握り、嵐の中に戻った。横殴りの風圧は変わらなかったが、今は相手を追いつめている感触があり、その高揚感がイルマを後押ししていた。

奴が生産施設に辿り着くまでに、確保できる。そう確信した時、男はこちらを振り返った。片手は作業服の鳩尾の辺りを押さえていた。角張った膨らみ。作業服の中に何かを抱え込んでいる。諦めろ、というイルマの呼びかけが風の中に消える。

作業服が突然、強く発光した。

そう見えた瞬間、イルマの体が後方へと飛ばされた。混乱の中、肩甲骨《けんこうこつ》の辺りを強く床で打ち、痛みの余り声も出せなかったが、自分が意識を保っていることと、鉄柵により体がうまく固定されていることだけは理解していた。トーチとケーブルがどこかへ消えてしまったらしい。頭を上げ、こちらと同じように爆風で飛ばされた作業服の男を確かめる。プラットフォームの外周の手摺りにもたれ、全身を弛緩《しかん》させた男が、液体が零《こぼ》れるように上半身から海へと落ちかかっていた。

呻き声を発し、イルマは急ぎ立ち上がる。軋む脚を急き立て駆け寄り、作業服の背《せ》中をつかんで、男をデッキへ引き倒した。

両肩の辺りを握って引きずり、歯を食い縛って運ぼうとするが、背筋にうまく力が入らず、自分まで風に流されそうになる。渾身《こんしん》の力を込めて引き、殴りつけるような風雨に逆らって通路に戻り、生産施設まで辿り着くとレバーハンドルに取りついて扉を開け、獣のように咆哮《ほうこう》し、倒れ込む勢いを利用して施設内に男の体を引き込んだ。

二　海を漂う体

i

鉄の床に座り込み、ゴーグルを額にずらすと、しばらくの間イルマは顔を上げることもできなかった。鈍い振動が皮膚に伝わり、騒音が聴覚に届いている。ようやく、施設内の明るさに気がついた。天井にＬＥＤ灯が並んでいる。

俯いたまま視線を向けると、広い室内の手前片側には大型のスチール棚が並び、ビニールに入った備品や、様々な大きさの段ボールが積み重ねられていた。中央辺りに上下への階段があり、さらにフロアの奥には人よりも大きな、鮮やかな青色に塗装されたモーターらしき機械や、銀色のタンクが互いをパイプで繋ぐ格好で密集していたが、それらが動いている様子はなかった。振動音は階上から聞こえ、つまり今も唯一稼働しているはずの発電設備は二階に存在する、ということだろう。室内の空気には湿り気も感じたが、風雨によって失われた体温はなかなか回復しなかった。

イルマは雨の染み透ったジャケットの上から両手で肩を抱き、震えつつ男の様子を確かめる。

　皺が多く、年齢は想像しにくかった。たぶん四、五十代といったところだろう。半端に伸ばされた、白髪の混じる直毛の髪。陽に焼け、痩せこけた頬。片目と唇を薄く開け、死んでいるのは明らかだった。念のため手首の脈を測ってみても、生命力は感じ取ることができない。この場で黙禱《もくとう》を捧げるべきだろうか。何となく、医師の死亡確認を待った方がいい、という気がする。

　橙色の作業服の前が裂けている。指先で摘んで覗き込み、胴体の状態を確かめるが、ひどい有り様だった。体の中央を粉砕された、という状態で、大口径の銃弾でもこうはならないだろうと思えるほどの怪我だ。耐火仕様の作業服を着ていなければ、人の形を保っていることもできなかったのでは。

　それは私も同様だ、とイルマは考える。明らかにこの男の死は、体の前で何かが爆《は》ぜ、殺傷力のある破片にずたずたにされた結果で、私が爆風を浴びるだけで済んだのは、男の丈夫な作業服がダメージを受け止めてくれたおかげだ。それに、全身が雨で濡れていなければ、大火傷《おおやけど》を負っていたかもしれない。

　男の傷は明るい空間の中で生々《なまなま》しく、赤く染められた細かな凹凸《おうとつ》が骨であるのか内臓であるのか破片であるのか、判断することが難しい。イルマは顔を背けようとして、その中に、紙片らしきものが交じっているのを発見する。

一つ二つではなかった。大量の紙片。これは……

イルマは身震いする。男はなぜ死んだのだろう。この男が、喬木を殺害した者なのか。追いつめられ、爆発物を用い自殺した――

爆発の瞬間を、イルマは脳裏で反芻《はんすう》する。太股のホルスターバッグを開くと、その中だけが水の浸透を免《まぬが》れている。携帯端末《スマートフォン》を手に取り、遺体の写真を様々な角度から撮影した。二度も打ちつけた肩から背中にかけてが痛く、姿勢を変える度に唸り声を上げてしまう。撮影するうちに、端末の画面にＷｉ－ＦｉのアイコンCが点いているのを知った。内線として機能する無線通信は、生産施設内でも使用可能らしい。

作業服の内側に散乱する紙片には、０の並びが印刷されている。全て一万円札で、たぶん五十枚以上はあるだろう。男は一万円札の束を抱きかかえ死んだ、ということになる。まるで、札束自体が爆発したかのようだった。この様態が何を意味するのか。

イルマは作業服のポケットを探り、携帯端末を見付けた。全体が傷だらけで、メーカー名等の表記は見当たらず、画面の隅が割れて液晶の中に水が入り込んでしまっている。スイッチを押しても反応はなく、液晶は暗いままだった。他に、黄色のミニカーをポケットの中に発見した。小さなブルドーザー。日本製のように見える。端末を重要証拠としてバッグに収め、ミニカーはいったん作業服に戻した。

両膝《ひざ》を突いたまま腕組みし、考え込む。所持品がほとんど存在しないのは、覚悟の自殺を表しているのだろうか。それとも、確保された際に完全黙秘を貫《つらぬ》くための用意だろうか。

イルマはもう一度作業服を摘み、内部がよく見えるよう引っ張った。金臭さと爆薬の刺激臭が立ち昇るのをこらえ、覗き込んで観察すると、男の脇腹の辺りに細い数本のコードが見え、その傍に、砕けた水色のプラスチックの欠片《かけら》を見付けることができた。奥の、灰色の板状の何かをビニール手袋を嵌めた片手で引き出した。液晶モジュール？　市販品の小さな機器。キッチン・タイマーかアラーム・クロック。

男は時計仕掛けの爆発物によって、殺されたのではないか。札束を抱えたまま殺されたというイメージが正しいとすれば、男は何らかの取引を終え、対価を受け取ったのちに殺害されたことになる。爆発物による殺人もアンテナの破壊も、男の取引相手の仕業ということに……

分からない部分が多すぎる。第一、男はなぜ居住施設にいなかったのか。殺害された理由も可能性が幾つか思い浮かんだだけで、そこから絞ることができない。

あなたが何者かは知らないけど。イルマは、現し世《うつよ》ではないどこかを薄く開いた片目で見詰める男の顔を、もう一度見下ろした。エレファントで命を落とす今まで、あなたはどんな人生を送ってきたの……

体が濡れているせいで、うまく体温が戻ってくれない。金属製の床が冷たく、寒気が膝から太股へ這《は》い上がろうとしている。イルマは立ち上がり、携帯端末を操作する。すぐに、伍

藤に内線通話が繋がった。大丈夫ですか、と訊ねる早口の声へ、

「男を確保したよ」

そう伝えると、おお、という安堵の混じる声が聞こえた。ごめん、とイルマは続け、

「でも死んだ。残念だけど」

『……ハンマーで、ですか』

慎重な口調で質問され、イルマは顔をしかめる。私が金槌《かなづち》を振り回して人を殺すようなな、そんな人間に見えるわけ？

「まさか。男は何か爆発物を携えていて、それが炸裂《さくれつ》したんだってば。そっちは？　他の社員はどうしているの？」

『今、食堂に集まってもらっているところです。それで……犯人は誰ですか』

「知らない男。全部の犯行がこの人間の仕業とも思えないんだけど……確認してもらえる？　今、ビデオ通話に切り替えるから」

『プラットフォームの人員については……私では分かり兼ねるかと』

あからさまに尻込みするものだから、

「じゃあ、副所長か誰か、全員を知っている人と替わってよ」

『副所長と世田が今、皆を食堂に集めていまして……身分証か何か所持していませんでしたか』

イルマは溜め息をつく。少し迷うが、

「……もういい。遺体をここに置いて、今からそっちへ戻るから」

体力の残っているうちに居住施設へ移動する、と決意した。台風の目に入るまでここで待つことも考えたが、寒さに震えつつ時間をただ無駄にする、というやり方は気に入らなかった。とはいえ、また同じ天候の中を引き返すことを想像すると、自嘲《じちょう》の笑みが唇の端に浮かんでしまう。

「悪いけど、大きめのタオルを用意してもらえる……」

そう伍藤へ伝え、ゴーグルを嵌め直した。

＋

奥歯を強く噛み合わせたまま居住施設の扉に辿り着く。手脚の動きが鈍いのは風圧のせいか、衣服に染み込んだ雨水の重みのせいか、それとも単に疲労の蓄積のせいなのか、その区別もつかない。ブーツの中まで水が流れ込んで溜まり、それを自分の足がいちいち踏みつけ、小さく波立たせた。レバーハンドルを回すと、扉が外へと自動的に開き、大きな手がイルマのジャケットの肩口をつかんで強引に内部へ引っ張り込んだ。

びっくりし、よろめきつつ顔を上げ、目の前に厳しい表情で立つ加島の存在を認め、思考まで疲労困憊《こんぱい》する中、急ぎ警戒心を呼び覚まそうとしていると、大男のすぐ後ろで白いバスタオルを抱き締めるように持つ伍藤の姿が見えた。伍藤も驚いた顔付きで、

「……一人で行動するな、といわれていましたので」

一応、安心していいのだろうか、とイルマは自問する。HSE統括部長の前で、加島が何か仕掛けてくることもないだろう。急に膝から力が抜け、男たちの肩に縋りそうになったが、二人の前で弱みはみせたくない。強いて体勢を立て直し、踏み止《とど》まった。

タオルを受け取り、ありがとう、と一応礼をいうと、伍藤は不思議そうな表情をし、加島は何の反応も示さなかった。

＋

食堂でバスタオルに包《くる》まって座るイルマの周りに、社員たちが集まって来た。比較的残酷に見えない遺体の写真を選んで携帯端末に表示させ、長机の上に置いた。全員が画面を覗き込む。

素性不明の男の身許《みもと》が明らかになるのを待つが、何の意見も聞こえてこない。イルマに温かい珈琲《コーヒー》の入ったカップを渡してくれた副所長も社員に交じり、携帯端末へ顔を近付けるが、訝《いぶか》しげな顔で言葉を発しようとはしなかった。

「……詳しい話はいいから」

催促せずにはいられず、

「まずは名前だけでも、教えてよ」

全員の、困惑の表情。加島でさえ、小さく首を傾げている。医師の中島は腕を組んで端末から離れ、記憶を探るのを諦めた様子だった。ようやく副所長が口を開き、分かりません、とイルマへいった。

「分からない、ってどういう意味……」

訊ねると、

「本当に、分からないんです。見覚えがありません。エレファントで働く者は作業員以外も含め、最大時で五十人を少し超える程度ですから、現場責任者である私は全員を覚えているはずです。でも、この者は知りません」

周囲も無言で賛同するようだった。

「じゃあ――」

施設に出没する幽霊の噂話を、イルマは思い出す。

「――この男は、無断でプラットフォームに侵入した、っていうわけ？」

恐らく、と副所長が答えた。複数の疑問が浮かび、

「でも、男の着ている作業服はエレファントのものでしょ？」

「既製品ですから……それに、生産施設の備蓄庫から持ち出したのかもしれません」

掘削監督が返答した。

「いつから入り込んでいたと思う？」

ＨＳＥエンジニアである世田へ訊ねるが、全く分かりません、という頼りない答え以外、返ってこなかった。どうやって乗り込んだのだろう、というこちらの質問を伍藤は無視して、

「もう一度、確認してくれないか」

硬い口調で副所長へ指示し、

「資源を狙われる海外の施設じゃあるまいし、侵入者など現実的じゃない」

強引に話の方向をずらそうとする。イルマも口を挟み、

「空からヘリで、という可能性は？」

「……想像したこともありませんでしたが」

副所長が慎重な口振りで、

「見張りを立てているわけではありませんから。皆で空中からの侵入を見逃す、という可能性も零とはいえません。ですが……やはり、現実的ではないかと」

「施設内に、監視カメラは？」

「一台もありません。それこそ、資源を狙った無法者の襲撃があり得る海外のプラットフ

ォームでは、そのような設備も必要ですが、ここは東京湾ですからね……ということはやはり、船でしょうか」

「エレファントに船着き場はあるの？」

「小さなものでしたら。東側中央の外周から、階段で降りることができます。ほとんど使用される機会はないのですが」

あの辺りか、とイルマは、手摺りの柱に背中を打ちつけた場面を思い起こす。痛みまでもが、蘇《よみがえ》るようだった。確かに、船の他に方法はないだろう、と思う。モーターボート一台あれば、湾を囲む陸地のどこからでもプラットフォームに辿り着くことができる。クルーザーであれば、外洋を越えることも。そして船を使用したのなら、男が施設に侵入したのは台風が直撃する以前、ということになる。嵐が始まってからこれまで、どこに隠れていたのだろう？

イルマは舌打ちする。生産施設から離れるのを、早まったかもしれない。侵入者が長く潜んでいたとすれば、その場所は居住施設ではなく、生産施設内になるのでは。焦って戻るより、もっと調べておくべきだった。

それに、とイルマは思う。侵入者が一人きりだったとは、限らない。

そもそも遺体となったあの男は、掘削櫓《デリック》の中で何をしていたのか。男は追い詰められた際、作業服の前を抱え込むような仕草をみせた。そして、爆発。

あれはまるで、紙幣の束が爆発したようだった。やはり遺体からは、有機溶剤の臭いがした。紙幣に爆発感度を低めた液体爆薬を染み込ませ、タイマーと雷管で起爆させたもの、と思える。つまり男は仕掛けられた側、紙幣を受け取った側、ということになる。取引を終えてもデリック内にいたのは、嵐との遭遇により脱出し損ねた、とも考えられる。それとも、まだ全ての取引を終えていなかったのだろうか？

　疑問は他にも存在する。侵入者は、実際には何人いるのか。エレファントに不法に入り込んだ者が、あの男一人とは限らない。けれど、もしも複数だった場合、プラットフォームの中央で一人きりでいたのは不自然かもしれない。最初から一人だったのか。いずれにしても嵐の中、わざわざデッキ上に姿を現したのは――イルマは自分の歯形がついた、人差し指の関節を見詰める。

　結局、気象という要素を加えるだけで、状況は全て変則的になってしまう。推測がその要素のためにずれ、うまく事案の見立てを行うことができない。

　そして、もう一つの要素。侵入者が一人であろうと複数であろうと、社員の中に《爆弾魔《ボマー》》のいる可能性は依然として変わらない、ということ。イルマは視線を上げ、熟考を続ける振りをして、長机を囲んで立つ社員たちの様子を観察する。

　悪天候の中、《ボマー》は素性不明の男と接触しただろうか？　もしそうならその者は衣服、頭髪を湿らせているはず。今雨に濡れているのは――一番ずぶ濡れなのは間違いなく私だけど――、掘削監督の安道と通信士の志水。彼ら自身の証言によれば、衛星アンテナを確認するためにいったん外へ出たという。

イルマは加島の短い髪も光っていることに気付き、違う、と考え直す。加島は私を居住施設内に引き込んだ時に、短時間だが嵐に身を晒している……内心、溜め息をついた。この線は無理がある。たとえ本当に会っていたとしても、髪を乾かし衣服を着替えるのは短時間で可能な工作、といえた。先程シャワーを浴びた、と主張することだってできる。

焦ってはだめだ、とイルマは心の中でつぶやいた。少ない情報を元にして、今すぐに何かを断定しようとするのは間違っている。

「生産施設には、人が隠れることのできる場所は幾つもあるよね……」

副所長へ訊ねると、

「大型の機械が並んでいますから、隠れるところはありますが」

灰色の髪を掻きながら、

「普段は、それぞれの場所を大勢の作業員が行き来していますからね……数日間も隠れているのは、難しいかと」

「嵐の直前に乗り込んで来た、と？」

「もっと早いとしても一日前、昨日の夜中辺りではないでしょうか。船で夜半、ということでしたら目立つこともないですし……」

あり得る話。イルマが無言で頷くと、

「その男は、どんな様子だったんです？」

伍藤が、気落ちした態度で訊ねてきた。

「……ナイフを持っていて」

思い出すと、高揚と疲労が順に蘇り、

「危害を加える素振りがあったから、工具で応戦したの。生産施設の傍まで、追いつめたのだけど」

全員に伝えるべきか少し迷ってから、

「その時、男が所持していた爆発物らしきものが、突然起爆した」

全員の顔色を見回す。副所長と世田は唖然《あぜん》とし、伍藤は天井を仰ぎ、医師の中島は眉をひそめ、志水と作業員の林は下を向き、もう一人の作業員である大津木は呆然とした表情でおり、クレーン操縦手の加島は姿勢を変え、掘削監督と掘削エンジニアの西川は顔を見合わせた。

「自殺ですか」

緊張の声色で訊ねる伍藤へ、

「それはまだ、分からない」

「本当かね……」

口を挟んだのは大津木だった。隣に立っていた加島が手近なパイプ椅子に腰掛けて、

「あんた、ハンマーを持っていった、って聞いたが。それで応戦したのか」

静かに問い詰めるようにいう。イルマはタオルに包まったまま首を竦め、

「海に落としたの。工具っていうのは、溶接用のトーチ。それでナイフを叩き落とした、っていうだけ」

「戻った時には、持っていなかったぜ」

「爆発があった時に、手放しちゃったから」

「男のナイフは」

「どこかに消えた。たぶん、流されて海に落ちたんじゃないのかな」

「都合のいい話だ」

そういって大津木が鼻で笑い、

「男を殺して証拠品を海に投げ込んでも、同じことじゃねえか。俺らを犯人扱いしているが、あんたはどうなんだ？　やたらと引っ掻き回して大騒ぎをしているが、何も解決できていないぜ。警察官の犯罪なんて、珍しくもねえだろ。あんたが男を殺して、それを隠蔽した。違うって今ここで証明できるのか？」

面倒臭い奴。一本取ってやった、とでもいいたそうな顔付きでいる大津木へ、

「遺体の様子を見れば素人でも分かるでしょ。爆発の結果だからさ、結構な状態になって

るよ」

「遺体はどこだ」

冷静に訊ねる加島へ、

「生産施設に運んだ。そこに置いてきたよ。ここまで大の男一人、引っ張って戻る気力はなくてね」

「男が所持していたものは？」

「……携帯端末《スマホ》だけ。でも割れていて、浸水もあって電源は入らない。充電を試したいところだけど、内部に入り込んだのが海水だったら基板をショートさせてしまうかもしれないから、このまま科学捜査研究所《カソウケン》へ提出するつもり」

加島と大津木を交互に見やり、

「まだ疑問があるなら、今から確認しにいく？　立場上、やめた方がいい、とはいっておくけど。どうしてもというのなら、別に一警察官の忠告なんて聞く必要はないかも。後は自己責任、って奴」

大津木が顔を背ける。加島は態度を崩さず、

「他に誰かいなかったか」

「気配はしなかったけど、他の階は見ていないから。正直いって」

「犯人が一人とは限らないだろう。それに」

イルマを睨みつけ、

「社員の中に犯人がいる、とあんたはいった。訂正するべきじゃないか？」

「……どう考えるかは、個人の自由だと思うけど」

タオルの中から加島を見返し、

「あなたたちの中に犯人はいない、って決まったわけじゃないから。お忘れなく」

「俺から見れば」

相手にも引く気配はなく、

「あんたは犯人以上に、危険人物に思えるがな」

睨み合い、空気が張り詰める中でイルマが考えていたのは、加島だけは一筋縄ではいかない、ということだった。恐らく彼が、最も事態を正確に捉えている。

「その男が犯人で自殺をした、ということもあり得るわけですよね」

二人の視線の間に割り込み、伍藤が言葉に熱を込め、

「不幸な結末ですが、全部が解決した、ということも」

「可能性は、零ではないと思うけど」

丸顔を紅潮させていい立てる伍藤へ、

「時限式だったからね。自分だけが死ぬなら、そんな凝った爆発物を使用する必要もないでしょ。それに、広範囲を巻き込んでこそ意味のある武器じゃない？」

中年のHSE統括部長は項垂れ、恨みがましい顔付きで、

「ではこれから、どうするおつもりですか……」

「台風の目に入るまで、私は監督室で外を見張る。各々《おのおの》は安全のために、このまま食堂にいてもらいたいと……」

「あんたは自由に動いて、俺たちは拘束されるのか」

いい終わる前に加島が話に割り込み、

「安全のため、だと？　部屋の扉に鍵を掛けているのと、どう違うんだ？　要するにあんたが容疑者を一ヶ所にまとめて管理したい、ってことだろ。さっき、いったよな……こっち側から見れば、あんたは犯人以上に危険人物だと」

「後は自己責任。そういう話だっただろう」

しかめ面《つら》で口を出したのは最年長の西川で、

「自分の部屋で、ゆっくり休みたいんだがな。自己責任なら勝手に戻っても文句はないだろうよ」

踵《きびす》を返し、食堂を出ていった。すぐに大津木が続き、けれど加島は席を立たず、こちらを見据えている。伍藤がおずおずと口を開き、

「……私は、一階の中央管制室に詰めていなければ。アンテナの被害の小さいMVSATの方であれば、天候の状況によって衛星通信が回復する可能性はあります。一人でいるべ

きでないというのなら、副所長を連れていきます」

　副所長も、何度も首を縦に振って同意し、

「管制室からであれば、生産施設の扉を遠隔操作で施錠することができます。もし中にまだ誰か隠れているなら、閉じ込めることもできますが……」

　そうしてもらった方がいい、とイルマも判断する。吐息を呑み込んで、

「……それじゃあ、施設の施錠をお願い。他の人は……それぞれ個室に戻って休んでもらって結構。単独行動は避けた方がいいと思う。いちいち口出しはしないけど……捜査妨害が明らかになった時点で、遠慮なく緊急逮捕するからね。私に用のある人は、あらかじめ内線で監督室に連絡を入れること。それから」

　首を回し、緊張と鈍痛をほぐして、

「台風の目に入ったら悪いけどもう一度、ここに集合してもらう。あと二時間くらいかな……時間になったら副所長、ＨＳＥ統括部長、ＨＳＥエンジニアの誰かに迎えに行ってもらうから、それまでは部屋の扉に鍵を掛けておくべきでしょうね」

　食堂に残った社員たちは不安そうな表情となった。加島を除いて。

「台風の目に入ったら、何か始めるのですか」

　伍藤の質問に、

「色々と、ね。手伝って欲しいこともあるし。全員の安否も直接確認したい。集合しない

奴は捜査に非協力的と判断する、って出ていった二人に伝えておいて。それに……また集まる時までに、捜査情報を整理しておくよ。公開できる話があるかも」

そう伝えておけば、たとえ《ボマー》であっても食堂に戻らずにはいられないだろう。

加島が長机の表面を、大きな人差し指でゆっくりと叩いている。何かを考える様子だったが、口にはせずに黙って立ち上がり、食堂を出ていった。

+

加島のいう通りだ、とイルマは改めて思う。社員へ食堂にいて欲しいといったのはもちろん全員の安全確保が目的だったが、大男が口にした、容疑者の一括管理、という非難も間違ってはいなかった。意図を見抜かれて苦い気分にもなったが、おかげでイルマが女性作業員用の個室で一息つくことができたのも確かだった。

ありがたいことに室内のユニットバスは浴室乾燥機にもなり、温かいシャワーを浴びた後は、壁パネルについた水滴をタオルで拭き取るだけで、雨の染み込んだ下着やシャツを乾かすことができた。皺だらけのシャツと、簡単には乾燥しそうにないデニムはユニットバスに干したままにし、ジャケットは椅子に掛け、クローゼットに用意されたTシャツと繋ぎの作業服を着ることにして、太股にベルトを回しホルスターバッグを留め、ゴーグルも一応首から下げておくことにした。

　冷房のよく効いた室内でも作業服の生地は厚く思え、ファスナーを胸元まで下ろすと、体感温度が大体、丁度よく感じる。水に浸ったような有り様のブーツも置いたままにして、借りものの、少しサイズの大きい作業用の防災靴を履いた。


　その格好で、イルマは監督室の回転椅子の一つに深々と座り、組んだ両手に後頭部を載せ、窓外の光景を眺めていた。

　目の前に聳《そび》える鉄製のデリックが強風で揺れ、時折軋みの音が届いてくる。安全な場所からその足元を覗き込んでいると、嵐の中そこを通って居住施設と生産施設の間を往復したことが、遠い昔のように思えてくる。

　隣には無線通信士の志水が退屈そうに座り、その奥では傍に飲みかけの珈琲カップを置いたまま、掘削監督が机に伏して居眠りをしている。二人に対して、特に志水に対しては完全に心を許したわけではなかったが、以前に覚えた留意点——最初の遺体の発見者である志水が副所長へすぐに連絡を入れた、という証言の真偽——についてはすでに、副所長と当人の携帯端末の内線履歴から事実であるのを確認していた。さりげなくその他の志水の通話記録も調べたが、怪しいものは見当たらなかった。とはいえ、もしも最初から彼がもう一台を隠し持っていたら、その確認も全く無意味なのだけど。

掘削監督と志水は食堂で、当直業務のために監督室に籠《こも》ることを申し出た。掘削監督はデリックの状態の見張りを、志水は船舶無線の回復を待ちたいという。無線のアンテナが壊れている以上、どの船からの連絡も届かないはずだったが、彼らにいわせると、折れ曲がってはいてもわずかな性能は残されているかもしれず、責任者として一応機材の傍にいたい、という話だった。

監督室の使用については各々に判断を任せる、と伝えると、イルマが入室する前に二人は席に着いていた。すでに掘削監督は居眠りを始めており、志水が背後を振り返って、ぎこちない会釈《えしやく》をした。通信は、というこちらの質問に志水は、今のところはまだ、と生気のない返事をした。

その後は、無言で窓の外を見下ろしている。退屈極まりなく、疲労も体に残っていたから、油断をすると掘削監督の寝息に誘われ、こちらまで瞼《まぶた》を閉じてしまいそうだった。室内の液晶TVで台風の情報を得ようとするが全く映らず、ラジオも雑音だらけで聴き続ける気にはなれない。

吹き寄せる雨と風は収まりつつあり、緊張感もそれとともに薄れてゆくようで、イルマは自分へ、気を抜くな、と声に出さずいう。でも正直、見張るっていっても、この嵐の中で活動する人間を見掛ける確率は、結構低いよね……

イルマは体を起こし、窓の脇に立て掛けられたバインダーへ手を伸ばした。開いてみるが数値ばかりで、眠気を払う助けにはなりそうにない。ふと、伍藤の個室で目に留めた、彼が丸めて屑入れに捨てたメモ用紙の文面を思い出した。遠目だったがそこには確かに「m^3」の文字が殴り書きされていた。この書類の数値にも、同じ単位が使われている。Gas production volume?

「触らない方がいいと思います」

志水が両肘を机に突いたままそういい、

「HSE統括部長が、色々と神経質になっていますから。後で、警視庁へ苦情を申し立てるかもしれません」

警告を気にするつもりもなかったが、意地を張るような話でもなく、イルマは素直にバインダーを元に戻した。志水へ、

「あの人、何をそんなに神経質になっているわけ？」

「……立場上、ということじゃないですか」

イルマは背後を見回してみる。この空間のあちこちには、確かに資料らしきバインダーやファイルが並んでいる。けれど、事件とは関連のない一企業の秘密事項を覗き見るつもりも、殺人以外の事案に注意を逸らすゆとりもなかった。壁際に設置された書類棚の前には、車輪のついた不思議な形の、艶やかな黒色で塗装された機械が倒されている。最初に監督室に駆け込んだ時には扉の傍にあり、イルマが躓きそうになった物体だった。あれは

何、と指を差して訊ねてみると、

「前にいった奴です。喬木さんがプラットフォームに持ち込んで、所長に一時没収されて、ここに保管されたもので」

志水は興味のなさそうな様子で、

「バッテリー式の折り畳み自転車です」

「自転車って……ペダルがないけど」

「原動機付自転車。五〇ccのバイクと同じ扱いらしいですよ」

イルマは椅子から降り、近付いてしゃがみ込み、まじまじと観察する。どこかで聞いたことはあったが、実際に目にするのは初めてだ。太い車輪はやや小振りで、けれどフレームはそれなりに丈夫に造られているように見え、改めて眺めてみるとヘッドライトやミラーも装備されているのが分かる。ミラーの裏の透明プラスチック部分は、ウィンカーだろうか？

「これ、絶対トルク弱いよね……」

そう訊ねるが、分かりません、という素っ気ない答えだけが返ってきた。

レバーやボタンを触っているうちに、折り畳まれていたフレームを開く方法が分かり、バイクを起こし、小さなサイドスタンドを見付けて自立させ、持ち運ぶことのできる程度には軽い、と感心したところで、遺品であるのを思い出した。ステアリングの中央に設《しつら》えられた液晶パネルが表示されず、スロットルも動かなかった。きっと、起動させるための鍵が必要なのだろう。どこにも差し込む場所がないところをみると、非接触型鍵《パッシブキー》で解錠されるらしい。フレームに組み込まれたバッテリーのボタンに触れると、充分な電力の蓄えをLEDランプの列が知らせる。

……これは遺品だってば。名残《なごり》惜しくはあったが元通りに折り畳んで床に置き、しばらくまた見下ろした後、回転椅子に戻った。

退屈な時間も戻ってきた。イルマは隣で同じようにぼんやりとしている志水へ、

「……ねえ、あなたはどうして、プラットフォームで働く気になったの？」

志水は物憂《ものう》げに、

「それは、聴取の続きですか」

「違うけど……ああ、やっぱり続きかも。さっきの聴取は全員の話を早く訊こうと、だいぶ端折《はしょ》ったからね。でも、どちらかというと暇潰《ひまつぶ》し。だめ？」

「いえ……構いませんが。けど、特に面白い話もないですよ」

頰杖をついた姿勢で無線機のモニタを見詰めたまま、

「大学の薬学部を卒業する直前になって、そのまま医療品メーカーに就職する、という道がどうも安易にレールに乗ったまま運ばれているように思えてきて。急にレールから外れたくなったんですよ。無茶をしたくなったんです。趣味で幾つかの無線の資格は持ってい

ましたから、海岸局に勤め、その後エレファントの募集要項を読んで新日本瓦斯開発に転職しました」

「プラットフォームに勤めるのが、無茶？」

「海外勤務の場合もありますから。多少、危険な海域で資源開発をする場合もあります……僕にはそんな経験はありませんが。つまり、僕にできる冒険はそれくらいのもの、という話です。違法薬物に手を出したり、アルコールに溺《おぼ》れたり、交友関係が派手になったり、そういう度胸はないんですから」

簡易的な海図が映し出されたモニタを指先でつつき、

「海上無線の設備は、他のプラットフォームにはほとんどないんです。それだけこのエレファントが、どこからも非難を受けないよう繊細に設計されている、ということになるのですけど。実際の僕の役割は、ここに座って掘削監督の話し相手をする、という感じです。むしろ今のように問題が起こった時こそ、無線機の前に座る必要があると思います。待っているだけですが……待つことにも、意義があるかと」

「ご両親は、就職先の進路変更に反対しなかったの」

「いえ……」

声が小さくなり、

「その頃に亡くなったんです。交通事故で、二人揃って。急に一人になって、色々考えた結果でもありますから」

　訊ねるべき話ではなかったのだろう。志水は平然とした顔でいるが、内心までは分からない。少し宇野に似ている、とイルマは思う。清潔な、華奢な風貌。そして冷静な態度を、自分を守るための精神的な鎧《よろい》として利用し、身にまとい、日常をすごしている。けれど同時に、内面の何かをごまかし続けてもいる。宇野の場合は功名心か反骨心か純粋な正義感か、いずれにせよ少しだけ歪んだ情熱らしきものを隠している。では、志水の内面は。イルマは年少の無線通信士へ、

「でもそれなら、警察官になればよかったのに」

「凄く忙しい仕事でしょう？　体力も必要でしょうし。僕には、とても」

にこりともせずに、そう返答した。イメージがよくないのよね、とイルマは内心苦笑いする。あるいは……薬学の知識は爆発物への応用も利くのでは。少し論理が飛躍しているだろうか。でも話の中に、何か違和感が残って――

　いや、問題はそんな箇所じゃない。

　イルマは愕然として身を起こし、急ぎ携帯端末を取り出した。伍藤へ連絡を取ろうとし、呼び出す間もじっとしてはいられず、立ち上がって監督室の扉に駆け寄り、外へ出た。

　エレベータを待っていると通話が繋がり、何かを訊ねられる前に、

「産業医を医務室に連れて来て。今すぐに」

『……中島が、何か』

なぜ、今まで私は気付かなかったのだろう。なぜそんな単純な確認を行わなかったのか。

「そうじゃなくて」

詳細を説明している余裕はなく、

「産業医が必要なのは、検証に立ち会ってもらうため」

チャイムが鳴る。目の前の扉が開いた。一方的に通話を切断し、イルマはエレベータに乗り込んだ。奥歯を嚙み締める。

見落としていた。重要な可能性を。

その痕跡を。

＋

鍵の掛かった医務室の扉の前で、イルマは二人を待った。その間、目を閉じ俯いて、苛立ちを抑えることに専念する。すぐに慌ただしい足音が通路に響き、中島と伍藤が姿を現した。

中島が解錠し、室内の明かりを点けた。イルマはその脇を駆け、奥に安置された喬木の遺体へと近寄る。カーテンを引き、シーツで覆われたベッドを前にしたイルマは、短い黙祷を捧げてから白布の片側をめくった。

ホルスターバッグを探ろうとしていると、後ろから中島が厚手のビニール手袋を渡してくれた。急ぎ装着して喬木の左肘の裏に触れる。瘡蓋《かさぶた》はあるが、これは汗疹《あせも》のせいだろう。喬木の左手には革製のグローブが嵌められている。イルマはグローブを引き抜き、左手を露にする。指先をこちらへ向けようとするが死後硬直のために腕自体が少しも動かず、イルマは床に膝を突き、目線を低くして顔を近付けた。ぴんと張った親指の爪を開き、慎重にその内側を確かめようとする。

——あった。

爪の間の注射痕。少しでも見付かりにくい場所を選んで打つ、違法薬物常用者特有のやり方、その痕だった。指先に触れると、皮膚が石のように硬質化している。多くの注射痕が、その状態を形成したのだ。背後で、中島の唸り声が聞こえた。

産業医である彼女が犯罪の兆候を見逃したからといって、非難するつもりはなかった。彼女は監察医でも検視官でもないのだから。責任は、捜査機関の人間である私にある。

どういうことですか、と伍藤に小声で訊ねられ、

「つまり、この事案は」

イルマは立ち上がってシーツを戻し、

「違法薬物絡み、ということ」

「……薬物検査のための用意は、このプラットフォームにありません」

中島がいい、

「簡易検査キットさえ。社員全員を検査するには……目視で確認するしかないでしょう」

でも、喬木の身辺から違法薬物は発見できていない。巧妙に隠したか、誰かが持ち去ったか。

「証拠品のない状況で薬物検査を要求するのは、ちょっと無理があるかな……」

本格的に目視で調べるには、全員に裸になってもらうしかない。足の裏や舌、中には性器にまで薬物を打つ者がいるのだから。

「見えるところは何気なく確かめてみるけど……ただ、《ボマー》自体が薬物中毒者である確率は低いと思う。指先が震えていたら、何の作業もできないだろうし」

興奮していても酩酊《めいてい》していても、繊細な化学薬品の調合はできそうにない。でも、そうするとまた推理に捩れが生じてしまう。違法薬物の事案の中で、喬木光也とあの大量の紙幣とともに死んだ素性不明の男はどちらも売買に関わっているはずだが、《ボマー》だけが無関係となり、遊離することになる。イルマは振り返り伍藤へ、

「薬物云々、って話、他の社員には黙っていて欲しいのだけど……ねえ、聞いてる？」

伍藤は眩暈《めまい》を起こしたように片手で顔を押さえ、壁にもたれていた。

「爆発物の話は知られちゃったし、新たな持ち札として取っておきたいから。こちらが知

っている、ということを犯人に知られたくない」

「……薬物中毒者の存在は、本社に連絡しなければなりません」

「明日の朝まで待って。今は会社と連絡も取れないことだし」

そうですね、と力なくいったまま黙り込む伍藤へ、

「で、気落ちしているところ悪いけど、そろそろ皆を食堂に呼び戻してくれる？　でも……その前にあなたには話があるから。今後についての」

こちらを向いた顔は、不快と怯えと悲嘆の感情で、斑《まだら》になっているように思える。

「中島を自室へ送ったら、あなただけがまず、食堂に来て」

g

食堂の扉の前に立った時、伍藤は居住区からの通路をどう歩いて来たか記憶のないことに気がついた。分散した思考のまま、ただ機械的に足を送ったせいだった。

新たな問題の発生。薬物中毒者の存在。すでに亡くなっているとはいえ、それで厄介事が解決したわけではない。今後はプラットフォーム内での、薬物の定期検査が必要となるだろう。新たな手続きが増えたことを上層部は歓迎しないだろうし、社員も喜ぶはずがない。そして、何よりも。

違法薬物についての話が外部に漏れた時、会社の社会的印象は地に堕《お》ちてしまうだろう。事故と違法薬物。あるいは、殺人と違法薬物。その要素の繫がりは、悪評を何倍にも増幅するはずだ。

警視庁は、この件を報道機関に漏らさずにいてくれるだろうか？

食堂の扉の表面、大勢の手が触れて黒ずんだ箇所を見詰め、伍藤はその場から動くことができなかった。冷や汗が止まらない。物事は、悪い方へと転がり続ける。解決策は見当たらない。あの女刑事に乗せられ、犯人逮捕が全ての問題を収束させる唯一の手段と思い込まされていたが、錯覚ではなかったのか……

次にイルマは何をいい出すつもりなのか。少しも気乗りはしなかったが、引き返す選択はあり得ず、伍藤は気怠《けだる》い腕を持ち上げ、扉を押し開いた。

女刑事はブーツを脱いだ両足を組み、長机の上に載せ、手にしたA４用紙を眺めていた。伍藤に気付くと流石《さすが》に気まずかったのか、サイズが大きいせいでふくらはぎが浮腫《むく》んじゃって、と奇妙ないいわけを口にし、両足を机から下ろした。

伍藤にはもう、咎《とが》める気力もなかった。防災靴を履き直す様子をぼんやり眺めていると、

「これ、読んでおいて」

Ａ４用紙が机の上を滑り、送られてきた。手に取ると数行の文章が書かれており、その中には電話番号も記されている。

「……海上保安庁、ですか」

深く考えず訊ねると、

「そう。第三管区海上保安本部警備救難部国際刑事課。海上における薬物、拳銃、出入国の違反防止を任務にしている。そこで、ここ半年以内の湾内を中心とした薬物密輸、違法取引に関する事件を教えてもらって欲しいの。うまく通信が繋がれば、だけどね」

「……それは、刑事さんから訊いた方がいいのでは。民間人に教えてもらえるとは……」

「公開された情報だけでいい。私の名前を出してもいいし。台風の目に入っている間、私はすることが沢山あるの。前後の時間を入れても三十分と少し、って程度でしょ？」

「……本当に、喬木は薬物中毒者だったのでしょうか」

「まず、間違いないね。捜査一課でも薬物関連の事件を扱うことは珍しくないし、あの注射痕は見慣れたものだもの」

思わず、天井を仰いでしまう。どう上へ報告するべきなのか、言葉が浮かんでこない。本社への連絡を遅らせろ、とイルマから要請されたことが、まるで福音《ふくいん》のように思えてくる。薬物密輸、違法取引、という先程の話を思い出し、慌ててイルマを見直し、

「まさか、エレファント上で違法薬物の取引があった、と考えているのですか」

「札束と注射痕。殺人。連想しない方がおかしいでしょ」

「だからといって、ここが取引現場となったとは限らないかと……」

イルマがこちらの目を覗き込むように顔を寄せ、

「あのね」

「GPSが個人でも利用できる今では、海上で密会して薬物を受け渡すのは、もう基本なの。普通は一方が海上に薬物の塊を投下して、取引相手がそれを引き上げる。でも、エレファントにはボートの設備はないでしょ。デッキの周りには潜水艦みたいなものが何隻《せき》かぶら下がっていたけど、あれは緊急用の救命艇だって副所長に教えてもらったし。この施設の社員が売買に関わっているとしたら……相手がボートで船着き場まで来て、受け渡しをする。そう考える方が現実的。プラットフォームに入る方が、海上保安庁の監視を逃れる上でも有効よね。でしょ？」

「……それなら、違法取引に関わった二名が亡くなったことで、事件は解決しているはずです」

反論せずにはいられず、

「違法薬物の売人が現れたとしても、エレファントに昇る必要はなかったのでは……つまり、ですから、刑事さんの推測には無理がある、ということも……」

「この荒波の中で、ボートの中にいられる？　まあ、いいか。今はその話を検証できそうにないし」

イルマは簡単に折れ、

「色々と確かめないといけない件が多くて。で、その用紙には書いていないのだけど……手伝ってもらえる？」

「確かめるのですか。どんなことを」

「前に、こちらから仕掛けるって話をしたでしょ」

「どうやって……」

「台風の目に入ったら、生産施設に置いたままの遺体をこちらに運びたいの。向こうの施設は湿度が高いから、このままだと重要な証拠の腐敗が進んでしまう」

　伍藤は思わず身震いし、

「……私が、それを手伝うのですか」

「違うって。馬鹿ね。手伝いを社員の中から募りたいんだよ。皆の反応を観察したい」

　少しほっとして、

「それだけの話なら、私ができることもないのでは……」

「だから、違うってば。あなたの役割は大切なんだって。それと、遺体搬送の件についても、あなたからの発案ということにして。私の目論見《もくろみ》だということを、少しでもぼかしたいから。プラットフォーム上の遺体を放置せずに搬送するって話だから、別に不自然じゃないでしょう」

「その件については了解しましたが……重要な役割、というのは何です？」

「……少しは、頭を働かせてよね」

イルマが呆れたようにいい、

「考えたら、分かるでしょ？」

＋

再び、食堂に全員を集めることには成功した。副所長と世田とで分担して、社員それぞれを迎えにいくことになり、伍藤は抵抗の恐れのある三名、加島と大津木と西川の迎えを、進んで担当することにした。責任感、というよりもイルマに対する意地のようなものが、そうさせたのだ。あれこれと指図されるのは不快だったが、それ以上に無能扱いされることは我慢ならなかった。積極的に逆らう、という行為は意味がなく、選択肢にも入らない。必要なのは、いかに職務を円滑に進めるか、という発想だ。その考えに基づいて動いていなければ、逆に相手はいっそう踏み込んでくるかもしれず、軋轢《あつれき》が深まる前にやはり問題は解決しておくべきだった。

そして、その先の職務。イルマから与えられたもう一つの指示は緊張を強いられるものであって、他の選択を考える余力がないのも確かだ。

あの娘も組織の中の人間だろうに、と伍藤は思う。まるで自分だけが特別であるように振る舞っている。今時、捜査一課という肩書きが、世の中で特権として通用するはずもない。なぜ警視庁が、前時代的で不作法な刑事をのさばらせているのか、不可解でならなかった。

順に個室を訪ね用件を伝えると、抵抗する者は一人もおらず、三名全員素直に扉を開けて同行してくれたが、時折伍藤が振り返って確かめた様子からは、不満がありありと立ち昇っている。そして全員の顔に、疲労の色が見える。きっと俺も、ひどい顔色をしていることだろう。

三人を食堂に連れて入ると、社員全員が揃った。長机を囲んで腰掛け、イルマ一人が隣の机で腕組みをして座っている。まるで、全くの無関係であるように。

イルマから指示された通り、全員へ今後の方針を説明した。エレファントが台風の目に入ろうとしているこれから、ＨＳＥエンジニアである世田とイルマが遺体の回収に向かう。その手伝いに二名を募りたい、という内容だった。

一同が、息を潜めるように静まり返った。伍藤は緊張の余り、社員の様子を観察しているはずのイルマを振り返りたくなったが、口元を引き結んで辛抱する。

「……二人も手伝いがいるのか。あんたは何をするんだ？」

再び、大津木がイルマへ突っかかる。伍藤は一瞬、計画の中断を想像するが、女刑事は平然とした口調で、

「HSEエンジニアが一方を持つ。もう一方を持つ人間と、万全を期すなら補助の人間も

同行するべきでしょ?」

「あんたの話をしているんだぜ」

「立会人。警察官だから。私が担架を持つのかって? か弱い女性に、何いってるの」

案の定、イルマが嫌味をいい出し、

「小学校で、重いものは女性に持たせろって習ったわけ?」

「……大体、事件について情報公開する、ってそういう集まりじゃなかったのか」

「結局、目新しい情報はなし。以上。お終《しま》い」

大津木が不機嫌そうに口をつぐんだ。再び食堂内が静まり返る。これでは捜査一課主導の計画であるのが明らかになったも同然で、結局誰も名乗り出ないことに……伍藤が不安を覚え始めた頃、俺がいく、と静かに発言した者がいた。脚を開いて座る大男。加島だった。

「他にいないのなら、な」

俺も、と手を挙げたのは、少し意外なことに最年少の林だった。頰を紅潮させ意を決した、という様子を加島が一瞥《いちべつ》したが、何もいわなかった。

「ありがとう。決まりね……副所長は、生産施設の扉の解錠をお願い。もう一人……誰かを連れていった方がいいかな」

とイルマがいった。俺が付き合う、と掘削エンジニアの西川がぶっきら棒にいい出し、

副所長もその申し出に異存はないようだった。

加島と林のおかげで計画の遂行《すいこう》は可能になったが、伍藤の体内の緊張は鎮《しず》まるどころか鋭い痛みとなって胃壁を攻撃し始めている。改めて、なぜ俺が、という気分が起こった。

イルマからの指示、もう一つの役割を思い出していた。伍藤はこれから、食堂に残る者たちから目を離さず、密かに監視し、その様子を後刻、報告しなくてはならない。

なぜ俺が、警察の密偵のような真似をしなくてはいけないのか。俺は新日本瓦斯開発株式会社に所属する社員であり、彼らと同じ側の人間であるはず。

何か食堂内の空気が変わった気がしたが、そうではなかった。同じく状況に気付いた副所長が窓の一つに近付き、そこを覆うカーテンを引いた。変化したのは気象の方だった。硝子にぶつかる水滴に勢いはなく、風による硝子の震えもない。

エレファントのデリックやデッキクレーンが強い照明を浴び、闇の中に浮かび上がっている。

そろそろね、とイルマがいった。

i

ＭＶＳＡＴ衛星通信が復旧した、と志水から聞いたイルマは、世田の所有する衛星電話を借り、急ぎ捜査一課へ連絡を入れた。

一度食堂から出て通路で報告を行ったのは、新たな殺人と違法薬物事案の可能性を伝える他、一課で調べてもらいたい用件があるためだった。後三十分程度で再び通信が遮断される事実を告げ、電子メールで調査結果を受け取りたい、と話すと、通話相手の篠多管理官は、こちらが時間がないのを理由に報告を短縮したことに不満な様子で、小言を幾つも連ねていたが、生返事で忠告を意識的に聞き流しているのが分かったのだろう、最後には溜め息交じりではあったが、依頼を引き受けてくれた。

食堂に戻り、世田へ衛星電話を返し、すぐに出発することを宣言したイルマに伍藤が作業用のヘルメットを手渡し、絶対に装着してください、といった。その場で被ったが自動二輪のヘルメットと違い、何となくしっくりこない。

三人を引き連れる形で一階の扉まで来た時、世田が、私が案内します、といって先頭に立つことを主張した。プラットフォーム安全管理の現場責任者である立場がそういわせているのだろう。拒絶する理由もなかった。

世田が扉を開けると海鳴りだけが届き、数時間前に同じ出入口から嵐の中に突入したイルマからすると、同様の場所に立っている気がしなかった。風はまだ少し残っていたが、前回に体感した強風と比べれば、そよ風みたいなものだ。

世田の後ろを歩くイルマに、林と担架を一人で担《かつ》ぐ加島が続く。今になって、少し混乱してもいた。こちらの読みでは志願する者こそ怪しく、残りの人員は伍藤一人が監視するだけで充分、と考えていたが、背後の二人から現在状況に興奮する気分は届いてこない。あるいは食堂に残した社員たちの方に、もっと重点を置くべきだったのだろうか。誰にも単独行動を取らせないように、その上でそれぞれの様子を観察するよう指示していたが、もっと細かく注意点を教えておくべきだったのかもしれない。部屋に戻りたがる者や、捜査の進展について訊き出そうとする者が存在するかどうかを。問題となるのは、はっきりとした言動ではなく、その機微だ。

気乗り薄な伍藤の態度を、イルマは思い出す。そもそも、あの男は指示されたことを実行する気があるのだろうか。嫌な案件でもいったん引き受けたからには手を抜かず働く人種、という風には評価しているのだけれど。

つい、鉄柵をつかんで慎重に進もうとする自分を意識した。風の唸りが耳元で聞こえない屋外、という状況が不自然に感じられて仕方なかった。雨もなく、頭上を仰ぐと星空が見え、その周りを積乱雲が囲み、迫っている。

止まれ、と背後から加島の鋭い声が届いた。前方の世田が後退りし、イルマはその時になって、プラットフォーム上の異常に気がついた。ケーシングパイプが、と世田が怯えた声を出した。デリック内の中空から十五メートルはあるだろう褐色《かっしょく》のパイプが二本、ラックを抜け落ち、外へ飛び出している。どちらも太さが一抱え以上もあり、それらがデリックの鉄骨と機材に無造作に立て掛けられたように斜めに引っ掛かり、わずかに風に揺れ、金属と金属の擦れ合う気味の悪い音を立てている。イルマは世田の作業服の背中をつかみ、引っ張った。パイプがこちらへ倒れ掛かる雰囲気を感じ取っていた。

掘削監督の懸念が現実化した光景だったが、想像を超えた事態でもあり、HSEエンジニアでさえ近寄るまで気付くことができなかったのだ。世田は、そのままパイプの下を潜って進むべきか迷っている様子だった。

突然悲鳴のような音が大きく響き、本当にケーシングパイプが滑り落ちて一同の目の前に倒れ掛かり、鉄柵を歪ませながら跳《は》ね返ると重々しくこちらへ転がり、柵と柵の隙間で固定され、ようやく数トン分の鋼鉄がその動きを止めた。

世田が目の前で座り込んでいた。イルマは片手で動悸《どうき》を抑えつつ、何者かの仕掛けが発動した痕跡を目で探していたが、爆発物の痕も臭いも感じられなかった。嵐自体が災厄なのだ、とイルマは改めて肝《きも》に銘《めい》ずる。油断していると天候に殺される可能性もある、ということ。

デリックから突き出たもう一本のケーシングパイプをイルマは見上げる。あれも倒れて来るだろうか？　その想像が現実的な話であるのを、不安定に揺れる様が伝えている。

ゆっくりと立ち上がった世田が、下がりましょう、といった。

冗談じゃない。イルマは内心反対するが、民間人を事故に巻き込む危険性を冒して強行突破するわけにもいかない。一人で倒れたパイプを乗り越え、もう一本は走って潜《くぐ》り抜け、生産施設内だけでも探索するか、と真剣に考えていると、

「俺がクレーンで、パイプを移動させる」

加島がいった。

「少し下がって、待っていろ」

デッキクレーン操縦手の突然の提言。真っ当な話のように聞こえる。加島は返事を待たず、畳まれた担架を林に押しつけて一行を離れ、通路を引き返してゆく。

居住施設近くまで後退し待っている間、焦りばかりが募るイルマは世田を質問攻めにした。デッキクレーンの操縦席って、どこから入るの。居住施設の屋上から入ることができます――クレーンってそもそも何台揃っているわけ。居住施設に設置されたのが一基、もう一つが生産施設にあって、お互いを補完し合う格好です――あの加島って奴、クレーン操縦の腕は確かなの。彼の技術に間違いはありません、寡黙《かもく》ですが面倒見のいいところもあって、若い作業員たちからは慕《した》われているんです、刑事さんがここに来てからは何か、かりかりしているようにも見えますが――

居住施設の上部でデッキクレーンが突然回転し、イルマを驚かせた。折り畳まれていたクレーン・ブームが開き、どうするつもりなのかその動きを目で追っていると、工業機械は機敏に先端のグラップルでデリックに引っ掛かった一本を丁寧につかんで引き抜き、生産

施設の屋上へと丁寧に降ろした。もしあの男が、とイルマは作業を見上げつつ、想像する。もし加島がその気になれば、クレーンの誤動作を装って私たちを簡単に潰すことができる。世田へ、

「生産施設の上は、どうなっているの」

「向こうには掘削用のドリルパイプを覆う、大型のライザーパイプ用のラックが設置されていますので、ケーシングパイプ――これは、掘削した孔《あな》が崩れないよう守るためのものです――を一時保管するのにいい、と加島さんが判断したのでしょう」

鉄柵の隙間に挟まったもう一本のケーシングパイプをクレーンが人の手のように器用に握り、引き抜いて宙につかみ上げ、金属音を鳴らしつつ生産施設の上方へ運ぶ。イルマの緊張がようやく薄らぐが、今度は操縦席から加島の降りて来る気配がなかった。

先にいこう、とイルマは世田を急き立てた。加島がクレーンを離れない理由は気になったが、ただでさえ残り少ない時間をここで浪費するわけにはいかない。まず、事案の重要な証拠ともなる遺体を医務室へ運んでおきたかった。風雨さえなければ生産施設まで到達するのは拍子抜けするほど簡単で、以前の距離の百分の一にも感じられる。世田が、扉の前で躊躇しているのが分かり、代わりにイルマがレバーハンドルを握って開いた。

施設に一歩入った途端、立ち竦《すく》んでしまう。

遺体が消えている。

「ねえ」

イルマは、背後から内部を恐々《こわごわ》と覗き込む世田へ、

「この施設に入るための入口は幾つある？」

「反対の西側にも一ヶ所ありますが……」

誰かが先回りしたのでは、と想像していた。例えば、加島が。けれど、デッキクレーンの操縦席からここまでの行程を思えば、先着は不可能だ。では、誰が……

金属製の床には明らかに遺体を引きずった痕があり、細かく刻まれた滑り止めの溝に乾きかかった血液がこびりついている。濃淡を描きつつ引き伸ばされたその血痕を辿ると、備品の置かれた棚の間を回り込み、階段傍の、天井から床へと柱に沿って走る鉄管に付着したところで消えていた。

イルマは階段へ近付き、手摺りを握って階下を覗き込む。弛《たる》んで天井から下がったチューブと、一階と同じ灰色の床が視界に入った。そして、血痕が奥へと続いている。

この下は、と小声で背後へ質問すると、

「タンク型の分離装置。パイプラインへ送るための空気圧縮機《コンプレッサー》。水分を除去する凍結装置。大型の機械が並んで設置されているのですが、現在は停止させています」

緊張で言葉をつかえさせながら、世田が答えた。要するに、身を隠す場所は幾らでもある、という話だ。それに、もう二つの事実が判明している。一つは、血痕から判断でき

続く死の直後に移動させる以外なく、するとかから二時間以上経過してい
た。死後の体からは血圧が消え、凝固が始まる。床に血痕を残すには、わずかでも出血が続く死の直後に移動させる以外なく、すると遺体は運ばれてから二時間以上経過している、ということになる。私が生産施設を出てすぐに、遺体の移動が行われたのだ。

もう一つは、遺体を動かした者が非力である、という事実。休み休み遺体を引っ張ったのでなければ、こんな風に血痕の濃淡が生じることはないはずだ。遺体となった者の共犯者は相当、体力を失っていたらしい。それに優柔不断でもあり、いったんは備品棚の裏に仲間の体を隠そうとして、方針を変えている。

そこにいて、と背後の二人へ指示を送った。すぐ傍の壁に二酸化炭素消火器と消防斧《おの》が掛けられており、イルマは斧の、赤色の柄を手に取った。しかし、と案内役の世田が反論しかけるのを、

「……民間人を巻き込んで何かあったら、私だけじゃなくて、下手したら警視総監の首まで飛んじゃうからさ」

そういって留めた。身を低くして慎重に一段一段、階段を降りてゆく。階下も明るく、段を降りるごとにその様子が明らかになり、人の動きは感じられず、イルマは床に降り立ってフロアの奥を見やった。中央に並ぶ箱形の大型機械が、コンプレッサーだろう。奥のタンクが分離装置。手前に位置する灰色の細い筒と、そこに繋がれ複雑に折れ曲がる緑白色の管の束が凍結装置、ということになる。静かな空間だった。

入り組んだパイプの隙間から、イルマは奥を覗き込んだ。

いる。斧を両手で握り締め、目を凝らす。

分離装置の円筒形のタンクの向こうに、脚が見えている。見すぼらしい運動靴は記憶にあるもので、微動だにしない様子からも、それは遺体のはずだった。

中途半端な隠蔽の仕方のように思えた。即席の、何かの罠《わな》だろうか？　でも、それにしては仕掛けが見え透いていて、粗雑だ。

分離タンクの奥、わずかに暗がりとなった位置に遺体は置かれている。白髪交じりの髪。瘦せこけた頰。改めて見下ろすと、作業服の前が丁寧に閉じられているのが分かった。仲間の遺体を丁寧に扱おうとする、もう一人の侵入者の意思を感じる。

階段に戻り、二人を呼んだ。担架を広げて遺体を乗せるよう指示し、イルマもそれを手伝った。三方から亡骸《なきがら》を持ち上げた時にも作業服の裂け目から胴体の状態が窺え、二人は動揺をみせたが、死人の搬送が二度目となる世田はまだ自制が利いていて一瞬動きを止めただけで済み、林は次第に腕の震えが止まらなくなった。

担架に乗せた遺体をフロアの隅に置いたまま、イルマは上階を見て回ることに決めた。一階で待っていて、と伝えた後、

「二階にはどんな設備があるの……」

「発電のためのエンジンルームです。普段は精製したメタンガスを使用しているのです

が、現在のような非常時には、ディーゼル・エンジンが備蓄した軽油で発電するようになっています。他には……エンジン当直室と、その奥に電気機器を収納した制御盤の並ぶ通路があります」

声を低めて世田が答えた。イルマは足音を殺して階段を上り、二階フロアに到達する。黄色に塗装された人よりも大きな円筒形の物体――これが発電機だろう――が、横倒しの格好で何台も並んでいる。その向こうには一台だけ毛色の違う機械があり、それが大型のディーゼル・エンジンらしく、内部で巨大なピストンが作動しているのが離れていても分かる。

イルマは発電機と隣接する狭い足場に上がって死角となる場所を見下ろし、一ヶ所一ヶ所、慎重に確かめてゆく。フロア自体が清潔で、誰の、何の痕跡も見付けることはできなかった。「Ｅｎｇｉｎｅ　ｃｏｎｔｒｏｌ　ｒｏｏｍ」とプレートの貼られた扉があり、内部の先は制御盤がコインロッカーのように両側の壁を埋める、細長い空間となっていた。奥には、真っ赤な固定式消火設備のタンクが多数配置されている。その並びの裏までイルマは確かめて歩いたが、やはり人の気配はなかった。

一階の階段の辺りで不安そうに立つ世田と林へ、階上には誰もいないことを知らせて地下に降り、搬送をお願い……とイルマが依頼しかけた時、階上で大きく金属音が鳴った。聞き覚えのある暴力的な音だったが、すぐには思い至らず、拳銃の発砲音だと理解した時には愕然となった。

立て続けに鳴り、我に返って階段を走り上がり、首を竦めたまま呆然と中腰になっている世田と林へ、降りろ、と叫んだ。イルマの脇を転がり落ちるように、二人が慌てて地下へと降りて来た。

視界の端で火花が散った。発射された銃弾が金属で囲まれた空間を何度も跳ね返り、衝撃音が幾重にも聞こえてくる。階段で身を伏せて銃撃犯の位置を探ろうとするが、備品棚の並びが視界を塞ぎ、見定めることができない。違う、とイルマは気がついた。

発砲音は散発的に、まだ続いている。発火炎《マズルフラッシュ》が見えないのは、こちらに銃口が向いていないということだ。では、誰を狙っている？

背後で世田か林が、悲鳴に近い大声を上げた。階下を覗き込むと、天井を這うパイプの一本から、炎が噴き出していた。跳弾がパイプを貫いたのだ。すぐに、非常ベルがけたたましく鳴り出した。熱気が階段まで届いてくる。それでも火災へ気を逸らすことはできず、階上の様子を懸命に窺う。ヘルメットを目深《まぶか》に被り直すが、銃弾からの防御にさほど有効だとも思えない。

——見えた。

備品棚に載せられた段ボールの隙間から、橙色の作業服姿が見え隠れしていた。容姿までは分からなかったが、忙《せわ》しなく動いていることだけは判断でき、恐らく銃撃犯は何かを探しているらしい。あるいは、誰かを。

階段の下からは、消火剤を激しく噴射する音が届いてくる。幾らか、熱気も弱まったように感じる。イルマは、自分の真横から放射されている高温が階下の火災ではなく、すぐ傍のパイプ内を流れる温水の熱であるのを知った。

作業服を着た人物の動きが止まったのが分かった。イルマが階段に張りつくように身を低めた瞬間、銃声が轟き、跳弾の音が周囲で鳴り響いた。

今の一発がこちらを狙った射撃なのは明らかだったが、照準の腕前は高くない、とイルマは冷静に判断する。意を決し、階上へ駆け上がった。相手のいる位置を狙い、パイプの上部に思いきり重い刃を叩きつけた。屈みつつ引き抜くと、熱水が予想以上の勢いで扇状に広がり、イルマの頭上を迸《ほとばし》った。

男の悲鳴が聞こえた。少し高い声。聞き覚えがある。

一階フロア内に湯気が立ち込め、飛沫が散り、イルマは階段まで後退する。足元まで高温の水が流れ込むが、作業用ブーツはその熱に耐えていた。

自分で図った反撃だったが、熱水の激しさのせいで銃撃犯に近寄ることができない。異常を察しこちらを見上げる世田へ、熱水のパイプを破裂させた、と知らせると相手は頷き、奥へと消えた。いつの間にか、非常ベルの音が消えている。イルマは両手で消防斧を低く構え、奥歯を嚙み締めて熱水の下を潜り、今も立ち込める水蒸気の中に踏み込んだ。

作業服の男を認め次第、その顎の辺りに木製の柄を叩き込むつもりだったが、見当たらなかった。棚に積み上げられた段ボールの隙間から先を確認しつつ、回り込む。誰も存在しない。スチール棚の列の奥へ向かうと水蒸気が薄くなり、床を濡らす熱水も見えなくなり、それでも作業服の男を発見することはできなかった。

イルマは足を止めた。棚と棚の狭い間の暗がりに、何者かが仰向けに倒れているのを見付けたからだった。作業服ではなかった。近付くにつれ、汚れたスニーカーと穴の開いた綿《めん》ズボンと見窄《みすぼ》らしいシャツが見えた。銃撃犯とは全然別の人物。細身の子供。少年だった。短い硬そうな髪が、無造作に逆立っている。年齢は、十歳にも届いていないだろう。

イルマは消防斧を床に置いて屈み、少年の傍に寄った。頭から床へと血を流していた。服の上下が雨水を含み、ひどく濡れている。手首を握ると、脈拍を感じることはできた。しっかり、と声をかけると両目が薄く開き、瞳の焦点も合っているようだ。イルマは怪我をしたこめかみの辺りをそっと上向け、傷口を確かめようとする。

背後に忍び寄る、人の動きを感じた。神経を後ろの空間に集中させ、床に膝を突いたまま消防斧を引き寄せようとする。小さな金属音が鳴った気がした。ゆっくりと、イルマは振り返った。

加島が立っていた。拳銃を持つ片手が、床へと垂れている。無表情にこちらを見下ろし、けれどその視線はイルマに合っていなかった。そいつは誰だ、と床に横たわる少年を見詰め、いった。

「……見たままだよ。怪我をしている素性不明の少年……それは？」

イルマが拳銃を指差すと、加島は手中の鉄の塊を今気付いたように見やり、銃身を握って銃把《じゆうは》をこちらへ向けて差し出した。イルマは頷き、銀色の自動拳銃を受け取る。完全にこちらの手に渡るまで、気を抜くことはなかった。そこに落ちていた、と加島がいった。

「犯人を見た？」

「……いや」

「今まで、何をしていたの」

「他にパイプが落ちていないか、操縦席から探していた」

「あったの？」

「いや。ラックから外れていたのは、あの二本だけだった」

イルマは自動拳銃に安全装置《セイフティ》が掛けられているのを、目に留める。拳銃の特徴を探る振りをして、加島について思考を巡らせ続けていた。この大男をどう認識するべきか、いまだに分からない。

生きているのか、と質問する加島へ、

「意識はある。血は出ているけど、傷は深くないように見える。体に力が入らない様子だから、医師の診察が必要。担架で運ぶべきね。遺体は……後回しにするしかない」

「どこに、その遺体があるんだ」

「下の階に移動している。動かしたのはたぶん」

薄く口を開け、静かに息をする少年を見やった。

「俺がそいつを抱える」

と加島がいい出し、

「分かっている。そっと運ぶべきだというんだろう。やってみるさ。担架は遺体に使えばいい」

少年と遺体の両方を同時に運ぶなら、その方法しかない。けれど加島に任せるべきか、すぐには決断できなかった。迷っていると、加島はイルマを押し退けるようにしゃがみ、少年を抱きかかえ、静かに持ち上げた。

「犯人が、まだ近くにいるかもしれない」

慌ててイルマが忠告すると、

「逃げたんだろうさ。それに、もう拳銃も持っていない」

落ち着いていていい、体を横に向けて備品棚の間を器用に擦り抜け、扉へ歩き出す。イルマも立ち上がり、急ぎ階段へ向かい、二階の発電フロアを見て回った。押収したばかりの拳銃を構え、注意深く各所を調べるが、誰も隠れてはいなかった。

一階に戻り、備蓄庫を通り抜ける途中で、水蒸気がすっかり消えていることに気付いた。流水も止まっている。きっと二人のうちのどちらかが栓を閉じてくれたのだろう。階段の半ばで携帯端末を耳に当てて設備の修復について話し合う世田と、疲れた様子で手摺りに寄り掛かる林の姿が目に入った。二人の脇を擦り抜け、地下へ降りようとすると、

「気をつけてください」

世田に呼び止められ、

「炭酸ガスを撒きました。換気はしていますが、どこかに残っているものを吸い込みすぎると、息が苦しくなるかもしれません」

「了解。消火はもう大丈夫？」

ＨＳＥエンジニアは頷き、

「完了しました。バルブも手動で閉じましたし、当面は……それで、銃を撃ってきた者はどうなりましたか」

「逃げられた」

無愛想にイルマは答える。取り逃がしたことが悔しくてならない。でも、拳銃は奪取できたでしょ……遺体の傍へ近寄ろうとするが、民間人を銃撃戦に巻き込んでしまった事実を思い起こし、

「銃撃犯はたぶん、施設を狙ってはいないから」

二人を安心させようと、

「火災は跳弾が偶然、発火させた結果だと思う。位置からして、直接狙える場所じゃなかったし。遺体を囮《おとり》にした罠、という線も完全には否めないけど」

「それは、あり得ません」

　意外にも世田の方から、はっきりと否定し、

「先程の出火は、パイプ内に残っていた余剰ガスが燃えたものです。あくまで余剰ですから、実際にどの程度の出火があるものか、事前に予想するのは難しいと思います」

　イルマは少し考えてから、

「それなら……あなたが施設を狙って攻撃するとしたら、どんな風に実行する？」

　世田は質問に面食らったようだったが、階上を見上げ、

「……備蓄した軽油を出火させる、といったところでしょうか。メタンガスを生産している最中でしたら、ガスの通り道は発電機やコンプレッサーも含めどこも危険ですし、各機械へ電力を供給する制御盤も火を噴く可能性があります。そうなれば本当に全てを機能停止させて、生産施設全体を炭酸ガスで満たさなくてはならなくなるでしょう」

「それって、誰が知っている話？」

「全員が知っています。発電設備の中には立入禁止区域までありますから。ですが、今はメタンガスの流れも止まっていますし、それよりも、犯人が出火を狙うという話自体があり得ないのではないか、と。危険すぎますから」

「小規模の火災を狙った、ということは？」

世田はかぶりを振り、

「プラットフォームでの火災がどれほど恐ろしい結果になるものか、従業員なら承知しているはずです。救命艇は用意されていますが、炎から逃げながら、うまく乗り込むことができるとは限りません。重大な事故も、海外では幾度か起きています。中には一〇〇名を超える死者を出したものもあります。たとえ外部の人間であっても、ここがどんな施設かを知っていれば、自分も巻き込まれる危険がある以上、あえて火災を引き起こそうとは思わないはずです。何も知らないか、偶然出火したか、その二つ以外理由は考えられません」

「……子供を狙ったんだよ」

イルマが頷き、そういうと世田は不思議そうな顔をした。説明している暇はなく、二人を促して遺体の搬送を始めようとした時、もたれていた手摺りから顔を上げた林と目が合った。その怯えきった目付きにイルマは愕然となり、思わず詰め寄って、

「何か、目撃したのね」

強い口調で訊ねると、林は痙攣《けいれん》したように細かく頷いた。作業服のポケットの中で、イルマの携帯端末が振動する。伍藤からの連絡だった。無視するわけにもいかず、林を見詰めたまま通話を接続し、何、と短く応対するが、

『……目を離していたわけではないのですが』

伍藤の口調も切羽詰《せっぱつ》まっていて、

『一応、耳に入れておいた方がよいかと……すぐに現れるかもしれないのですが』

「単刀直入に、お願い」

そう問いただしても、伍藤はまだ躊躇《ため》っているようだったが、やがて、

『……大津木が消えました』

そういうことか――林への視線がどうしてもきつくなってしまう。気持ちの高ぶりを抑えられず、強い口調で、

「犯人を見たのね」

「たぶん、ですけれど……」

「誰」

林は唾《つば》を飲み込み、ひどく疲れた様子で、大津木の名前を口にした。

＋

世田と林とともに、医務室のベッドに遺体を載せた。

世田は落ち着いて対処しているように見えたが、林はずっと顔面蒼白で、なぜこの役割を志願したのか不思議に思うほど緊張し、遺体をベッドへ載せ替えるために担架を少し持

ち上げた状態でいる際も、安全ベルトを外す時も、遺体を反対側からイルマと中島が引っ張って移し終えた後も手の震えが止まらず、唇も紫色のままだった。遺体の搬送を完了させると、力尽きたように医務室の隅に座り込み、肩で息をしている。傍には先着した加島が壁に背をつけて腕を組み、置物のように立っていた。

新たな遺体を運び込んだことで、医務室内に三台あるベッドは全て埋まってしまった。出入口に一番近いベッドは、瞼を閉じて横を向く少年が占め、点滴のチューブがその片腕に伸びている。眉尻の辺りに包帯が薄く巻かれ、内部のガーゼが透けていた。骨張った腕。軽く肩が上下しているところを見ると、寝入っているらしい。中島が丁寧に顔や手を拭いたようで、逆立った髪や薄汚れた服装はそのままでも、だいぶ清潔には見えた。長い睫毛《まつげ》。整った顔をしている、とイルマは思う。

「その子の傷は、深くない」

運び込まれた遺体の様子を見下ろし、中島がいう。

「でも後頭部には皮下出血があります。原因に心当たりは？」

イルマは扉近くに立つ加島の存在を気にしつつ、

「たぶん、銃弾が顔を掠めて、そのせいで床に倒れたのだと思う……元気がないのは、頭を打ったせい？」

「その可能性はあります。嵐が過ぎたら陸に運んで、ＣＴ検査を受けさせるべきでしょう。ですが嘔吐《おうと》もないし、呼びかけにも一応、反応します。言葉は発しませんが。憔悴《しょうすい》しているのは、むしろ栄養状態の悪さが原因だと思います。痩せ細っていますから」

中島は喋りながら、運び込まれた遺体の作業服のファスナーを開いてその様子を検めると、こちらへ軽く両手を上げてみせた。お手上げ。イルマも軽く首を竦めて、同意する。確かにこの遺体の状態は、産業医の職務を超えている。後は法医学者による司法解剖に、詳細の究明を任せるべきだろう。

「死因は爆発物、って書いておいて……それよりも」

イルマは遺体の左腕を指差し、

「肘の裏を見せて」

中島が手早く作業服の袖のテープを外して捲り、左腕を露《あらわ》にした。

――やはり。

顔を近付けなくとも分かる。注射の痕が集まって瘡蓋《かさぶた》を作り、皮膚病を併発してひどい有り様となっていた。売り手にしろ買い手にしろ、違法薬物と関わっていることは間違いない。売人自身が薬物中毒に陥っているのも、ありふれた話だ。

中島が作業服のファスナーを閉じた。室内に漂い始めていた金臭さと薬品臭が閉じ込められる。イルマは隣のベッドで眠る子供の方を見た。

目を覚ました時には、どう扱うべきだろう。共犯者として、ある程度の拘束が必要だろうか。それとも事件に巻き込まれた被害者として、保護の対象とするべきだろうか。たぶん、どちらの必要もある。それだけに、はっきりと決断することができない。

「親子でしょうね。この遺体が、父親」

中島がそういい出し、イルマを驚かせた。

「どうして分かるの？」

「耳の形が一緒ですから」

イルマは、二人の耳殻《じかく》を見比べてみる。風貌の中で共通しているのは細身であることくらいだと思っていたが、いわれてみると、確かに耳の上部が二人とも少し折れ曲がっていて、耳朶《じだ》の幅が狭い。

プラットフォームに出没する、という幽霊の噂。

そして、胸の痛みを覚えた。細腕の少年。指先の爪の中に、乾いた血液が黒く残っている。非力な体で父親の遺体を引きずり、少しでも目立たない場所に隠そうとして――

少年はその後、自主的に外へ出たことになる。周囲を探るため。助けを求めるため。理由は幾つでも考えることができる。そして私は生産施設を施錠することで、少年を嵐の中に締め出してしまったのだ。胸の痛みを抑え、この少年は危険だろうか、と考える。

このままここで、横顔を眺めているわけにもいかない。溜め息をつき、ホルスターバッグからアクリル製の結束バンドを取り出した。中島が怪訝《けげん》な顔で、

「何に使うのですか？」

「一応、この子を拘束しておく。もし点滴が効いて、意識がはっきりした時に飛びかかって来られたら困るでしょ」

「凶暴な子だと？」

「分からないけどさ……分からないから、そうしておかないと」

きつくなりすぎないよう気をつけながら、少年の両手首を合わせて通した結束バンドの輪を収縮させる。視線を上げると、扉近くに固まる世田と林は不安そうに、加島は不機嫌な表情でこちらを眺めていた。

イルマは取り合わず、作業服のポケットから小型の自動拳銃を取り出し、銃口を床へ向け、弾倉《マガジン》を抜いた。安全装置を外して遊底《スライド》を引き、薬室《チャンバー》に残った弾薬を遺体を載せたベッドの隅に落とし、引き金を絞って撃鉄を戻すと弾倉から銃弾を全て出して並べ、残りの数を確認し、弾倉に装塡《そうてん》し直した。どう見ても、ロシア製拳銃の模造品。イルマが弾倉を拳銃に装着していると、

「……あんたがそれを使うのかい」

加島がいった。

「警察官だからって、配給品以外の銃を撃ってもいいのかい……」

「問題はあるだろうね。でも」

作業服の中に戻し、

「警察官職務執行法には、そんな細かい規定はないから。拳銃使用の規範にも。撃とうとする時は予告するものとする、ってくらい。実際に使用した時は、多めに報告書を書かないといけないだろうけど」

残弾は、三発。

「持っていると心強いよね、正直いって。それよりも」

加島の強い視線を見返し、

「この際、はっきりしておくけどさ、この拳銃の持ち主は大津木なの。もう警視庁へ連絡して、指名手配も済ませてある。要するに……被疑者は、あなたのお友達だって話。何か、いいたいことはある？」

加島はこちらを凝視したまま、ゆっくりと首を横に振った。

「彼と親しいんでしょ……」

「いや」

静かに否定した。イルマは追及せず、

「被疑者が社員の中に存在した、という事実がある以上、身勝手な行動は今後控えてもらう。プラットフォーム内をよく知る被疑者が施設内をうろついている、っていうのは危険だからさ。それと……正直いって」

世田と林を見やり、

「あなたたち全員が彼の共犯者だとは思えないけど、無自覚に、部分的に関わっている可能性は捨てきれないから」

加島の舌打ちが聞こえた。けれど顔を背け、反論はしなかった。

「中島と世田はここにいて。鍵を掛けて、訪問者には充分に注意すること。加島と林は二人で食堂へ」

「イルマさんは、どうするんです？」

世田が不思議そうに訊ねる。疲労でどことなく、緊張が緩んでいるようにも見える。

「伍藤から、大津木がいなくなった経緯の説明を受けたいところだけど……時間がない」

再び雨が降り始め、次第に激しさを増しているのは室内にいても分かる。

「確かめておきたいことが幾つかあるから。後で説明を聞く、って伍藤にいっておいて。それと……生産施設をもう一度施錠するよう、いっておいて。この建物の出入口は幾つあるの？」

「東西に二ヶ所ずつ、南北に一ヶ所ずつ。計六ヶ所になりますが……こちらも鍵を掛けますか」

六ヶ所の扉を全て見張るだけの人員はいない。あるいは、居住施設の方も扉一つを除いて施錠してしまえば大津木の出入りを見張ることができる、とも考えるがすぐに諦めた。

この方法では、全部の出入口を塞ぐのと同様、大津木を嵐の中に追いやって彼の命を危険に晒す可能性があり、新日本瓦斯開発の社員たちだけでなく、捜査一課の賛同も得ることはできそうにない。大津木はまだ、被疑者にすぎない。全ての扉を開放させておくしかなかった。中島へ、

「遺体の顔の表面だけでも、綺麗にしておいてくれる……」

医師は余計なことはいわず、はい、とだけいって引き受けてくれた。イルマは今も寝入り続ける少年の顔を少しの間見詰めた後、加島たちの前を過ぎて、扉のノブに手を掛ける。

＋

監督室に戻り、生産施設での出来事をかい摘んで説明し、絶句したまま返す言葉もない掘削監督へ、没収品を使用させて欲しい、と頼むと呆然とした様子のまま机の引き出しから電子鍵を取り上げ、イルマの手のひらに落とした。

電動二輪車を脇に抱えて通路に運び出すが、可搬性があるというだけでずっと持っていられる重さではないことはすぐに分かった。エレベータを呼び出す間にその場で二輪車のフレームを開いて組み立て、無線式の電子鍵のボタンを押して起動させ、座席に乗ってしまう。脚で床を蹴って、到着したエレベータ内に乗り込んだ。

ステアリング中央に大きな液晶パネルが設置されていて、真ん中の00という数字は恐らく速度を表している。車体に充分な電力が残されているのは、すでに監督室で確認済みだった。

チャイムが鳴り、一階に到達したことを知らせた。ヘルメットを医務室に脱いだまま忘れているのに気付いたが、引き返すつもりもない。スロットル・グリップを軽く捻《ひね》り、エレベータを出て通路の突き当たりまで走ると、座席にまたがったまま片手で扉を開けて、その隙間に電動二輪車ごと体を滑り込ませた。

再び景色は黒灰色に染まっていた。イルマは降ろしていたファスナーを引き上げ、ゴーグルを装着する。雨が降り出し、風も強かったが、まだ痛みを感じるほどではなかった。雨の膜の奥に点在する照明があらゆる設備を照らし、そのために完全な陰となった死角も多く、少しも油断はできなかった。あの、腰の引けた射撃しかできない大津木に後れを取るつもりはなかったが、暗がりから奇襲されては厄介だ。熱水が奴にどの程度の痛手を与えたのかも分かっていない。

大津木。反抗的な態度を隠そうともしない作業員。遺体の搬送に出発した私たちを追って来た。狙いは、あの少年。たぶん、違法薬物取引の発覚を恐れての、口封じのために。拳銃まで持ち出して。それも、今回の取引で入手したものだろうか。

プラットフォームの金属製の通路を走っていると、電動バイクの車輪がすぐに表面の金網で滑り、何度もバランスを取り直さなければならなかった。動きは重く、通路の細かな起伏を体に直接的に伝え、速度も内燃機関《エンジン》方式とは比べものにならなかったが、それでも予想以上に加速はよく、プラットフォームの外周を素早く見回る手段として最上の方法に感じ、この二輪車をエレファントに持ち込んだ喬木の意図はそう誤りでもなかったように思えてくる。操縦に慣れるに従い、後輪を意識的に滑らせて、必要最低限の動きで制御できるようになってきた。

吊り柱《ダビット》に近付き、イルマは作業服と同じ橙色で塗装された救命艇がまだそこに設置されているのを、一つずつ確認する。副所長の話では、二十名収容可能というカプセル型の救命艇には貧弱ながら自走機能があり、内部に入った状態でも船体を吊り下げるウインチを操作して切り離すことができるということだったが、四隻の舟はどれも所定の位置に固定され、動かそうとした気配もなかった。

だとすれば、大津木は今もプラットフォーム内のどこかに身を潜めている、ということになる。視界を点々と塞ぐ雨滴を片手で拭いつつイルマは考え、デッキ東側中央まで戻り、バルコニー状の空間の端に電動二輪車を立て掛けた。すぐ傍に階段があり、少し下ると、支柱の周囲を巡る螺旋《らせん》階段と接続されているのが分かった。階段は、船着き場まで繋がっているはず……。

次第に雨と風が強くなる。早く戻らなくてはまずい、とは思うが、確かめずにいられなかった。

　もし、あの素性不明の男がボートに乗ってプラットフォームに近付いたのだとしたら、侵入口はここ以外にないはずだ。手摺りを握り、イルマは慎重に螺旋階段を降りてゆく。階段の終点を示す照明が、煌々《こうこう》と輝いていた。想像以上に海面までは距離があり、三〇メートルの高さを一段降りる度に風が激しくなるように感じ、金属製の階段の揺れは下方へ向かうにつれ、ひどくなった。螺旋階段の手摺りの根元が、ぐらついたように感じる。

　視界を黒色の海と、照明を受けるケーシングパイプの群れが規則的に、交互に流れてゆく。湾曲する階段のせいで感覚が歪み始め、まるで自分が夜の林を彷徨い、頼りない小枝を足場とする小動物にでもなった気分だった。柱とパイプを回り込んで吹く風が存在感を示し始め、塊となってイルマの呼吸を塞ごうとする。息苦しさに耐えられずゴーグルを外し、胸元に戻した。

　やはり、サングラスを個室から持って来るべきだったのかもしれない。潮の匂いと、直接間近で海を視界に入れるという行為自体が、イルマを動揺させていた。たぶん、と思う。たぶん、あの痩せた少年の寝顔を目にしたのも、まずかったのだろう。少年は長い睫毛を軽く閉じ、死んだように寝入っていた。死んだように。

　胸の中にも捩れが生じ、それが急にこらえがたい苦痛を伴うようになった。係船柱の設置された小さな船着き場は眼下に見えていたが、高波が何度も覆いかぶさり、これ以上海へ近付くことはできそうにない。

イルマは手摺りを越え、その場で海面を覗き込み、歯を食いしばりつつ周辺を見渡した。黒い水面《みなも》は波が立つ度に、その起伏がプラットフォームから届く光を銀色に反射させている。監督室から持ち出したハンドライトを作業服から出し、海へ向けた。頼りない光が水の表面で震え、瞬いた。

何もない。繋留《けいりゆう》されたボートは存在しなかった。あるいは、大津木はすでに侵入者のボートに乗り込み、脱出したのでは？　もし大津木がエレファントから離れたとすると、陸側へ緊急配備を要求しなければならない。けれど、やはりこの天候ではその発令も難しいだろう。それ以前に、もうすぐにでも再び衛星通信は不通になってしまう。いや、そもそもこの激しい海の動きにボートが耐えられるだろうか。

投げ出され、海上を漂う体――

感覚が混乱している。イルマは胸元に握り締めた拳を押しつける。引き返そうとして、脚が動かないことに気がついた。階段に座り込み、段の隙間から黒色の海が見え、それが暗闇とどう接し、どこから分離しているのか、判断ができない。

海を漂う小さな体。

やばい、とイルマはつぶやく。全然私、乗り越えてなんかいないじゃん。

いつの間にか、両目を閉じていた。瞼の裏に浮かんでいるのは、弟の青白い顔。

あの日。カオルが海で溺れ、亡くなった日。

結局私は、あの時から一歩も進んでいなかった。

暗闇へ、体が引きずり込まれるのを感じる。全身から力が抜け、液体が零《こぼ》れ落ちるように急な段差を下ってゆくのをイルマは自覚していた。波の飛沫が届くようになった。ハンドライトが手を離れ、海中に没した。ふと、人の気配を頭上に感じた。

視界に入れる必要もない。ようやく迎えが現れた、というだけ。

やっぱり、と思う。

やっぱり、許してはもらえないよね。

私は結局、何を手に入れたのだろう。色々と偉そうなことをいって。今、この手の中には何が握られている？

急速に、全ての興味が失われてゆく。体内に起こった諦めらしき感覚が、安堵へと変化する。

海へと体が零れ落ちる。

すぐに、闇に包まれた。

三　鉄とノイズ

b

エレファントに突如現れた歪みが、現実のバランスを崩しつつあった。歪みは女の姿形をしている。

まさかあの少ない状況証拠の中で、転落死の原因を事故ではないと推測する人間が出現するとは、思ってもいなかった。爆発物の痕跡も、嵐の通過により全て洗い流されるはずだったのだ。その仕組みをあの女刑事は、どうやら即座に理解したらしい。

危《あや》ういのだろうか。こちらの立場は。

転落事故という形で凌《しの》いでみせる、という自信が揺らぎ始めていた。

本来なら、事故であることを補強する証言者となるはずだった、捜査機関の人間なのだ。こちらの利益を保証する盤上の駒、という彼女の立場は今でも変わっていない。ただ、その駒は勝手にじりじりと歩み続けていて、あるいは最終的にプレイヤーまで迫って来る危険性があった。本当に……彼女はここまで辿り着くだろうか。全てを知ることがあり得るのだろうか。

無理だろう、と思う。無理であるなら、好きに泳がせておく方が得策ではないか。真相まで接近しなかった場合、彼女はこちらの主張を裏付ける、最大の協力者となるのだから。捜査機関のお墨付は、事象に客観性と信憑《しんぴょう》性を他にないくらい付与してくれるはず。

だが、もしあの女刑事が見破ったら？　この身は破滅し、残りの人生のほとんどを檻《おり》の中ですごすことになるだろう。それとも絞首台に立つか。

見破るはずはない、と考え直した。不可能であるのは分かっている。それならなぜ、これほど気に病んでいるのか……それも、もちろん自覚している。

あの女を爆薬でばらばらに粉砕したい、という欲求からだ。

喬木を殺した際にはできるだけ早くその場を去る必要があり、吹き飛ばした結果を知るだけで満足しなければならなかった。そのために、むしろ欲求はさらに膨張することになってしまった。

物心がついた時。その瞬間を、覚えているような気がする。渇望を感じた瞬間が、最初の記憶だった。何かを破壊したい、という欲望。生きものを傷付けたい、という望み。

渇望は昆虫を火で炙《あぶ》り、爆竹で破裂させることで少しの間、癒《いや》された。年を経るにつれ、昆虫が蛙《かえる》や蜥蜴《とかげ》となり、小動物となっていった。

数少ない友人たちとそれらを実行し、回数を重ねるに従い、標的の大きさに比例して死《し》骸《がい》の隠蔽が困難になることと、誰かに見付かった際の釈明が煩雑《はんざつ》になることを学習した。薬品から爆発物を調合するようになると、仕入れ方や道具の用意にも慎重になる必要がある、ということも理解した。いかに計画というものが大切であるのかを。そして、どれほど綿密に計画しても予想外の事故は起こりうる、という事実も。

また、喜びを共有できる人間がどれほど稀《まれ》か、という現実も知った。いたとしても、ただ大きな音に喜ぶような興味本位の浅はかな者ばかりで、科学現象として捉えようとする理解者はほとんど存在しない。

知識は力そのものである、という真実——

爆破が一時の癒しとなっても、渇望そのものが消えることはなかった。だが、一線を越えるつもりもなかった。日常の中、自分を慰《なぐさ》める文字通り火遊びとして、時折密かに試す私的行為。一線を踏み越えてしまったのは、偶然にすぎない。ネットオークションで購入した炭化カルシウムのプラスチック容器が経年劣化でひび割れていたらしく、空調から落ちた水滴が染み込み、アセチレン・ガスが発生してダイニングキッチンへ漏れ、着火し、マンションの専有面積の半分を母親ごと吹き飛ばしてしまったのだ。

大学から帰宅し、マンションの周囲を沢山の消防車と警察車両が取り囲んでいるのが分かり、それでもその場から逃走せず自宅へと向かったのは、危機感よりも恐怖よりも好奇心が先に立ったからだ。

自宅のある階の通路に立った時ひどく息が切れていたのは、エレベータが使えず階段を上ったせいもあったが、それだけではなかった。消防隊員や警察官へ住民であることを知らせ、自宅の歪んだ扉を視界に入れた時には恍惚《こうこつ》とする余り、気が遠のいたほどだった。黒く煤けた自宅に土足のまま上がり込み、止めようとする鑑識員を押し退けてリビングに足を踏み入れた瞬間に目にした光景が、未来を決定づけることになった。

最初に感じたのは、匂いだった。人体の焼ける匂い。焦げた蛋白質《タンパク》の香り。

そして黒色の、あるいは赤色の肉片となった母親を発見した。悪性腫瘍《しゆよう》で父が死去してのちは、女手一つで育ててくれた母だった。立ち竦んだのは興奮が頂点に達したためだったが、警察官たちは別の解釈をした。いや、それほど間違っていなかったのかもしれない。動揺のせいで、心理的な硬直状態に陥っていたのは本当だったのだから。

事故は起こりうる。その認識が日頃の備えとなり、鑑識員へ釈明する際には強力な助けとなってくれた。爆発の原因となった炭化カルシウムを所持していた理由を夜釣りに用いる明かり、カーバイド・ランプの燃料と偽って何の疑いも持たれなかったのは、一度も使用したことのないロッドやリールやクーラーバッグを、全く興味がないにも拘《かか》わらず細かく選び、容器棚の傍に用意していたからだった。他の薬品も全て道具箱の中にラインやハリス、錘《おもり》や練餌《ねりえ》と混ぜて保管しており、連鎖して起爆しなかった幸運もあって、捜査員たちの気を引くこともなく、事故は全くの偶然として過失致死罪さえ適用されなかった。

爆発は調理の着火がアセチレン・ガスを起爆させた不運な事故、と警察は判断した。捜査機関を欺《あざむ》くのは充分に可能であること、そして人体を破壊する喜びを、その事故が同時に教えてくれたことになる。

あの女をばらばらにしたい、という欲求が耐えがたく体内で膨らむのを、意識した。母親と同じように、何事も自分が正しいと信じて譲らない、あの傲慢《ごうまん》な女を。殺した場合、あらゆるリスクが桁違いに増すのは明らかだった。それでも。

人体とともに人格の驕《おご》りを破壊し、四散させるのは何ものにも代えがたい興奮をもたらしてくれる。その力が自分にあると、確かめることができる。たとえ、爆死した姿を直接目にしなくとも。その場にいた証拠を残すわけにはいかない。

殺す。あの女を。

飛び散ったその姿がどれほど官能的か、想像することもできない。背筋に震えが走る。

今となっては、売人と同時に殺害できなかったことが、幸運のように思えてくる。あの粗雑な元人民解放軍の売人——まさか、エレファントに自分の子供まで連れて来るとは——との取引は今回で終了させ、何度も粗悪な薬物や拳銃を売りつけてきた奴の仲間に対する報復として、男がボートで本船に戻った頃に、液体爆薬に浸した紙幣が時限式の雷管で起爆されるよう計算し尽くして仕掛けたつもりだったが、結局はエレファント上で爆発する事態になってしまった。

《鯨》との契約にはない、騒ぎの発生。怒らせてしまうだろうか？　仲介人の死を気にするほど、《鯨》は小さな存在ではないはず。その興味は文字通り、エレファントの浮沈にしかない。他の些事に、いちいち異を唱えるとは思えない。元人民解放軍の連中を俺がどう扱おうと。あの女を、どんな風に殺害しようと。

殺すと決めた以上、誰にも邪魔させるつもりはなかった。

売人や喬木とは比べものにならない。綺麗に整った顔立ちと長い四肢《しし》を、科学現象に則った己の技術で徹底的に破壊するのだ。

i

目覚めてからしばらく、イルマは視界に広がる薄灰色を眺め、それが現実の光景であるのか、それとも全く別の世界の一面であるのかをぼんやりと考えていた。次第に視覚の焦点が合うようになり、今見ているのがただの天井の壁紙であることを認識し、この状況をどう解釈するべきなのか、よく分からずにいた。

生きているのを喜ぶべきだろうか。それとも。

身じろぎし、硬い床の上に敷かれた毛布に乗せられている自分を、イルマは意識する。仰向けに寝たまま首を巡らせ、カーテンがあり、ベッドがあり、事務机があり、産業医の中島がそこで書類を書いている、プラットフォームの医務室の風景を確かめた。壁際では回転椅子に行儀よく座る世田が、強張《こわば》った顔で居心地悪そうにしていた。濡れていたはずの作業服はほとんど乾いていて、ファスナーが胸元まで降りている。ゴーグルと防災靴が、脇に置かれていた。中島の、丁寧な処置。

手首に、重みがあった。作業服の袖を引っ張って覗くと、そこに薄く痣《あざ》が残っている。手首を誰かにつかまれ、海へ落ちようとするところを助けられたらしい。

誰かが近付いて来たのは覚えている。カオルではなかった、ということ。

イルマが黙って中島の書類仕事を見詰めていると相手もこちらに気付き、気分は？　と訊ねてきた。

「あんまり……」

という声が自分でも驚くほど弱々しく聞こえ、

「……自力でここまで歩いて来た、って思いたいのだけど」

中島が小さく笑って仕事を止め、

「残念だけど、違います」

「誰かに運ばれた？」

「加島さんに抱えられて。お姫様みたいに、といったら少しは気分がよくなる？」

「……最悪」

両手で顔を覆った。よりによって、あいつに借りを作ってしまうなんて。

そして、気がついた。加島がこちらを殺す絶好の機会を利用しなかった、ということに。いや、殺そうとする必要すらない。何もしなくても、私は海へ転がり落ちようとしていたのだから。

加島は大津木の共犯者ではない。ほぼ完全に証明された、と考えるべきでは……それもちょっと違う、と思う。加島はなぜそこにいた？　私の後をつけていたのでは？

「加島は何かいっていなかった……」

訊ねると、

「台風の目に入っている間にクレーンの点検をしようと施設の外に出て、デッキ上で気を失っているあなたを見付けた、と」

下手な嘘。間違っていないのは、私が気を失ったという部分だけだろう。中島は、

「どうして失神したのか、思い当たることはある？　何かの持病ですか？」

「持病……そう。そんなところ。思い出したくないことを思い出して……違う、忘れちゃいけない人を思い出した、っていうか」

中島は、何かを察してくれたらしい。詳細を訊ねようとはせず、

「ごめんなさいね、床に寝させてしまって。寝心地、よくないでしょう」

「……ベッドは全部埋まっているからね。充分、お世話になりまし……」

てしまう。

少年が寝ているはずのベッドへ顔を向け、イルマは驚きの余り、上半身を起き上がらせ

びっくりしたのは、向こうも同様だったらしい。ベッドの奥に腰掛ける少年がマグカップを落としかけ、慌てて持ち直した。

もう一つイルマが驚いたのは、少年を拘束していたはずのアクリル製の結束バンドが外され、両手が完全に自由になっていることだ。中島を見ると、

「私が外しました」

平然といい、

「危害を加えるようには見えませんでしたから」

「そう簡単に判断しては……」

「痩せっぽちの、ただの女の子ですよ」

「女の子……」

イルマは子供の顔をまじまじと見る。清潔な格好に着替えており、上着だけの作業服を羽織り、頬がぱんぱんに膨らんでいて、口の端に食べ物の粉がついている。ブロック型の栄養食品の空箱が、少女の脇に。相手はこちらから少しでも遠ざかろうと、体を傾けていた。

どうして気付かなかったのだろう、と思う。

乱雑に短く切られた髪の毛が、印象を捩じ曲げてしまったのだろうが、それはこちらも

似たようなものだ。イルマは黙って中島へ目配せする。この十歳にも満たないように見える少女は、隣のベッドに載せられた男性の死を知っているのだろうか……中島は顔を伏せて頷き、

「さっきまで、傍に立って男性の顔をずっと見詰めていました」

よく見ると少女の目元は赤く、それはきっと涙を流した痕跡なのだろう。イルマは防災靴を履いて立ち上がり、少女の傍に寄った。警戒する子供の様子を見ると、あるいは向こうも、作業服を着た短髪のこちらを男性だと勘違いしているのではないか、という気がする。イルマは警戒の態度を隠さない少女へどう接するべきか迷ったが、思いきって隣に座った。

「脅かして、ごめん。結束バンドもさ……色々、悪かったよ。どういう人間か、分からなかったものだから……ねえ」

背後の、すでにカーテンで隠されたベッドを指差し、

「この人のこと、知ってる？」

カーテンの奥の、重い質量の横たわる気配をイルマは意識する。少女は険しい目付きでこちらを見上げ、バー、と答えた。困惑していると、

「北京《ペキン》語のようですけれど」

中島が言葉を添え、

「断言はできません。さっきから身振りだけで、やり取りをしているんです」

北京語で、爸《バー》は父親、という意味だっただろうか？　イルマは以前に組織犯罪対策課《ソタイ》と共同で外国人窃盗団を捜査し、取調室での聴取に何度か立ち会った際に幾つかの単語は覚えていたが、会話が成立するほど理解してはいない。

「筆談も、だめです」

中島が先回りしていい、

「文字が読めないようなので」

全てが腑《ふ》に落ちた気がする。この娘と父親らしき男性は、恐らく中国農村部の貧困層に属している。そのために死刑まで適用される違法薬物の密輸、売買にあえて手を染めることになったのだ。日中間に犯罪人引渡し条約は締結されていなかったが、確保された際には強制送還は免れず、たとえ生きて娘と再会できたとしても、結局のところ男性の命は母国で尽きる運命にある。

少女の、怒りを内側に込めた静かな態度、状況に対する反応の鈍さ、全部を諦めきっているようにも見える様子は、最初から父親の立場を知っていたせいなのか。

嚙み砕けない何かが、奥歯に残るようだった。爆発物、というまた別の要素。

売人が遺体となった人物、受け取り側が喬木、その中で何らかのトラブルを起こしたのが大津木だとして、なぜ過剰に強力な凶器を用いる必要があったのか。《爆弾魔《ボマー》》である大津木の、殺人者としての特殊な指向性……でもそれなら、市民のひしめく都会に仕掛ける方が、破壊の欲求を満たすことができるのでは。プラットフォームそのものの崩壊に興味を覚えている、ということは？　その想像も、やはり無理があるように思える。自分の身を危険に晒してまで、海上の構造物を狙う理由が思い浮かばない。都市の中にも、特徴的な建物は幾らでも存在するのだから。

何か、事案の要素がうまく整列してくれない。要素を並べ、解釈することは可能だったが、どうしても意図的な判断が差し込まれてしまう。

少女の姿を隣で観察すると、上着の中に着た支給品のTシャツは、ところどころ安全ピンでサイズ調整がされていて、作業ズボンもウエストと裾が綺麗に折り返され、うまく体型に合うよう整えられていた。中島の世話の仕方は完璧以上に見える。イルマは片手で、少女の髪を梳《す》いてやる。触れた途端、小さな肩に力が入った。潤いのない、乾いた髪の毛。離れた場所で、世田が何か申しわけなさそうな表情でいた。中島も、こちらの様子をじっと見詰めていることに気付く。何、と訊ねると、

「いえ……これからどうなるのかな、と思って。その子」

「組織犯罪対策課で事情聴取」

「聴取の後は？」

イルマは口ごもる。母国に強制送還する以外にないだろう。大丈夫、と声をかけてあげ

たかったが北京語が分からず、それに、その慰めは余りに無責任な気がする。髪を幾ら梳いても、少女の体から硬さが消えることはなかった。髪の毛から手を離した。急にまた、カオルのことを思い出してしまう。イルマの部屋で一緒にTVを観ながら、いつも弟の柔らかい髪を弄《いじ》っていた、その時の感覚を。

俯くと、閉じた瞼の隙間から涙が溢れ出した。しばらくそのまま、イルマは無言で泣いた。

「……私が繁華街の形成外科医を辞めた、という話」

中島がそう話し始めたから、涙を拭い、顔を上げた。

「……嘘だったの？」

質問すると首を横に振り、

「いいえ。落ち着きたくなった、というのも本当。その子を見て、直接の理由を思い出しただけ」

事務机に肘を突き、揃えた指先にこめかみを載せ、

「診療所の前で交通事故があったんです。亡くなったのは、母親からはぐれた十歳くらいの少年。私は救急車が着くまで、その場で止血をしようと懸命になった。人が一杯集まって来て、中には携帯電話のカメラを向けている人間もいた。応急処置を施す間、子供はずっと、お母さん、とつぶやき続けていて、そして救急車が到着する頃には、体は冷たくなっていた」

「……あなたのせいじゃないでしょう」

「分かっています。人の死に触れたことは何度もある。未成年者の死と向き合ったことも。それでも、その件はやっぱり最悪だった。最悪なのは少年の死だけじゃなくて、子供がつぶやき続けて、その声が小さくなって完全に消えても、母親が現れなかったこと。救急車で搬送される時にも。偶然、そういう状況になっただけなのかもしれない。でも私は疲れ果てて、繁華街を出る気になった」

イルマを見て、

「今も疲労は体の中で一杯になっている。いつもは忘れているというだけで。時々こうやって思い出すの。だから、何ていうか……あなたが羨ましくて。何があってもすぐに駆け出す用意のある、あなたが」

私が走り続けているのは、たぶん足を止めるのが不安だから。イルマはそう考えるが、口に出しはしなかった。

イルマは、少女が手の中で何かを転がしているのを見た。黄色のミニカー。父親の作業服から自分で取り出したのだろう。男の、数少ない遺留品の一つだったが、少女から取り上げる気にはなれない。

「それ、あなたの……」

訊ねると、少女は不思議そうな顔でイルマを見上げ、短い言葉をいった。

その意味は分からない。

g

女刑事が医務室にいる、と加島から聞いた伍藤は重い腰を上げ、食堂を出た。

医務室にはもうイルマはおらず、その代わりに見たこともない子供がベッドに座っていた。世田に話を聞くことで、加島から断片的に聞いていた情報を補った。作業員の中に犯人がいたという事実。拳銃の使用。小さな子供の出現。理解できた話はほとんどなく、腑に落ちたのは、すでに監督室へ向かったというイルマの性急さくらいのものだった。

監督室では掘削監督と志水が大きな硝子窓の前に座り暴風雨を眺めていたが、やはり女刑事はそこにおらず、大津木の部屋の合鍵を持ってすぐに出ていったという話だった。イルマの携帯端末《スマートフォン》へ連絡を入れるべきなのだろうが、伍藤は気持ちが乗らず、実際に大津木の個室へ向かうことにした。監督室を出ようとすると、

「大津木さんが、どこかに隠れているかもしれませんよ……あの人の安全のために、居住施設の扉には鍵を掛けないそうですから。世田さんから、そう連絡を受けました」

不安そうに志水がいうが、大津木が犯人だという実感はなく、警戒心が湧き起こることもなかった。二人に片手を挙げて了解の意を示し、伍藤はエレベータへと歩き出した。

個室の脇に掲げられたネームプレートで、「大津木」の手書きの文字を確認した。室内には人の気配があり、扉を拳で叩いて、伍藤です、と知らせた途端、内部から無愛想な声が、どうぞ、と答えた。扉を開けると、イルマが備えつけのクローゼットの中を覗き込んでいた。

「……加島から聞いています」

言葉を交わすこと自体、気乗りしなかったが、

「何か、外で具合を悪くしていたとか。もう大丈夫ですか」

「まあ、一応」

「外で、何をしていたんです？」

「ボートの捜索」

横顔で返答し、

「あの殺された売人は何らかの舟で、このプラットフォームに乗りつけたはずだから」

「見付かりましたか」

「なかった。少なくとも水上には。もしかすると、海底に沈んでいるのかもしれないけど……それより」

イルマの両目がまともに伍藤へ向いた。赤く染まって見えるのは、疲労のせいだろうか。

「まずは大津木について、何があったのか詳しい話が聞きたいのだけど」

「内線で伝えた通りです」

汗が額に滲むのを感じる。

「泥水調合作業の不備を思い出したといって、中央管制室へ伝えにいく、と食堂を出たきり結局戻っては来ませんでした」

「誰かにつき添わせなかったの？」

「副所長は管制室に籠っていますし、世田は医務室です。他の社員を監視につけるのは流石に……今後の信頼関係にも影響しますので。私自身がつき添うことも考えましたが……食堂に残る社員の方が多いわけですから、そちらから目を離すのもどうか、と」

「犯人は大津木、っていう話は誰かに聞いてる？」

「世田から連絡がありました。食堂に戻って来た加島と林からも、一応聞いています」

「で、話を聞いて、あなたはどう思ったわけ？」

「……彼が犯人として確定した、とまではいいきれないのでは、と」

イルマが無言で作業服を探り、何かを取り出してみせた。銀色の物体。伍藤は思わず息を呑み、

「それが例の……本物ですか」

「本物に決まってるでしょ。ロシアの軍用銃の模造品。たぶん、中国か北朝鮮製……大津

木はこれで、今は医務室にいるあの子供を撃とうとした。恐らく、違法薬物売買の証言者となり得る者の口を封じるために。目撃者は林。その騒動があった間、食堂にいなかったのも大津木だけ。何か、反論はある？」

伍藤が視線を逸らし口ごもっていると、ねえ、と話しかける声が聞こえ、

「私は、会社側からの協力が欲しいだけなのだけど。現実に添った対応を考えてもらえない？」

「一連の殺人も、全部大津木の仕業だと……」

「そう考えるのが自然だよね」

「爆発物の原料となる薬品は、見付かったのですか」

「今のところは、まだ。部屋から持ち出したのかもしれないし、海へ捨てたのかもしれない。でも鑑識が本気で調べれば、痕跡は出てくるでしょ。海上保安庁は何かいっていた？」

「湾内での違法薬物の受け渡しはこの二年間、摘発されていないという話でした」

「ふうん。じゃあ警視庁が先に把握したってことになるのね」

「……大津木はまだ、エレファント内にいるのですか」

「海へ逃げた可能性は三割ってところかな。ユニットバスの洗面台を覗いてみて」

指示された通り個室に入ると、室内のウッド・カーペットのところどころが濡れている

のに気がついた。扉の開け放たれたユニットバスへと近付き首を伸ばすと、洗面台は水を含んだ白い何かで満たされていて、よく見るとそれは、ずたずたに切り裂かれたTシャツが丸められたものだった。鋏《はさみ》が水栓《すいせん》の傍に放り出されたように刃を開き、置かれている。

大津木はここで何を……

「Tシャツ、会社からの支給品でしょ？　私が借りたものと同じ」

イルマがいう。

「新しいシャツを切って、包帯代わりにしているのだと思う。大津木は私のせいで火傷を負って――もちろん、正当防衛の結果――いるから。で、ここで応急手当てをして、またどこかへ逃げた。床のあちこちが濡れているのは、真っ先に浴室のシャワーを使ったせいね。彼の火傷は、あるいは重症なのかもしれない。濡れたまま部屋中を動き回って、ＰＣを立ち上げた痕跡も、クローゼットの奥を探った形跡も存在する。水滴が部屋中に残っているのは、大津木がここを出てから、それほど時間が経過していないということでもある。この話、食堂と医務室に知らせといてね。大津木は居住施設にいるって」

「……大津木は、ここに戻って何をしていたのでしょう」

「火傷の手当て。ＰＣで何をしていたのかは分からない。パスワード・ロックが掛かっているから。でも……恐らく証拠の隠滅でしょうね。クローゼットの奥にジャケットがあって、そのチケット・ポケットから何かを取り出した形跡がある。ポケットが破れているのは、大津木が急いだせいだと思う。薬物のパケじゃないかな、大きさからして」

イルマの説明は整然としていて、反論の余地がなかった。それでも、素直に肯定する気にはなれない。無駄な抵抗であるのは分かっていたが、

「会社にとって社員はもう一つの資源ですから、ぎりぎりまで信じることも必要かと……」

「メタンガスの生産量が減少しているんでしょ？　会社にとって大変な時期よね。そうだとしても……」

「なぜそれを？」

伍藤は驚きの余り、我を忘れてイルマの話を遮り、

「生産量が減っている？　そんなデマを誰から聞いたのです？」

イルマはクローゼットを覗き込むのをやめ、怪訝な顔で伍藤を見ると、

「……間違ってたら悪いけど、『㎥』って生産量の単位でしょ。あなたを訪ねて部屋の扉を開けた瞬間、そう書きつけたメモを捨てたよね？」

うまく息を呑み込むことすらできなかった。

「で、監督室で何となく見た書類に数値が一杯並んでいて……ガス・プロダクション・ボリュームって項目があったから。ガス生産量。それが、少しずつ減少していた」

認めなくてはいけない、と伍藤は思う。この娘が単身の先着隊として警視庁からエレファントに送り込まれた、その理由を。

この上なく優秀な捜査官であるから、という以外にあり得ない。

本当は、もう数時間も前に気付いていた事実だった。現実を少しでも肯定的に捉えるために、不確定要素であるイルマを単なる世間知らずの横暴な女性警察官と思い込むことで、短絡的に安心を得ようとしていたのだ。事務的な、物分かりのいい警察官が訪れることを期待した自分こそ、世間知らずの子供のように思えてくる。

「……書類の読み方が間違っています」

伍藤は渾沌《こんとん》とする感情を抑え込み、

「その数値は、ガス井戸の一つに関するものでしょう。最終的な産出量は、複合的に計算する必要がありますから」

「隣り合って掘っているのに、そんなに違いが出るの？　ああ、もう解説はいいから……私の興味は、捜査に関することだけだからさ。そっちも、殺人、っていうプラットフォーム内で実際に起こった重要事項に、もっと関心を持ってもらえないかな」

「これから、どうするつもりですか」

「居住施設の捜索。大津木を捜す」

「今から、ですか。もう彼以外の社員を集めて、嵐が過ぎるのを待つというのも……」

「医務室には子供もいるし、遺体も見張っていたい。中央管制室にも誰かが入っていないといけないんでしょ？　一ヶ所に集めたから安全、ってわけでもないしね。大津木はもう拳銃は所持していないはずだけど、爆発物やその材料を持ち歩いている可能性はあるから、今も危険人物であるのは変わらない」

室内を見回し、

「現在も絶対エレファント内にいる、って断言できればいいんだけど、ここを出た後、素早くボートで逃げた可能性も捨てきれないから。海底を探る手段があればね……色々と可能性を狭めることができるのだけど。それはそうとこのブーツ、もうちょっと小さいサイズない？　緩くて爪先ばっかりに力が入っちゃってさ。踝《くるぶし》がサイドファスナーで擦れるし……」

「その手段についてですが」

伍藤は頭の中で必死に計算している。エレファントにとって、どんな方針が最も利益になるのかを。この獣のように嗅覚《きゅうかく》の鋭い女刑事を、いかに大人しくさせていられるか。施設内を動き回るのを、いかに最小限に抑えるか。

鈍くしか動かない頭脳を、やっきになって回転させる。やはり集中させるべきだ、と思う。大津木へ。犯人の逮捕へ。

「方法は、あります」

意を決し、

「海底であれば、嵐の影響を受けません。現在でも捜索することはできるはずです」

伍藤は初めて、イルマが目を丸くするところを見た。

i

中央管制室の狭い空間の中、大型の液晶画面が正面の壁一面に設置されており、地下鉄の路線図にも似た多彩な線画で、メタンガス生産の経路とそれぞれの装置の状態が示されている。手前の長机にも多くのモニタが載っていた。副所長が端の席に座り、机上の操作卓《コンソール》に何度か触れると、大型画面の表示が切り替わった。その不鮮明な映像。遠隔操作型無人潜水機《ROV》のカメラから有線を通して送られる映像は、水深約二〇メートルの海底であり、泥と苔生《こけむ》した岩が見え隠れする深緑色の世界だった。ROVのライトは海の底を舞う砂埃《すなぼこり》を至近距離で照らすばかりで、粒子の雲が画面を占領し、ほとんど状況を見通すことができない。映像とともに、中央管制室自体もイルマは気になり、

「……この部屋がプラットフォームの中心、って話だったけど」

背後の壁に並ぶランプの列を振り返り、

「ここで、エレファントの機能のほとんどを操作しているの……」

「操作というよりも、監視です」

机の隅でROVを操る副所長が、落ち着いた声でそう答え、

「エレファントの制御システムは高度にネットワーク化され、それぞれの機械の圧力、温度、流量などを自動的に調整していますから。昔のプラットフォームとは違います。各所から監視、制御することができて、以前は電気回路で実装していた動作順序制御《シーケンス》を、ソフトウェアで組み換えることも可能なんです」

「仕事が楽になった？」

「……便利になった分だけ、仕事は増えるものさ」

西川が、イルマの隣で無愛想にいった。副所長がこちらを気遣うように視線を送り、

「弊害もありまして……以前は限られた範囲を独自の高価なネットワーク機器で稼働させていたのですが、現在は市販品が多く使われていますから、電子的な侵入に脆弱《ぜいじゃく》になっているんです。実際に、トルコ東部で発生した石油パイプラインの爆発事故は、パイプ内の圧力を外部の者が意図的に高めた疑いが持たれているくらいです」

「ふうん。じゃあここは今、衛星通信が切断されたおかげで外部からネットワークに侵入される心配はない、ってことね」

「潜伏させていた悪意あるソフトウェア《マルウェア》を起動する、という手はあるかもしれません。イランの核燃料施設は二〇一〇年に、ウラン濃縮用遠心分離器をマルウェアの感染によって破壊され、稼働不能に陥っています」

「そういうのって、誰が仕掛けるの？」

「敵対する組織や国家です。イランの施設を汚染したマルウェアは構造が非常に複雑で、敵対する国家の後ろ盾があったのでは、といわれています」

「何のために？　ああ……核開発を妨害するためか」

「はい。アメリカとイスラエルが共同開発した、とか。あくまで噂ですが……」

「万が一事故があったところで、南関東ガス田のメタンに毒性はない。無駄話はやめてくれ」

伍藤が苛立たしげにいい、副所長が口をつぐんだ。

ROVの前を横切る小魚が照明を青白く反射し、機体が傾いて水底に軽くぶつかり、また推進装置《スラスタ》が粒子を巻き上げ、機体が上向いて真っ暗な海中を映した。ケーブルの先が闇に消える光景が見え、全く別の世界を垣間見ているという実感があり、映像に集中し始めたイルマは息苦しさを覚える。伍藤と西川も無言で画面を見詰め、特にHSE統括部長は海底の様子が気掛かりなのか、机の上に両手を突いて身を乗り出し、さっきから一時も目を離さず、熱心に凝視していた。

「台風が突然、進路変更したもので……無理に引き上げるよりも、そのまま海底に沈めておくことに決めたんです」

ジョイスティックを操りつつ、前を向いたまま副所長が説明し、

「唐突な地層流体の噴出を防ぐために、それぞれのパイプにはBOP……噴出防止装置を取りつけているのですが、その監視や配線接続等の作業をこの小型潜水機で行っています」

操作卓のつまみを慎重に回しながら、支柱の真下へとＲＯＶを導いてゆく。映像が海底から浮かび上がり、方向転換した際には一瞬、画面の奥にケーシングパイプが黒く林立する光景が映った。黒灰色の支柱が迫り、ＲＯＶがその周囲を捜索し始める。南西方向、と唐突に西川が口にするが、イルマには何も見えなかった。機体の慣性を抑えつつ、ＲＯＶがそちらを目指してゆっくりと進む。ライトが何かを曖昧に照らし出した。

海底に沈んだ、群青色の何か。

カメラが接近すると、今度は全貌が分からなくなる。ＲＯＶが物体の周囲を巡り始める。硝子繊維《F》強化《R》プラスチック《P》製らしき大きなタンク……四角形の枠は窓のように見え、水密《すいみつ》扉《ひ》があり、近くに亀裂が走っており、さらに回り込むとスクリューの存在が視認できた。

――これは、横倒しに沈んだ舟。

「救命艇ですね。しかし、これはエレファントの装備品じゃない」

いいながら副所長が首を傾げ、

「形は救命艇ですが……エレファントのものより推進装置が大きいようですし、青色の塗装というのは見たことがありません。脱出用のボートですから、通常は海上で見付かりやすい色に塗るはずなのですが……」

「……救出されるためのボートじゃない」

海に溶け込むのが狙いだ。そう確信したイルマは、

「むしろ、見付からずに移動するためのボート。たぶん、湾内で他の大型船……タンカーか何かから下ろされて、自走してここまで来て嵐に遭い沈没した……あ、画面の右上隅の方へ近付いて」

イルマの指定した箇所にROVが寄り、塗装の剝げた部分をクローズアップする。小さな簡体字が並んでいる。やはり売人はこの救命艇に乗り、やって来たのだ。

問題は……このボートに大津木が乗り込んでいたかどうか。

いったん個室に戻って火傷の手当てを行い、違法な品の始末をし、私が螺旋階段に到着する前に救命艇に乗り込む……その一連の行動が、三十分程度の間にできるものだろうか。

「その大きな裂け目に、近付いてもらえる……」

ROVがイルマの要求に添って動き出す。カメラが亀裂を覗き込もうとすると、中から蟹《かに》が這い出して来た。中央管制室が静まり返る。機体の位置がなかなか定まらず映像もふらつき、ようやく内部の様子が明らかになると、外周に沿って座席の並ぶ様子がライトに照らされ、それぞれのシートベルトが闇の中海藻のように漂い、そして人の姿は見当たらず、管制室では誰かが安堵の溜め息を漏らした。イルマも肩の力を抜き、

「……大津木は、この救命艇には乗っていない」

乗り込み損ねて海へ落ちた、という可能性も零ではなかったが、

「今もエレファント内で身を潜めている。そういう前提で行動する。嵐が過ぎて警視庁の

応援が到着するまでは――今は午前二時だから、後四時間と少しってくらいよね――安全のために、食堂と医務室と中央管制室の三ヶ所を拠点として、できるだけ人を動かさないようにしたい。医務室の方は、もう少し人を増やした方がいい。それに、連絡を密にして。犯人像が、『大津木』っていう具体性を持ったわけだから、社員全員もう反対する理由もないでしょ……ねえ、聞いてる？」

今も大画面の隅々を、瞬きもせず食い入るように見詰める伍藤へ、

「移動する時には必ず集団で。私は居住施設を巡って大津木を捜索するから」

液晶画面を見たまま頷く伍藤の様子に、指示を繰り返そうとして、彼のことだから聞こえているだろうと思い直した。副所長は、はい、と素直に返答し、渋面を作る西川でさえはっきりと頭を縦に振ってみせたのを確認して、イルマは管制室の机から離れた。

通路に出ると閉じかかる扉の隙間から、付近のパイプに損傷がないか至急確かめろ、と命令する伍藤の声が聞こえるが、これ以上意識を社員たちへ向けてはいられない。

作業服の上から、拳銃の存在を確かめた。

＋

イルマは足音を殺しつつ、階段で居住施設の地下へ降りた。

建物の中で唯一、機械設備ばかりが並ぶフロアであり、身を潜める場所の多い区画だった。浄水装置や飲料水のタンク、生産施設からの送電が止まった際に動き出す大型の無停電電源装置と発電機が置かれ、奥では汚水処理装置が低い振動音を発し、唸りを上げている。

作業服のポケットから、銀色の自動拳銃を取り出した。異変を感じた時には即座に遊底を引いて初弾を装塡できるよう両手で銃を持ち、注意深く施設の中を見て回った。

フロアには誰もおらず、機械の駆動音だけが響いていたが、隅々まで覗いた後でさえ、あちこちの暗がりに誰かが潜んでいるように思えてならない。イルマは気持ちを切り替え、銃を持たない方の手で階段の手摺りを握った。

居住区画の各個室を確認することにした。プレートが空白の部屋は全て施錠されておらず、銃を構えながらそれぞれの室内に入り、クローゼットとユニットバスの中を調べるのは、予想以上にイルマの神経を磨り減らした。

個人名の書いてある部屋はノブを回して施錠を確かめ、大津木本人の個室も念のためにもう一度調べ、トレーニングルームや大きなプロジェクターの設置された娯楽室、本棚の並ぶ図書室まで足を運んだ。どこにも、大津木の姿もその痕跡もないことが分かると世田の言葉を思い出し、最上階と繋がっているはずのデッキクレーンへ向かうことにした。

最上階の通路を歩いて建物の反対側へ向かう途中、監督室を通りかかったイルマは、扉に嵌め込まれた丸窓の向こうに、伍藤が一人で机の隅に陣取り、何かの作業をする姿を発見した。窓に近付き、覗き見る。一階の中央管制室にいたはずの伍藤がこちらの指示に従わず、なぜわざわざ監督室に籠っているのかも不可解だったが、それ以上に彼が熱心に何をしているのかが気になった。ひどく深刻な横顔が見えている。HSE統括部長はアタッシェケース型の装置を開いていて、どうやらそれは携帯用のROV操作卓らしい。内部に設置された小型のモニタに海底が映っているのが、離れていても見て取れた。伍藤は場所を変えても画面に顔を寄せ、海底の調査を続けているようだ。

何かプラットフォームに関する新たなトラブルが発生したのかもしれなかったが、そこまで社内の問題に興味は湧かない。いちいち指示に従うよう繰り返すのも煩わしく思え、イルマは通路の先の扉へ歩き出す。

外通路へと繋がる扉の前で、イルマは作業服のファスナーを首元まで上げ、手首のテープを締め直した。嵐の中、高所に出るのは嬉しくない話で、たとえ数歩分のわずかな距離であっても躊躇せずにはいられない。

扉を開けた途端、強い風雨が吹き込んできた。台風の目が過ぎて風向きが逆になったことに、今頃になって気付く。風防を出ると、横殴りの雨に襲われた。外通路に沿って歩き、ようやく辿り着いた屋上では、風の音がいっそう恐ろしく聞こえる。ヘリパッドの近くに黄色の巨大な円柱が見えており、そこで分かったのは、操縦席に辿り着くためには柱に掛けられた梯子を登る必要があるということで、その事実がイルマを絶望的な気分にさせる。梯子は二メートルにも満たない長さだったが、この強風の中では空中ブランコの演技を突然求められたようなものだ。

手摺りに寄り掛かって歩き、円柱まで辿り着くと、イルマは改めて恐怖心が湧き起こる前に、梯子の段をつかんだ。冷たい鉄の感触が、手のひらの骨にまで届くようだった。風が弱まった、と感じた瞬間にイルマは段に足を乗せ、一気に操縦席まで体を引き上げようとする。半分まで登ったところで強風の前兆を感じ、梯子にしがみついた。風が鼓膜を圧迫し、エンジン音にも似た振動が頭蓋骨《ずがいこつ》に響き渡る。

大丈夫、とイルマは自分を落ち着けようとする。もし風が梯子から私を引き剝がしても、メイン・デッキまで落ちることは、たぶんないだろう。屋上の、少し遠くに見える鉄柵に全身を叩きつけられるくらいで済むはず。自分の発想に、イルマは一人笑い出しそうになり、ようやく残りの梯子を上がる気力が生まれたように感じる。

円形の足場に体を引き上げ、膝を突いたまま鉄柵にもたれて拳銃を作業服から取り出し、クレーン・ブームに隣接して設置された直方体の操縦席の、小さな扉の取っ手を押し下げ、素早く内部へ踏み込んだ。

操縦席は沢山のボタンと数本のレバーと、二台のモニタの設えられた一人用の狭い空間であり、そして誰の姿も存在しなかった。紙のカレンダーが窓の脇にクリップで留められ、一枚の写真もそこに添えられていた。ワンピース姿の、十歳くらいの少女の上半身が写っている。短めの髪に、意志の強そうな眉と白い肌が印象的だった。

風で室内が揺れる。海の上にいることを、嵐の方から乱暴に知らせるように。頭がつかえるほど窮屈な操縦室のあちこちから金属の擦れ合う音が聞こえてくる。大きな揺れと騒音で、気分が悪くなりそうだ。イルマは自動拳銃を仕舞い、一度大きな深呼吸をしてから、扉を開いた。

操縦室のフレームで体を支えて立ち上がり、強風を受けつつ前方を見やった。この高さからはデリックの先端さえ、そう遠くない位置にあるように見えた。遥か下の海は闇の中に埋もれて視認できず、イルマはそのことにほっとする。幾つものライトに照らされ、光るノイズのような大量の雨に装飾されたプラットフォームの存在が、世界の全てとなっていた。

眼下の巨大な質量、その圧迫を全身で感じる。

私は勝てるだろうか、と考える。

通路に戻ると、疲労よりも徒労感がイルマの体の動きを鈍くし、居住施設の薄暗い階段に座り込むことになった。髪の先から階段へ落ちる水滴を眺めながら、イルマはぼんやりと考え込む。大津木は一体、どこにいるのだろう。

この嵐の中、建物の外にいるのか。生産施設は施錠されている。もう一基のクレーンも、生産施設内を通って登る以外にないはずだった。デリックであれば多少は風雨を凌げるはずだが、あの吹き抜け構造の中に長時間居続ければ体温の低下は免れず、それだけで命を落とし兼ねない。

とすれば、やはり居住施設内にいるということになる。丁寧に見て回ったつもりだったが、隠れ場所となるわずかな空間を一つも見逃していない、とまでは断言しきれなかった。見分けにくい扉や、備品を置いた一角……けれど、それよりも。

それよりも、社員の誰かが自室に匿い中から施錠させていた、という方があり得るように思える。共犯者の存在……いや、その前に大津木が他の個室の合鍵を作っていたとしたら？　どちらにせよ、都合よく考えるなら、どこかに隠れている場合すでに大津木は消極的な思考に陥っていて、実質的には当面無害な状態、といえなくもない。

あるいは施設の外に逃げ出し、風に煽られて海へ転落してしまい、今頃は救命艇とともに水底に沈んでいるのでは……その想像は、流石に短絡的すぎるだろうか。

イルマは携帯端末を取り出し、伍藤へ送話しようとする。画面を見て、幾つもの着信が届いていることに気付いた。捜査一課へ依頼した件について、台風の目にいる間に返答があり、それ以外のメールは全て宇野からのものだった。

管理官からの報告に目を通す。一つは売人の素性を知るための問い合わせ。もう一つは氏名と生年月日を基に、エレファントに残された全社員の交通違反と前科を照会してもらったものだ。篠多管理官らしい素早い対応だったが、一つ目については遺体の顔写真から短時間で調べるのは難しかったらしく無回答で、イルマもその依頼に無理があったのは承知していた。社員に関しての照会は済んでおり、けれど記録には彼らの犯罪歴を示すものはなく、聴取時の証言との間にも矛盾はなかった。一つだけ気になるのは、警察庁の運転免許データベースに、加島武の氏名と年齢に合う記載がないことだった。運転免許は持っていない、と加島は聴取の際にいった。データベース内に存在しないのはその話を裏付けることになるが、クレーンの操縦と車両の運転は別物だとしても、掘削工事に携わる者が運転免許を取得したことさえない、というのは不自然にも思える。

イルマは捜査一課の部下から送られた通信は全て無視することにし、伍藤へ連絡を入れる。まだ監督室で操作卓のモニタを見続けているかもしれなかったが、立ち上がってそこまで歩いていく気にもなれない。

すぐに伍藤は通話を接続した。大津木が施設内のどこにも見当たらない事実を知らせるが、そうですか、という気のない返答があるだけで、むしろその声には安堵の色が混じっているようにも聞こえる。

「……どこかの、鍵の掛かった個室に隠れているんじゃないかと思うのだけど」

イルマは苛立ちを抑え、

「全部開けて、確かめてみたい。どう？」

『無法です。それは』

いつになく、伍藤の口調は断固としたものになり、

『今現在、エレファントに残っている社員たちの部屋を確認するのは個々人へ頼み込んでみて、後はその反応次第となるでしょうが、すでに退去した社員のプライベートを令状もなく無断で覗くのは、幾ら捜査機関であってもできる話ではないはずです。会社としても協力はできません』

正論……けれど、捜査協力を拒絶されたことよりも、体面を優先しようという態度が今になっても見え隠れする伍藤に腹が立ち、

「悪いけど私、プラットフォームの採掘量云々《うんぬん》とか業績には全然興味が湧かないの。でも現在この施設が直面しているのは、違法薬物の売買と連続殺人と拳銃と《ボマー》、っていう一連の大問題でしょ。あなたはいつまで問題から目を背け続けるわけ？　事実を事実と認めた上で、全ての事柄に対処するべきじゃない？　ぐずっていたら問題の方が通り過ぎてくれるって考えるのは、それはまるで幼児の態度……」

『あんたに、何が分かる』

大声を上げたらしく、伍藤の音声がひび割れ、

『我々の行っている事業は、単なる営利目的のガス採掘じゃないんだ。何度も伝えたでしょう。国家そのものの、将来のエネルギー政策の行方を決定する、試金石ともなる計画なんだよ。人の生死が大切なのは、そんなことは、それこそ子供でも分かる話だ。だが、あんたは大人で、しかも公務員だろう。目先の問題に場当たり的に対処するよりも、全体の計画に基づいて行動しなければならないことがある、という話も理解できるはずだ。犯人を捕まえる？　結構だ。是非お願いしたい。だが、いたずらに周囲を巻き込んで、騒ぎばかりが拡大していくような真似は控えていただきたい。たった数時間の滞在で、エレファントの全部を理解した気になるなど思い上がりにすぎない。組織に在籍するあんたが、なぜ組織そのものを理解しようとしないんだ』

中年男性の、真っ赤に膨れ上がった顔が目に浮かぶようだった。勢いに呑まれ、イルマは少しの間言葉をなくしていたが、

「……これって、受け売りなんだけどさ」

聴取の中で、掘削エンジニアの西川が最後にいったこと。

「生きものも組織も、大きな図体になると足元が見えなくなるって。エレファントは建物も目的も大きなプロジェクトでしょ……だからこそ、常に立ち位置を見据える必要があると思うのだけど。騒ぎが拡大してゆくのはね、元々エレファントの内包する問題が次々と表面化しているから」

落ち着け、とイルマは自分にもいい聞かせ、

「いい？　あなたは現在、この施設の責任者であり、社員全員の安全を預かる立場。でしょ？」

黙り込むHSE統括部長へ、

「犯人を確保することは、社員の安全に直結する。違う？　爆発物、っていう最も厄介な凶器を扱う危険人物が、今もエレファント内に存在する。けれど、居住施設のどこにも見当たらない。クレーンの操縦席にも。私が見逃した場所があったのかもしれない。犯人を捕まえるのは結構、といったよね……こちらこそ是非、協力をお願い。成人男性一人が、隠れることのできる場所に心当たりは？　大津木は今もプラットフォームのどこかで息を潜めている、と考えて。あなたならどこに隠れるか、真剣に想像してみて」

無言の時間が流れる。伍藤は怒りの余り、携帯端末を手放して立ち去ってしまったのでは、とイルマが怪しみ出した頃、

『……施設内部に、隠し部屋のような空間はありません』

生気をなくしたように張りのない音声が端末のスピーカーから聞こえ、

『予算的にも敷地面積の点からも、曖昧な設備を作る余裕はありませんので。もし私が身を潜めるなら……居住施設内にはいないと思います。追っ手が怖いですから』

「救命艇の中は？　ウインチの操作は一人でもできる？」

『可能ですが、この嵐では宙吊りの舟に乗り込むこと自体、大変危険です。とても現実的とは……』

またしばらく無言となり、

『施設以外で嵐を凌ぐことのできる場所は、後はドリラーズハウスくらいでしょうか』

「ドリラーズハウス……」

『掘削作業の要となる、デリック内の全ての機械を制御するための施設です。扉には錠もありません』

イルマはデリック内部の様子を思い起こす。空間の隅に置かれた、硝子窓と金網に守られた小部屋。通常なら、掘削エンジニアの西川が中心となって作業を進めるはずの場所。

そうか……確かに高所でもないあの場所なら、雨も風も安定して防ぐことができる。

「ありがとう。いってみる」

『これから、ですか』

「他の人間には頼めないからね」

イルマは通話を切った。片手で短い髪を掻いて、染み込んだ水分を飛ばす。

＋

風圧に押され、通路の鉄柵に体を押さえつけられたイルマは、顔を背けて嵐の弱まる瞬間を待ち、再び歩き出した。

ファスナーを締めていても、作業服の襟元から雨水が流れ込んでくる。歩みを止めなければデリックに辿り着くことができる、ということは前回の経験により体が覚えている。こんな状況でも落ち着いて行動できるようになった、と自分に信じ込ませようとする。

パイプを固定し保管するラックを横目に歩き続け、デリックに到着した。吹き抜け構造の内部に位置するドリラーズハウスの、その見通しのきく窓から死角になる位置を選んで、慎重に回り込み、接近を始める。

扉は側面に一ヶ所しかなく、相手を逃すことはあり得ないと確信し、イルマは口の中に流れ込んで溜まった雨滴を床へ吐き出すと、自動拳銃を両手で構え、金網に覆われた大きな窓の前に飛び出した。明かりの消えたドリラーズハウスの狭い空間。イルマは銃の照準を彷徨わせ、三つの座席を狙い、さらに接近して室内を覗き込んだ。

誰も存在しない。

イルマから見えるのは、沢山のモニタの裏面と、ボタンやジョイスティックやマイクロフォンに囲まれた革張りの操縦席と、小型のプリンターと数冊のバインダーと空のペットボトルを載せた事務机という、平穏な内装だった。扉から室内に侵入すると床のあちこちが濡れていて、水を含んだタオルが回転椅子の背に乱雑に掛けられていたが、それが大津木の使用したものかどうかまでは判断できなかった。あの売人の男か、子供が嵐を凌ぐために部屋に入った可能性も高い。

――ここにも、大津木はいなかった。

鉄製の床の、水溜まりのない場所を選んで座り込む。伍藤へ報告を入れようと携帯端末を取り出して、Ｗｉ－Ｆｉのアイコンが点いているのを認めた。デリック内も、内線を使用することができる……

大津木を発見できなかったこと、引き続き警戒を怠らず、単独行動を慎むべき話を伍藤へ伝える。その間もイルマが考えようとしていたのは、大津木の居所だった。

大津木は忽然《こつぜん》と、エレファントからその姿を消してしまった――

＋

プラットフォームを離れて陸に戻っても、もう二度と台風のさなかに外へ出たりはしないと誓いながら、重い扉を開けて居住施設内に入り込む。足元を確認するが、自分の他に誰かが出入りした痕跡はない。残りの五ヶ所も確かめないと、と考えるが、まずはこの場で休みたかった。

視線を上げたイルマは予期しない出迎えに驚き、壁を背にして何とか体を支え、やや顎を上げる姿勢で通路に立つ加島と向かい合った。

「……単独行動は控えるよう、伝えているはずだけど」

螺旋階段から医務室まで運んでもらった、という負い目を思い出すが、目前の大男の意図が分からず、素直に礼をいう気にはなれない。加島もその話には触れず、

「あんたを待っていたんだ。居住施設から外に出た、と聞いてな」

「で、何……」

加島は、髪の毛の先と作業服から大量の水滴を滴らせて肩で息をするこちらの様子を眺め渡し、

「二人だけで話がしたくて、な」

「……ここじゃだめなの」

「多少、込み入った話だ」

背後を振り返る素振りをみせ、

「できれば、通路じゃない方がいい」

イルマは大きく息を吸い、

「……二十分後に、私の部屋へ来て。三〇七号室」

分かった、と短く答えて歩き去ろうとする大男へ、

「あなたさ、あの噂について、何か知っていたんじゃないの」

加島が立ち止まり、

「何の話だ」

「親子の幽霊の噂。エレファントに出没していた、っていう」

作業員の中で流れたというあの噂が、一抹の真実を含んでいたのだとしたら、それは間違いなく売人の親子のことを指している。噂が立つには、親子は少なくとも一、二日前には施設に潜り込んでいなければならない。ある程度の期間エレファントに潜んでいたのは──実際は、プラットフォームに繫留した救命艇の中に隠れていたはずだけど──、救命艇を搭載し回収する大型船の本来の仕事、その寄港と出港の時機に合わせる必要があったため、と思われた。加島はイルマの視線を見返し、

「……込み入った話、というのはそのことだ」

それだけいうと歩みを再開させ、狭い通路にブーツの足音を響かせて去っていった。

イルマは加島がエレベータの中に消えるのを見届けてから、その場に座り込む。両手でそれぞれのふくらはぎを揉《も》みほぐし、息を整えようとする。

＋

個室に戻り錠を締めたイルマは、残りの五ヶ所の扉付近にも、こちらと入れ違いに誰かが侵入した様子はなかったことを思い起こす。大津木は最初から居住施設を出ていないか、外へ出たまま帰っていないかのどちらかということになる……雨水の染み込んだ繋ぎの作業服を急いで脱ぎ、ユニットバスの浴槽へ放り込んだ。シャツとデニムが乾いているのは分かったが、皺だらけの上着を身に着ける気にはなれず、デニムだけを穿《は》き替え、襟元の濡れたTシャツをドライヤーで乾かすのと同時に冷えきった体も温め、そのまま大津木がどこへ消えたのかを考え続けた。

いったん自室に戻ったところをみると、大津木はある程度の怪我を負っているように思える。その状態でこちらの動きを機敏に察知し逃げ回るなど、できるだろうか。本当に、何かの拍子に海にでも落ちてしまったのでは……いや、それはきっと、都合のいい考え方でしかない。少なくとも大津木は、私よりもエレファントの構造に詳しいのだ。

まだまだ、とイルマは小さくつぶやいてみる。

まだまだ諦めたりはしないぜ……きっと見付け出してやる。大津木。

一応乾いたTシャツを着直し、クローゼットを覗いて発見した防火仕様の作業ジャケットに袖を通す。靴も替えるべきか迷ったが、自前のショートブーツもまだ濡れていて、これ以上革を傷めたくはなかったから、そのままサイズの大きい防災靴を履き続けることに決めた。

ベッドに腰掛けると自然と体が傾き、その姿勢を直すまでの短い間に、イルマは自分が居眠りをしているのに気がついた。眠気覚ましに手にした携帯端末の液晶画面には、未読を示すメール・アプリのバッジが幾つも表示されていた。宇野からの連絡……唇の端を曲げてその一つを開くと、高級官僚の娘との見合いに関する内容だった。結局全ての文章に目を通すが、どれもいいわけのような話で、その後の付き合いも婚約もなく、主任は何か勘違いをしているのでは、という奇妙なメールが十件以上も送りつけられたことになる。

宇野がこちらの状況を正確に把握しているはずもなかったが、それにしても場違いなメールを送付する気ままな性格に呆れ、そして徐々に腹も立ってきた。一体、どういうつもり？　私が嫉妬しているとでもいいたいわけ？　溜め息をついた時、扉をノックする音が届いた。

ちょっと待って、と答え、疲労の残る体をベッドから立ち上がらせた。歩み寄った内開きの扉の鍵を回し、少し開けたところで、イルマは奇妙な光景に目を留めた。

通路と段差のない部屋の中に、液体が流れ込んでくる。無色透明の液体……加島が、そこに立っている？　一度外に出て、私のように雨で体を濡らしたのだろうか。扉はまだ一〇センチも開いておらず、その姿は見えない。扉を大きく開けようとして全く別の可能性に突然、思い至った。

イルマの思考が一気に澄んだ。

もう一度床を見下ろし、首筋の肌が粟立《あわだ》った。防災靴の周囲に液体が流れ、浸し、靴底を取り巻いている。

――この液体が、雨水などとは全く別のものだとしたら。

これが大津木《ボマー》の仕掛けだとしたら。個室の前に液体を流して扉を叩き、すぐに立ち去ったのだとしたら。イルマは足元を見詰める。五〇〇ミリリットル程度の、無色の液体。通路を覗く、という単純な動作どころか、その場から一歩動くことさえできなくなった。

おかしい、とイルマは思う。私の個室でこの時間に待ち合わせをする、と大津木が知っているはずがない。すると、この仕掛けは別の人物によるもの、想定していなかった《ボマー》によって施された絡繰《からくり》、ということになる。

この場所でこの時間に私が扉を開けるのを知っているのは、一人しかいない。加島だ。犯人は大津木ではなかった？　いや、むしろ加島が大津木の共犯者だった、と考えるべきか。けれど、そもそも――

――そもそもこの、唐突に室内に流れ込んできた無色透明の液体が爆発物だと、私は本当に信じているのだろうか。

嵐によって漏水が発生し、それが偶然個室の前に滴り落ちてきた、と考える方がずっと常識的なのでは。そうであれば、人畜無害な雨水に両足を浸し、少しも動けずにいる私は、滑稽な独り芝居を演じていることになる。

冷や汗がこめかみに浮かぶのを感じる。状況を見極めることができない。

少しずつ室内へ後退ろうと考えるが、液体を全く刺激せずに動くことができるものか、自信がなかった。あの時、爆発物対策係の土師は、何といっていた？

——そのやり方は起爆薬が必要ないほど感度が高くなるからな……

土師の情報が本当なら、微かな刺激で液体が起爆する可能性がある。私は、うまく室内に下がることができるだろうか。防災靴が液体を掻き分ける速度は、どの程度であれば安全なのだろう。

全てが馬鹿げた妄想だろうか？　この液体が爆発物だなんて。試しに一歩動いてみるといい。そうするだけで、想像力過多による妄想の産物、実際は単なる水溜まりであることが、はっきりするはず。

その時、イルマは仄《ほの》かに除光液に似た匂いを嗅いだ。再び、土師の解説が脳裏に蘇る。

——過酸化水素と塩酸と有機溶剤、だな。それなら完全に、爆破物として機能するね……

まずい、と思う。片手は扉の取っ手を、もう片方の手は扉枠をつかみ、少し前傾姿勢となった体が内部に蓄積された疲労を思い出そうとしている。そして。

そして、この液体は本当に爆発物——

混乱と疲労がイルマの思考を痺れさせようとした時、どうした、という声が聴覚に響いた。加島の声だった。我に返り、近寄るな、と警告する。

「床の液体に触れないで」

それでも、ゆっくりと近付いて来る足音が聞こえ、

「こいつは、何だ」

呼び戻したはずの体内の緊張感を、再び混乱が塗り替えようとする。

加島は一体、何者なのか。イルマは、生産施設で大津木が捨てた自動拳銃をこの男から渡された時、銃の安全装置が掛けられていたことを覚えている。熱湯を浴びて拳銃を手放した大津木が、武器の暴発を考慮して捨てたはずがない。掛けたのは、それを拾った加島だ。この男は間違いなく、銃器の扱いに慣れている。

加島が、どんな立場でこちらに近付こうとしているのかが、分からなかった。イルマは、

「……新種の爆発物みたい」

相手の反応を窺いながら、

「衝撃を与えると、即座に起爆。人間が吹っ飛ぶくらいの威力はあるはず」

「喬木が殺されたっていう、あれか」

扉の隙間、少し離れた位置に加島が現れた。床を見詰め、慎重に液体を避けているのが

分かった。

「ラップに包まれて運ばれたらしい……広げられた上に氷の塊がある」

加島が自ら爆発物の解説を始め、

「氷の上に、灰色の石のようなものが載っている。そこが泡立って、氷が溶け出している」

容易に運ぶために液体爆薬を凍らせ、ここで解凍させる仕掛けを施したのだろう。加島へ、

「すぐにそこを離れなさい」

鋭く指示を出したつもりでも、声が掠れてしまう。加島はその場を動かず、

「どうすればいい。何かで覆うか？　染み込ませるか？　水で希釈すれば、爆発を弱めることができるのか？」

「……分からない」

取っ手と扉枠を持つ両手が震え、麻痺《まひ》してきた。

「踏んだくらいでは、起爆しないのかもしれない。もしかすると、ちょっとの振動が伝わっただけで起爆するのかもしれない」

喬木が吹き飛ばされた時は、乾いて威力が凝縮されていたのかもしれないし、その逆に、風により大部分が散って、爆発力を弱めていたのかもしれない。

「いいから下がって。威力が全然予想できないから。何があっても、民間人を巻き込むわけにはいかない」

イルマは強く両瞼を閉じる。考えていたのは、最期の言葉だった。全てを諦めたわけではなかった。起爆したところで、少しの火傷で済む程度かもしれないのだから。あるいは、片脚の膝から下が消え失せるくらいかも。

——でも、最悪の時には。

誰かに伝えるべき、言葉。宇野の顔が頭に浮かぶ。私がこの世からいなくなったら、少しは悲しんでくれる？　もしかして、高級官僚の娘とお見合いしたことを後悔したり？

「助かるには」

加島の声に、イルマは瞼を開けた。

「振動を与えずにそこから抜け出すしかない、ってことだな」

「……あのさあ、私の話、聞いてた？」

思わず苦笑が漏れてしまい、

「ここから跳び離れても液体を刺激するだろうし、靴裏にも付着している。どのタイミングで起爆するのか、分からないんだって……じゃあさ」

あえて微笑みかけ、

「最期になるかもしれないし、本当のところを教えてよ。あなた、犯人と関係がある？」

「……いい根性してるぜ。俺が今まで会ってきた警察官とは随分違う」

加島は一瞬みせた笑みをすぐに引っ込め、

「俺は犯人でも共犯者でもない。その話はあんたが納得いくまで、後でじっくりとしようじゃないか」

「だから、そこを下がりなって……」

「ゆっくり、ファスナーを降ろせ」

「何?」

意味が読み取れず聞き返すと、加島の声が低められ、

「防災靴のサイドファスナーを降ろすんだ。そのままゆっくり、靴を脱げ。サイズがきついようには見えない。できるはずだ」

イルマは自分の足元を見やった。できるはずがないと考え、次にあるいは、という気持ちが起こった。でも。

「でも……靴を脱いで、それを足場にして跳んでも、やっぱり液体を刺激してしまう。試してはみる。だから、早くそこを……」

「靴を脱いだら、俺が引っ張る」

悪い冗談のように聞こえた。相手の顔をまじまじと見るが、真剣そのものだ。加島は、

「勝機は充分にある。あんたなら、こっちに賭ける。だろ?」

扉の隙間に見える大男が何を考えているのか、イルマにはよく分からなかった。私をさらに嵌めようとしている? それとも純粋な善意で、本当に私を助けようと努めている

迷っている時間はなかった。同じ姿勢を強いられ、全身の筋力が刻々と弱まっているのを感じていた。

イルマは加島を遠ざけてから、少しずつ姿勢を低める。扉の取っ手を持つ手が震え、小さな音を立てる。前後に少しだけ開いた防災靴の内側、両方のサイドファスナーを片手で静かに降ろした。体を起こし、靴の中で片足の爪先を曲げ、踵を浮かせてみる。わずかずつ足を靴底から離していった。ひやりとする瞬間は何度もあったが、片足を防災靴から引き抜き、靴の甲に載せ直すことができた。

大きく深呼吸する。いつの間にか、全身を汗の膜が包んでいる。もう片方の足も、同じようにしなくてはいけない。そちら側の防災靴はややきつく、中で足だけを持ち上げようとするとどこかが引っ掛かるらしく、靴全体が動いてしまいそうになる。

今度は腕に力が入りすぎ、扉の蝶番《ちようつがい》が一瞬、甲高い音を立てた。イルマは強く嚙み合わせた歯の隙間から、緊張の籠る息を吐き出した。こめかみから汗が液体へ落ちないか、心配だった。動きの全てに神経を使わなくてはならず、ふとした瞬間に意識が遠のくのを、何度も感じていた。

……まさか。

もうすぐだ、と扉の向こうで加島がいった。意外にも、その言葉に勇気づけられたらしい。イルマはもう片方の足も、防災靴から抜き出すことに辛うじて成功した。

力を抜くな、と自分へ向けてつぶやく。本番は、これからなのだから。

長い二本の腕が扉の隙間を広げてこちらへと伸び、大きな手のひらがイルマの両手首をつかんだ。あんたは跳び出さなくていい、と加島がいった。

「俺が引っ張る。思い切り引くからな。体に最低限の力は込めておけ。扉と枠から手を放せ。あんたも、俺の手首を握るんだ」

いわれるままにすると、扉が閉じかかり、イルマと加島の腕が絡み合う辺りに重みを与えた。無理な体勢で身を乗り出す加島がこちらの手首を持ったまま、前腕で扉を静かに押してもう一度隙間を広げてゆく。今になって、イルマは民間人に頼りきっている自分を改めて認め、

「加島、あなたは一般市民だ。やっぱり、これ以上は……」

「口を閉じろ。一気にいくぞ。三、二、一」

イルマも覚悟を決めた。感謝の言葉を伝える間もなく、信じられないくらい強い力が、床から引き抜くようにイルマの体を宙に浮かび上がらせた。そのまま勢いよく加島の胸にぶつかり、大男が後方に数歩分たたらを踏んで座り込んだ。

加島に抱えられた格好のイルマは、相手の上半身がTシャツであるのに気付く。綿と汗の匂いがした。うまくいったことが信じられず振り返ると、鉄製の扉が閉じかかるところだった。

危ない、と大声を出そうとした時、視界が塞がれ、自分の全身が回転するのを感じた。加島が二人の位置を素早く入れ替えた、と理解した瞬間、衝撃が轟音とともに加島の体を通して襲いかかってきた。

突き飛ばされるように床に倒れ、後頭部と背中を打ち、強い痛みに悲鳴を上げた。同じように歯を食い縛る顔がすぐ傍にあり、そして、自分に覆い被さる大男の方が遥かに重症であることに、イルマは気がついた。

痛みをこらえて巨体の下から抜け出すと、ずたずたになったTシャツの背と、黒く煤けた通路と、室内へ吹き飛ばされた扉の跡を見た。壁に埋め込まれた火災報知器のランプが点滅し、非常ベルの音を大きく鳴り響かせている。スプリンクラーは作動しなかった。

扉の閉じる衝撃で本当に液体が起爆したことにも動揺していたが、それ以上に、加島が自分を庇《かば》い身代わりとなった、という事実がイルマの心を鋭く切り裂いている。

「加島」

呼びかけても、返ってくるのは苦痛に耐える、獣のような唸り声だけだった。イルマは巨体の下に潜り込み、手脚を突っ張って、何とか起き上がらせようと試みる。早く医務室へ、と気持ちばかりが逸《はや》った。

「歩き出せ。少しでも」

脇の下から加島を支えて持ち上げると、加島は濁った息を吐き出し、姿勢にわずかな力が入り、ようやくエレベータへ向け、足を一歩踏み出した。

＋

エレベータの扉が開くと、青い顔をした世田が目の前に立っていた。イルマは事情を訊ねられるより先に、

「爆発物を仕掛けられた」

力を振り絞り、加島の体を脇の下から持ち上げつつ通路に出て、

「私の部屋の前に。それが起爆して、加島が巻き込まれた」

私を庇って、とイルマはいい足した。

警察官である、私を庇って。

イルマは奥歯を嚙み締める。世田が、加島の体を支えるのを反対側から手伝ってくれた。もはや唸り声を上げる気力もない加島の脱力した巨体を二人で背負うようにして、医務室へと運ぶ。

「ごめん、女の子に退《ど》いてもらって」

イルマの指示に、事務机に向かっていた中島が素早く反応し、ベッドに腰掛ける少女へ

向かい、傍の回転椅子を指差した。少女は目を伏せて床に降り、場所を移った。

三人でベッドの上に加島を運び、俯《うつぶ》せにした。イルマはＨＳＥエンジニアである世田へ、

「伍藤にも知らせて。爆発場所が、私の部屋の前だって」

「これから、現場を確認します」

「充分に注意して」

エレファント内の、リスク管理の現場責任者である世田を止めることはできない。

「爆発は一瞬の衝撃で、たぶん火災は発生していないけど、まだ爆発物が周囲に残っているかもしれない。もし付近に透明の液体が溜まっていた場合、絶対に触れないで。液体そのものが、起爆するから。この話を全員にも伝えて。無闇に居住施設内を歩き回ってはいけないと、重ねて注意して」

世田が頷き、作業服から携帯端末を取り出しつつ、急ぎ医務室を出ていった。中島は無言で医療用の鋏を持ち出し、加島のＴシャツの背を切り裂いている。

「被害は火傷だけ？　打撲は？」

中島に訊ねられ、

「床に背中を打ちつけてる……でも、一番ひどいのはその後に浴びた爆風。一瞬だったけど、近くの扉の蝶番を壊すくらいの威力があった」

イルマもＴシャツを脱がせる作業を手伝い、すぐに加島の背中が露になる。唸り声。イ

ルマの内部に悔恨の念が広がった。加島の背中は爛《ただ》れ、血も流れ、さらに爆風による打ち身で全体が紫色がかっている。一部は黒く焼け、その臭いさえ漂うようだった。

加島の無残な姿を前に、両手をベッドに突いて項垂れ、イルマは歯軋りする。民間人を巻き添えにし、大怪我を負わせてしまった。この火傷は全て、本来なら私自身が負うべき傷なのに。

中島が、水で濡らしたタオルを加島の背中に広げている。大丈夫、といったのはこちらへ向けての言葉らしい。顔を上げたイルマへ、

「火傷の一番ひどい状態だと、むしろ痛みを感じないの。大丈夫。治療はできる」

喋りながらも、中島は消毒薬や数種類の軟膏《なんこう》剤を次々と用意し、ベッド傍のステンレス製のワゴンに並べてゆく。鎮痛薬のアンプルを折って注射器で吸引し、外筒を指先で叩いて気泡を抜くと、加島の肘の裏の静脈へ迷わず注入した。

イルマは加島の肩甲骨の辺りに、火傷とは別に引き攣《つ》れたような傷痕があるのを見付けた。刺青《いれずみ》の除去手術跡だろうか。回転椅子に座って何かを両手の中で転がし、不安そうにこちらを見詰める少女と目が合った。少女の手の中に見え隠れするものが黄色いミニカーで、それをぼんやりと眺めていたのを自覚した時、手伝うことのできる作業はもうここにはないとイルマは理解した。いたたまれず、ベッドを回り込んで医務室を去ろうとする。

大津木が今、どこに潜んでいるのか見当すらつかなかったが、じっとしてはいられなか

った。後はお願い、といいかけたイルマの手首を、誰かが強くつかんだ。大きな手のひら。加島だった。脂汗《あぶらあせ》を流し、こちらを見上げている。

「……話がある、といっただろう」

「でも、その体じゃ……」

「話すくらいは大丈夫だ。薬が効いてきた」

汗で包まれた加島の顔は、血の気がなかった。必死に平静を装おうとしているのは明らかで、そんな状態にしてしまったことが、やはり悔やまれてならない。イルマが唇を嚙み、すみませんでした、と謝ると、

「慣れない言葉遣いはやめるんだな」

加島の表情は笑みと苦痛で歪み、

「そんな話がしたいんじゃない。俺は、あんたが信用できると判断した。俺は以前、裏の組織にいた人間だ。汚い仕事も請け負ってきた。その中で、大勢の人間を見てきたんだ」

「それが、どうかして……」

「聞いてくれ。俺は新日本瓦斯開発に恩義がある。俺は組織の間で、絶縁状が出回っている身なんだ。加島という名字自体、本名じゃない。以前にこの会社が総会屋と揉めた時、役員に手を貸したことがあってな、その縁で、事情を呑んだ上で雇ってもらえたんだ。海上で、身を隠しているようなものだ。だから、エレファントの中で問題が起きるのは会社

にとってだけでなく、俺にとっても都合が悪い。問題を起こす輩は警察だろうが売人だろうが、海に叩き込んでやりたいと……」

加島の早口が途切れた。イルマは、呼吸を整えるために顔を伏せる大男へ、

「加島、あなたは『親子の幽霊』について話がしたい、といってたんだよ」

「……その噂は、二日前からあった」

加島は回転椅子に座る少女を一瞥し、

「気になってはいた。本当なら、施設への侵入者がいるって話だからな。実際に見たのは、あんたらが遺体を収容するために、生産施設に入った直後だ。クレーンから降りる途中、扉を開いて施設を覗き込む子供の後ろ姿が見えた。俺にとって問題なのは、侵入者の存在そのものじゃない。問題は、彼らがエレファントに持ち込んだもの、違法薬物《クスリ》の方だ。以前から、クスリの気配が職場にはあった」

苦しそうに息を吐き出し、

「クスリはな、集団に静かに染み込んでいくんだ。一滴入り込めば、後は自然に広がってゆく。売買に携わった組織や集団がいとも簡単に、自ら汚染されてゆく様を俺は何度も見てきた。喬木には、その兆候があった。痩せ始め、目付きが変わっていったんだ。直接、喬木を締め上げてクスリを海へ捨てさせるか、と考えていた矢先、奴は殺された。そして、不法入国者の噂だ。売人が海外の人間であれば、問題は複雑になっちまう。売人の侵

入口を探すうちに、あんたが海に落ちかかるのにも遭遇した」

「……そのことも感謝はしているけど」

イルマは警察官としての態度を保とうと努め、

「でもそれらの情報は、最初から私に渡すべきだった。面談の際に伝えるべきだった」

「俺は、相手が警察だからといって信用はしない」

唸るように、

「色々な警察官を見てきたからな。覚せい剤《アイス》を横流しする奴までいたぜ。ほとんどの警察官が、結局長いものに巻かれるような奴らだった……いや、そんな話がしたいんじゃない。俺の話は、その子のことだ。中国籍だろう」

回転椅子に座る少女が加島の視線を受け、険しい顔で身を縮める。たぶん、と答えたイルマへ、

「その子は、どうなる。父親は麻薬を運んでいた」

「……違法薬物を運んだ父親は、もう亡くなっている。連れていたからといって、子供にまで罪が及ぶことはないはず」

「罪がないとしても、これからどうなる。警視庁は、その子供をどう扱うんだ」

「入国管理局が退去強制を執行するはず。子供だから恐らく……向こうの県や郷の職員に引き渡すことになると思うけど」

「聞いてくれ。俺は以前に、児童養護施設で働いていたことがある。職員じゃない。建物の補修を手伝っただけだが、一応伝《つて》はある。何とか、施設とその子供を結びつけることはできないか。養子縁組か何かで、この国に留めることができるなら……」

「一時の感情で、決めていい話じゃない」

イルマ自身が気になっていることでもあったが、動揺を隠し、

「親に連れられていたとはいえ、その子自体、不法入国者なんだよ。家庭裁判所が安易に許可を与えるとは思えないし、この国の施設に入ることが彼女のためになると決めつけるのは、あなたの独善にすぎない。この子にはこの子の考えがある。まだ小さいけど、それは若い、ということでもあるでしょ。やり直すことはできるはずだよ。悪いけど、あなたは自分勝手に感情移入している、と私は思う」

「待て」

加島は驚いたらしく、

「彼女、って何だ。この子供は」

「髪が短いだけで、女の子なんだってば。想像してみて。十歳になるかもって娘が、異国の地で知らない男性の養子になりたい、って考えると思う？」

加島がベッドに顔を伏せ、呻いた。イルマは加島へ反論しながらも、単純な退去強制処分以外のやり方がないものか、考えていた。何もいい方法は浮かばない。

少女へ共感しすぎないよう用心している自分を意識する。加島の主張の方が、正論のような気がする。それでもきっと、加島はこの子供に思い入れを持ちすぎている。

私も、冷静にならなくては。今は、できることだけを探らなくてはいけない。

「その子を、近くに連れて来てくれ」

そう頼む加島へ、

「だから、無理に関係を作ろうとするのは……」

「そうじゃない。俺は以前の商売柄、少しは言葉が通じるんだ」

わずかに上半身を起こし、ライライ、と加島が少女へ手招きした。体に羽織った作業服の裾を握り締める少女は、怯えきった様子だった。イルマは歩み寄り、大丈夫、と話しかけて回転椅子から降ろし、華奢な肩を抱き寄せ、加島へ向ける。イルマも緊張していた。

加島の言葉はたどたどしく、それは言語力の拙《つたな》さよりも、むしろ体調の変化を表しているようにも思える。鎮痛薬が本当に効き始め、加島の思考までも朦朧とさせていくようだった。加島の質問に、少女が少しずつ短く答える。やり取りを何度か繰り返した後、加島はこちらへ、

「この子は、取引相手の顔を見ていない、といっている。この二日ほど海上のボートに隠れていたが嵐で壊れ、エレファントに昇って生産施設に隠れたらしい。いったん施設を出ていった父親は、遺体となって帰って来た、という」

イルマは思わず、両目を閉じた。この娘は父親を引きずって施設に入った私の姿を、見ていたのかもしれない。そしてやはり、父親の死は自殺ではなかったということだ。絶望的な気分になり、

「この子に、私は父親に手を下していない、と伝えて。死因は別にある、って」

肩に置いた指に、思わず力が入る。少女がこちらを見上げて、何かをいった。硬い表情。

「知ってるそうだ」

加島が北京語を通訳する。

「爆薬が起爆した、といっている」

彼女なりに、父親の遺体を調べたのだろう。そして少女は、父親が爆発物をエレファントに持ち込んだのを知っていた、ということにもなる。加島へ、

「爆発物がどんな色と形だったか、聞いてくれる……」

「――土のように見えたらしい」

土？　液体ではない、ということ。溶かして使うのだろうか。別種の爆薬が持ち込まれた可能性もある。少女の両肩は、緊張で今も張っていた。けれどその回答の様子には、ためらいも隠しごとをする態度も窺えない。

「爆薬の他に売買したものを、聞いて」

「――悪い薬、といっている」

「ボートで来たのは何人?」

「──自分と父親だけ、と」

「取引相手の人数は、分かる?」

「──二人、と父親はいっていたそうだ」

「取引は全部終わっていたの?」

「──終わっていた。最後に父親が出ていった時は、ボートが壊れ、戻る手段がなくなったのを取引相手に伝えにいくためだったらしい」

二人の購入者。喬木と大津木……爆発物を手に入れたのは大津木。喬木が買ったのは薬物。二人の間の問題を正確には把握できなかったが、喬木の評判と結末からすると、詮索屋に何らかの弱みを握られた大津木が事故を装い爆発物で殺害した、という形だろう。

「二人の名前は聞いている?」

少女が否定したのは、言葉の理解できないイルマでもすぐに分かった。続けて何かをいい足し、加島が通訳する。

「父親は取引場所のことを、硝子の部屋、と呼んでいたらしい」

硝子の部屋。硝子張りの部屋。エレファントの中では、一ヶ所しかない。

「……デリック内のドリラーズハウスね。この子もそこに入ったこと、あるのかな」

「──空腹で建物の外に出た時に、入り込んだそうだ。ペットボトルの中に半分残っていたジュースを飲んだ、といっている」

少女がまた何か、言葉をつけ加える。

「建物に戻ろうとしたが扉が開かなかったため、もう一度そこに入った、と」

「……ごめんなさい、ってその子に謝っておいて」

生産施設を施錠するよう指示を出したのは、私だから。事情を知る加島は軽く頷いただけで、通訳しようとはしなかった。

ドリラーズハウス。大津木たちはそこを取引の場所として、常に利用していたのかもしれない。

大津木にとって馴染みのある場所なら、位置的にも身を隠す場所に相応《ふさわ》しいように思える。でもそこはもう確認済みだ。内部が濡れていたのも少女が忍び込んだ痕跡であり、大津木とは関係がないように思える。

私の個室の前に、液体爆弾を流した者。そもそもなぜ、私と加島しか知らないはずの行動の予定を、大津木は察知したのか。

個室前の惨状を思い起こす。爆破の前に、私は室内で何をしていたのか――

あることに気がついた。ごく単純な事実。イルマは息を吞む。確認する必要がある。

加島と少女は滑らかではなくとも、今も言葉を交わしている。会話を続けているだけで、加島の負担になっていることが分かる。イルマは少女の肩から手を離した。

「大津木を捜す」

加島と中島へ宣言する。

「確かめたいことがある」

扉の前で振り返ると、加島と目が合った。シァだ、と加島がいった。

「シァ……」

「この子の名だよ。季節の『夏』の意味だ」

イルマは頷いた。微笑みを作り、夏《シァ》、と話しかけ、

「犯人を捕まえてくる。ここで待っていて」

鎮痛薬が体に回り、起きているのがやっと、という様子の加島の通訳を待たず、夏はこちらを向き、口元の強張りを幾らか、ぎこちなく和らげた。

+

イルマは逸る気持ちを抑え足音を殺して、再び大津木の部屋の前に立った。耳を澄ますが、内部に人の動きは感じられない。静かに扉を開き、片手で作業服から自動拳銃を抜き出した。

照明を点ける。先程の捜査時と変わらない光景。クローゼットとユニットバスを開け、

誰もいないのを確認した。鋏と包帯代わりに切り裂かれたTシャツが洗面台に。それも変わらない。クローゼットの奥の、ビニール袋に入ったままの新品のブーツを思い起こし、証拠品にはならないと判断して勝手に袋を破き、その場で履いてしまう。だいぶサイズが大きかったが、贅沢はいえない。

イルマはシャワーの栓を回し、温水を流す。十秒待って閉じ、もう一度耳を澄ました。やはり、と思う。大津木の個室を出た。次に向かう場所は、決まっている。

＋

風雨が弱まったのを感じる。プラットフォームを取り巻く分厚い雲に、仄かな明度が加わったのも分かった。夜が明けようとしている。

それでもイルマの両脚は、滑らかには前へ進まなかった。全身が、粘り気のある膜か何かで覆われているように感じる。疲労の膜だった。力を込め、鉄柵を握る。真っ直ぐ進むことだけに努めろ、と体に強く命じた。

デリックと隣接する溶接場の、鉄製の屋根の下に入り、髪と顔を流れる雨水を払い落とし、ゴーグルを外して視界を鮮明にした。ある予感がイルマの体内で熾火《おきび》となり、活力を内に溜め込んで大きく燃え上がろうとしている。

銀色の自動拳銃を取り出した。ドリルフロアを回り込み、ドリラーズハウスの背後を移動する格好で、ゆっくりと距離を詰める。小さな金属製の扉の前で息を整え、ノブをつかむと一気に扉を開き、内部へと拳銃を構えた。

革張りの操縦席にだらしなくもたれて座る、痩せた作業服姿の男。片手でもう一方の腕を抱きかかえるようにして、身を震わせていた。突然の闖入者《ちんにゅう》にも反応せず、室内に差し込むデリックの強い照明をぼんやりと見上げている。大津木の青ざめた顔が、ゆっくりとこちらへ向いた。作業服から覗く首元が、赤く爛れているのが見て取れた。

イルマと目が合い、大津木はつまらない冗談を聞いたように、弱った冷笑を顔に浮かべる。

四　ファイアスターター

i

明らかに、大津木は衰弱《すいじやく》していた。

ドリラーズハウスを捜索し、爆発物の有無を調べ、大津木の作業服を検めて危険物の所持がないことを確かめ、携帯端末《スマートフォン》を押収した。手早くデニムのポケットに差し込んだ後、拳銃で脅すようにして先に立たせ、風雨の中、居住施設へ戻るよう命じたが逆らう様子は全くなく、拳銃携行は必要なかったのでは、と考えるほどだった。

施設に入るなり、大津木は床に座り込んだ。イルマも同じようにしたいところだったが、嵐は刻々と弱まっていると自らに思い込ませ、脚に力を込める。

施設内には、ドリラーズハウスからの連絡を受けた世田と林が迎えに来ていた。興奮する様子はなく、どちらも困惑の表情で通路に突っ立っていた。世田が遠慮がちにこちらへ近付き、何かを床に置いた。イルマのショートブーツだった。これだけがユニットバスの中で無事だったので、と小声でいい、

「爆発現場を確認しました。火災はありません。二次災害の様子も。警報は手動で止めました」

「周囲に爆発物は」

「目視では見当たりませんでした。ですが……爆発のあった場所の扉は、室内に吹き飛んでいます。相当の威力だったのでは、と」

それほどの爆風を、加島は背中で受け止めたのだ。口の奥に、苦みに似た何かが湧き上がる。イルマは顔を伏せたまま、左右のブーツを片手で取り上げ、

「加島は、今……」

「強力な鎮痛薬が効いているそうで、眠っています。そのままにするよう、中島先生が。タオルを取り換えたり軟膏を塗ったり、今も治療は続いています」

世田の答えに、イルマは頷く。患者が痛みに呻いているよりも寝たままでいる方が、医師も手当てが楽に違いない。けれど、夏《シア》と意思疎通のできる者がいなくなったことにもなる。他の社員は、と訊ねると、

「現状維持、という格好になっています。副所長と西川さんが中央管制室。中島先生と加島さんと子供が、医務室に。それと……伍藤さんだけが、今も一人で監督室におりまして」

知ってる、とイルマが答える。

「それで……大津木はどこに連れていきますか」

世田の質問は耳打ちだった。

「医務室へ」

通路に胡坐《あぐら》をかいて体勢を崩す大津木を見下ろし、

「治療の必要があるようだから」

火傷という後遺症の残る傷を被疑者に負わせたことは、後で問題になるかもしれない。けれど、加島とは違い罪悪感はほとんど覚えなかった。拳銃を発射した凶悪犯。上司が問題化させるなら、辞表を叩きつけてやる。それに……大津木についての問題は、また別にある。

イルマはその場に膝を突き、被疑者と目線の高さを合わせる。床に垂らした腕の手首をつかみ、驚く男の反応は気にせず、その指先を目の前に持ち上げた。次に、強引に袖を捲り、肘の裏を確かめる。静脈の周辺。瘡蓋状に硬質化している。直接触れなくとも分かる。何度も注射針を挿入した痕。違法薬物中毒者の、その証《あかし》。

＋

イルマは中島が大津木を治療する間、ずっと産業医の背後に立ち、被疑者の様子を観察していた。

治療そのものは、加島に施したものと同様だった。低体温に陥らない程度に患部を冷やし、軟膏を塗り、ガーゼを当て包帯を巻いた。熱湯は首元から作業服へ流れ込んだらしく鎖骨から脇腹にかけての傷が最もひどかった。顎の辺りも赤く染まっていて、今は自分で保冷剤を押し当て、冷やしている。中島は大津木へ鎮痛薬の錠剤を手渡し、コップの水で飲み込ませた。終始無言だったのは相手に対する嫌悪によるものだろうかとも思ったが、考えすぎかもしれない。自前のブーツに履き替えると当然ながら大きさがぴったりで、今も湿ってはいたものの心地よく感じる。視線を上げると一瞬だけ大津木と目が合い、相手もこちらを油断なく観察しているのが分かる。

世田と林が扉の傍に立ち、複雑な面持ちで治療を眺めている。ベッドで俯せになったままの加島の寝息が、時折届いた。その奥で、カーテン越しの父親の遺体を守るように夏が傍を離れず、事情を察したらしいきつい視線を被疑者へ送っている。

大津木の体の状態では恐らく、上半身の片側は自由に動かせなかったろう、と推測する。エレファント内を逃げ回るのは身体的にも、大きな負担だったはずだ。

その傷の様子を見ると、やりすぎたかと思わなくもなかったが、大津木の、治療に耐える瞬間以外、常に薄ら笑いを浮かべた口元を認める度、憐憫《れんびん》の情は吹き飛んでしまう。

「排水の音ね」

一通りの治療が済み、体を覆う包帯の長さを医療用の鋏で整える段になって、イルマはそう被疑者へ問いかけた。

「あなたの部屋は、私に宛てがわれた個室のほぼ真下に位置している」

イルマは、大津木の反応を注意深く観察しながら、

「浴室の排水の音で、私が室内に戻ったのを判断した。そしてあなたは部屋を出て、爆発物を仕掛け、そのまま居住施設を出るとドリラーズハウスへ向かった。あの爆薬は、随分と偏執的な種類の代物《しろもの》だけど……凍らせて保管していたんだよね。でも、私はあなたの個室を調べている。冷蔵庫の中に、それらしいものは存在しなかった。どこに隠していたの？　残りは……」

挑発も交えて質問するが、少し崩れた姿勢で回転椅子に座る大津木は目を伏せたまま、鼻で笑った。イルマは一歩相手へ近付き、

「自分の部屋に戻る前に、あなたは居住施設内のどこにいたの？　たぶん、幾つかの隠れ場所を利用して、うまく身を潜めていた……その状態で、上手に立ち回れたものね。どう動いたか記憶しているなら、今ここで詳しい話を聞かせてもらえる？」

大津木がこちらを見上げた。けれど、口を開こうとはしない。

「最初から、いこうか」

イルマは憤りを隠し、

「外国から違法薬物の売人をエレファントに呼び込んだのは喬木？　それともあなた？

いずれにせよ、ここで売買は行われた。その後、喬木を殺害……。何か弱みを握られたから？　それとも、薬物の売買自体が弱みになったの？　あるいは売人だけでなく、薬物仲間まで殺して証拠を完全に隠滅したかった？」

大津木は口元を緩めている。その他の反応が、見当たらない。

「喬木を殺し、売人を殺し、さらにその娘まで拳銃で殺害しようとした。二人分の殺人。一人分の殺人未遂。それと、銃刀法違反」

せせら笑い。イルマは構わず、

「これって、結構な犯罪だよね……あなたには確かに黙秘権がある。自己の意思に反して、自分の不利益になるような供述をする必要はない。でもだからって、黙秘で何でも逃れることができる、とは考えないでね。証拠が揃えば結局有罪は免れない。少しでも刑を軽くしたいのなら、最初から捜査に協力的になるしかないんだよ。世論や裁判の雰囲気って、たぶんあなたが想像しているよりも重要だからね。何らかの事情があり、反省がある、という態度が少しも窺えなければ、裁判官も裁判員も情状酌量の余地を見出す気にはなれないだろうし、世間も同情しない」

「……証拠ってなんだい」

ようやく口を開いた大津木へすかさず、

「その火傷」

顎先で、包帯を巻き終えた相手の体を示し、

「生産施設で熱湯を浴びた、その痕でしょ……あなたの下手な射撃より、咄嗟に温水パイプへ打ちつけた、私の斧での一撃の方がよっぽど狙いが確かだった、って話よね」

頬の瘦けた顔がわずかに歪み、

「……俺が生産施設に入ったのは、あんたへ届けものをしようと思いついたからさ」

自分の包帯姿へ目を落とし、

「プラットフォーム内で拳銃が落ちていたのを思い出したものでね……俺からすれば、親切にも凶器を届けようと急いで後を追いかけたら、いきなり警察官に大火傷をさせられた、って話なんだがね。あんたが怖くて、食堂に戻れなかったのさ」

鎮痛薬が痛みを和らげ始めたのだろう。その分、大津木の口が滑らかになったらしい。

イルマは微笑み、

「嘘が雑ね、大津木」

「ほざいてろよ……俺が拳銃で何かをした、って証拠がどこにある？」

「発砲したでしょ。目撃証言がある」

「誰が証言したんだい」

「ここで、それを教える必要はない」

「要するに」

背後を見渡し、

「あんたじゃなく、社員の中の誰かがそういった、って話だろ……」

視線を止め、

「お前かな、林」

突然話しかけられた若手の作業員は動揺を隠せず、目を泳がせている。大津木は作業服の上半身を着直して、

「いい加減な話を刑事さんにして、何の問題もない社員を陥れよう、ってのは。何をいったか知らないが、それはきっと見間違いだったんだろうよ。お前も今なら、そう思うだろ？」

「彼が目撃者と決めつけないこと」

明らかに萎縮する林をイルマは庇い、

「拳銃を撃ったかどうかは、指紋以外にも調べる方法はある」

「硝煙《しょうえん》反応って奴だろ……たとえ実際に撃っていたとしても、俺に付着した煙やら滓やらがあの嵐の中で流されずにいると思うか？」

「自分の左腕を見てみなって」

引くつもりはなく、

「それ、肉眼でも簡単に注射痕が見分けられるくらいの有り様でしょ」

「殺人と薬物じゃあな、全然違うぜ」

顔に笑みが広がり、

「あんたは結局、無関係の人間に妙な嫌疑を押しつけたのさ」

「いいたいことは、それだけ?」

噴き上がりそうになる怒りを呑み込み、

「両手を揃えて、前に出して」

ホルスターバッグから出した結束バンドを二本、大津木の両手首に回し、その輪を収縮させた。大津木は逆らわなかった。それに、笑みを消すこともない。

「休ませてもらおうか」

といい出し、

「ベッドも余っていないようだし、床で構わねえさ。刑事さん、何か敷いてくれないかね……加島の旦那みたいに早く横になりたくてね。鎮痛薬の効きが悪くてさ、火傷が疼《うず》くんだよな……」

イルマの苛立ちを察したらしく、林が動き出し、急いで床に余った毛布を広げた。大津木は回転椅子から降りて悠然と毛布に横たわり、やや体を丸めた姿勢で、これ見よがしに瞼を閉じた。襟首をつかんで引き起こしてやろうか、と半ば本気で考えた時、携帯端末の振動を感じ、イルマはHSE統括部長からの着信を知った。接続した途端、

『お話があります』

緊張に満ちた声が耳に入り、イルマは眉をひそめた。なぜ伍藤は、大津木確保の連絡を受けても医務室に現れようとしないのだろう。

『すみません。今も私は、一人で監督室におります』

被疑者確保の事実に少しも喜んだ様子はなく、それどころかその声は、ますます沈痛の色を帯びるようで、

『お手数ですが、こちらに足を運んでいただけないでしょうか』

普段以上に丁寧な言葉遣いに、イルマの内に警戒心が起こり、

「……無理。医務室の被疑者を置いて、移動はできないでしょ」

一瞬、大津木が薄目を開けてこちらを見たように思う。

「あなたが移動すればいいだけの話じゃあ……」

『他の者には、この話を聞かせたくないのです』

イルマは歩き出し、床に寝る大津木の体を跨《また》ぎ越え、世田と林の前を過ぎて扉を開き、医務室から出た。すぐ脇の壁に背をつけて、

「このまま内線でどうぞ。周りに人はいないから」

伍藤へ促すと、

『現在……このプラットフォームは、岐路に立たされています』

慎重な声で、

『そもそもエネルギー採掘事業には、どうしても博打的要素が含まれるものです。全ては確率的で、いかに可能性の高い位置と地層を見極めるかが勝負であり、そのために重力探査や磁気探査や地震探査を重ねて実施し、試掘を行って事業計画を決定しております。それでも、全ての採掘が成功する保証はありません』

いつになく伍藤の言葉が悲観的に聞こえる。

『そして……現在、この施設の採掘量はあなたの推察通り、減少を続けています。これは、本社の上層部とエレファント内の一部の者だけが知る事実です。このままではあるいは、ここ一帯のガス井戸を放棄して、東京湾から撤退せざるを得なくなるかもしれません。総額四千億円以上かけた計画が水の泡となります。この国独自のエネルギー資源を大規模に確保するというプロジェクトが消え失せ、同時に、天然ガスに関する国際的な発言力も大幅に低下してしまうのです』

伍藤が再び口ごもる。新日本瓦斯開発株式会社の人間として、私をプラットフォームの内情から遠ざけようとしていた、その原因。薄々気付いていた事実でもあった。けれど、今になって突然開示した理由が分からず、

「その話を、どうして私に？」

『正確にエレファントの現状を知っていただいた上で、さらに聞いて欲しい話があるからです』

「……ふうん」

『本題に入る前に、エレファントの実情を余所《よそ》に漏らさない、と約束していただきたい』

「待った」

イルマの方から遮って、

「私が一人の、捜査一課の警察官だってことを忘れてない？　どんな情報でも私は、捜査に関連すると判断した時点で躊躇なく上へ報告する。それを理解できないなら、あなたも不用意に内部情報を公開するべきでは……」

『その点は、やむを得ないと考えています。理解しているつもりです』

「第三者へは漏らさない。その点は、安心してもらっていい――」

イルマはその時になってようやく、伍藤が何をいい出そうとしているのか、その輪郭をつかんだように思え、

「――つまり」

思わず大きくなりかける声量を抑えて、

「より以上の問題がプラットフォームに発生した、ということ？」

『……いえ、発生する可能性がある、という話です』

深呼吸が雑音として聞こえ、

『何らかの問題が今ここで、進行しようとしています』

ようやくイルマにも、伍藤の緊張が伝わり始める。慎重に訊ねることにし、

「それって、プラットフォームの雰囲気の話をしているの？　それとも何か物理的な証拠が？」

『あれからずっと、私は監督室で遠隔操作型無人潜水機《ROV》とＰＣを使い、調べていたのですが……どうも奇妙なのです』

伍藤は嚙み締めるように、じっくりと話し、

『青色の救命艇の沈没により、幾つかのガス井戸のパイプが損傷を受けています』

「沈下時に衝突したのね。それで？」

『本来であればガス井戸のダメージは警報として、中央管制室等に即座に伝わるはずなのです』

「でも、警報がなかった」

『はい。ＰＣや私どもの端末に届いていないだけでなく、損傷の事実もプロセス記録に残されていません』

「システムの故障、ということ……」

『いえ』

伍藤の声はさらに静かなものとなり、

『意図的に、制御システムが改竄《かいざん》された形跡がある、ということです』

イルマは息を呑み、

「大津木の仕業？　何のために？」

『不明です。エレファントの制御システムは掘削、生産の連続性を保つことを最優先に構築されています。だからこそ異常がどこかに発生した場合、可能性の段階ですぐに連絡が各所へ入るよう設定されているのです。が……』

伍藤の次の言葉に、耳を澄ます。

『副所長の話は本当です。エレファントのセキュリティは以前のプラットフォームと比べ、むしろ脆弱化しています』

いったん言葉を切り、

『問題は、システム自体よりも会社側の意識です。会社のセキュリティ意識は、閉鎖的な独自ネットワークだった頃のまま止まっています。現在の汎用化の進んだ制御システムは、悪意による改竄を防ぎきるだけの質に届いていません』

「エレファントは今、衛星回線による外部との接続が切れているでしょう？」

イルマは疑問点を即座に指摘する。

「本社でさえ、コントロールすることはできないはず。内部からなら可能だろうけど、各所をモニタリングする人員がいなくなったのは嵐に入ったこの数時間だけでしょ？　大きなシステムの改竄を人目に触れず、短時間で工作できるとも思えないのだけど」

中央管制室での、副所長との会話を思い起こし、

「……マルウェア。以前から、仕込まれていた」

『はい。時限式であれば、以前に仕掛け、このタイミングで発動させることは可能です。いえ、私が今問題にしているのは、ネットワークへの侵入そのものではなく……警報の遮断は、生産制御システムに関することだけではないのです』

伍藤の声がいっそう低められ、

『エレファントのネットワークは生産だけでなく、連絡通信、セキュリティ等、全てを網羅しています。プラットフォーム内の異常は社員の安全と直結していますから……そして、どうやら全部の警報ネットワークが機能不全に陥っているようなのです。本来であれば、先程の爆発もセキュリティ・システムが自律的に災害の発生を感知するはずなのですが、検知したのは現場《ローカル》の火災報知器だけで、情報は各所に届いていません』

「外部からの工作があったのは警報ネットワークだけ？　修復はできる？」

『本社との接続の切れた現在、修復は……改竄の範囲も、いまだ特定できていません。システム自体のエラー検知も、バックアップも正常に働いていないようです』

警報の遮断。

何のために、といいかけてイルマははっとする。

「それって結果的に、現在のエレファントはあらゆる危機に対応できない、ってこと？」

『その通りです』

「私の部屋の前で起きた爆発に、確かにセキュリティは反応しなかった。スプリンクラー・ヘッドは通路の天井にも見えていたけど、動く様子もなかった」

『セキュリティ・システムが判断して作動させるスプリンクラーだからです。ローカルで検知する閉鎖型であれば、即座に散水したでしょう』

「でも、いずれにせよ爆発自体は一瞬で、鎮火の必要さえなかった。あの件だけを考えれば……それほど凝った細工を、予めネットワークに仕込んでおく必要は全然ない。でしょ？」

『はい。だから……いえ、あくまで可能性の問題ですが。それでも、やはり……』

言葉を濁そうとする伍藤へ、

「これからさらに、エレファントに大きな災害の起こる可能性があり、セキュリティ・システムにそれを止めることはできない……それが、あなたの用件」

『……はい。何かが起きた時、施設と人員の安全確保に、是非ご協力いただきたいのです』

「ふうん……待って」

また、以前の会話を思い起こした。

「私が世田から聞いたのは、海上プラットフォームの火災はとても危険で、施設内にいる者が大規模に仕掛けるのは考えられない、という話だった」

『……私も、そう思います。わざわざ自分の身を危険に晒してまで、特に爆発物を用いてエレファントを破壊する理由は思い当たりません。あるいは、システムの改竄と爆発に関する件は無関係であるのかもしれませんが……』

「偶然に電子的改竄と物理的破壊工作が重なった、と？　その考えはちょっと楽天的よね……」

イルマは人差し指の関節を嚙んでいる自分に気付き、唇から離した。何か裏があるように思える。わざわざ、このプラットフォームを壊す理由が存在するとすれば……いや、今なら被疑者から直接聞き出した方が早いだろう。

「安全確保の件は、了解。そのためにも、これから大津木の聴取を始める」

さらなる災害発生の可能性がある以上、眠かろうが痛かろうが、被疑者の都合に気後れしている場合ではなかった。扉越しに、医務室内に淀む緊張の空気が届いてくるようだ。

「外部と連携しているかはともかく、あいつがエレファント上での一連の事案の主犯であることは間違いない……」

室内から物音が聞こえた気がする。林、という世田の大声が届き、咄嗟に通話を切り、扉に触れようとした時、内側から勢いよく開いてイルマの体を突き飛ばした。

混乱する中、顎をつかまれ、通路の壁に押しつけられ、喉笛に冷たい切っ先が押し当てられたのをイルマは知った。

大津木の顔が間近にある。いつもの皮肉な笑みだけでなく、その表情には憤怒《ふんぬ》を示す興奮の色が混ざっていた。喉に鋭い痛みが走る。一瞬視界をよぎった銀色の質感から、凶器は医療用の鋏――さっきまで治療に使われていた小型の器具――と見当をつけた。

イルマは歯を食い縛る。大津木は自由の利く方の腕で握り潰すように、骨の軋む音が聞こえそうなほど、無理にこちらの顎をつかんで持ち上げている。大津木、と叱責《しっせき》する声がし、視野の端に世田が現れる。けれど、通路に立ったところで棒立ちになったのが分かった。

「お前ら、動くなよ……」

すぐ間近で上擦《うわず》った声がする。緊張のためというよりも、嬉しくてたまらない、という声色。大津木が顎から片手を離し、イルマの腰骨の辺りを乱暴に探った。自動拳銃を取り戻そうとしている、とすぐに分かったが、それよりも体に触れられたことへの嫌悪に我慢ができず、凶器を押し当てられていることも忘れ、反射的に膝を突き出し、相手の股間を鋭く蹴り上げた。

濁った悲鳴が聞こえ、大津木がその場に蹲《うずくま》った。動いた拍子に、喉の皮膚を鋏の先で裂かれてしまった。手の甲で流れた血を拭い取り、深手ではないことを確かめて、

「お前こそ、動くな」

ホルスターバッグから拳銃を取り出し、丸めた体の肩の辺りへ狙いをつける。イルマはブーツの爪先で床に落ちた銀色の鋏を通路の奥へと蹴り飛ばし、片手で扉を開いて、医務

室内の様子を覗き見た。中島に縋りつく夏がおり、加島には目覚めた気配があり、くしゃくしゃになった床の毛布の傍には膝を抱えて座り込む林の姿があった。

「……林が、大津木の結束バンドを鋏で切ったんです」

世田がそうイルマへ教える。

「火傷の具合について、中島先生と私が話をしている間に。気付いた時にはその鋏も、大津木に手渡していました」

林が目も合わせず、すみません、と独り言のようにいった。その姿が、ひどくみすぼらしく感じる。膝の間に顔を埋めたまま何度も繰り返して謝る林は、泣いていた。

通路で膝を突く大津木の様子が変化する。拳銃を構え直すと、イルマの手から離れた医務室の扉がゆっくりと閉じた。大津木が鉄の床に両脚を投げ出して座り直し、

「……調子に乗りやがって」

「あなたは林の弱みを握っている。そうでしょう？」

「聞きたいかい……」

憎々しげにイルマを見上げ、

「あいつは学生時代から、ハーブの常用者だったのさ。知られたくない秘密、って奴だ。特に会社には、な。何せ新入社員とはいえ、せっかく国家事業に携わる仕事に就いたんだ。で、内心びくびくしながら毎日をすごしている、っていう可哀想な野郎だよ」

「弱みを握るのが、うまいのね」

「いや、違うね。うまいのは、喬木の方さ」

強張った笑みをみせ、

「奴は嘘を並べて、まるで過去のトラウマを共有するような振りをしてな、相手から弱みとなる情報をうまく探り出すんだ。俺は少しばかり奴と情報交換をした、ってだけさ。金次第で幾らでも口を開く、阿呆《あほ》だったからな……」

「あなた自身も、喬木に弱みを握られた。違法薬物絡み。違う？」

返事のない男へ、

「だから、喬木を殺したのね」

「……殺されても文句はいえねえだろうよ。そういう奴さ。作業員全員から疎《うと》まれていたんだ」

「大体は、分かった」

自分の声が冷えていくのを感じながら、

「もうつまらない抵抗はしないことね、大津木。後一時間もすれば台風も過ぎて、警視庁の捜査員と鑑識員がヘリに一杯詰め込まれて、運ばれて来る。すぐに、全部が明らかになる」

「……が、今は連絡がつかねえ。だろ？」

大津木は大袈裟《おおげさ》な溜め息をつき、

「てめえなんぞ、俺の相手にならねえよ。ただの公務員が、いちいち偉そうに喋りやがって」

イルマは軽く首を竦め、

「能書きはいいから、さっさと医務室に戻りなよ。これからあなたは本格的な事情聴取に……」

大津木が、自分の体で隠していた何かを取り上げてみせた。押収したはずの、携帯端末。大津木は拳銃ではなく端末を取り戻すために、私に鋏を突きつけていたのだ。

液晶画面を表示させた大津木が面《おもて》を上げ、まともにイルマの目を見詰める。

時間だ、といった。

強い衝撃に、イルマはよろめいた。建物全体が揺れたのが分かった。下方からの、突き上げるような震動だった。壁に背中と両手のひらをつけて姿勢を支え、そして愕然とする。

この衝撃は、居住施設のどこかで再び爆発物が使用された、ということでは――

「よく見ておくんだな」

混乱の中、大津木が立ち上がっていた。満面の笑みを浮かべ、

「俺の力を。それに、てめえの非力さも、な」

大津木に逃走の気配があり、イルマは慌てて自動拳銃を構え直し、動くな、と警告を送るが、

「やってみな。撃ってみなよ」

相手は大きく両腕を広げて後退し、

「俺を撃てるのか？　できもしねえくせに」

通路の奥へと大津木が駆け出した。イルマは壁を背にして頭を抱える世田へ、

「大津木を追う。医務室の人間を見ていて。特に、林を」

怯えた顔がわずかに動いたのを了解の仕草と決めつけ、イルマは床を蹴り、通路を折れた大津木の後を追う。拳銃の威力を過信していたのが悔やまれた。その分虚を衝かれ、出遅れることになってしまった。太股に蓄積した疲労を意識する。大津木は今、鎮痛薬の効果で痛みの大方を忘れているかもしれない。それでも、包帯で体の一部を固められた相手の不自由な状態を思えば、追いつけないはずがない、と考える。

大津木が携帯端末で時刻を一瞬、確認したのを思い出した。つまり、あの衝撃は時限式の爆発物が作動した、ということだ。そしてあれだけの大きな爆発が発生しても、プラットフォーム全体のセキュリティ・システムが作動した気配はなく、それはＨＳＥ統括部長の懸念が現実化したことを示している。今頃伍藤は、発生現場の特定に躍起になっているだろう。

視界の中に大津木の姿はなく、通路の角に差しかかる度に立ち止まり、待ち伏せを警戒しなければならず、思うように近付くことができない。けれど乱れた足取りは何度も耳に入り、イルマは大津木が居住施設の中央へ向かっている、と推定する。

注意しなくてはいけない。よく見ておくんだな、と大津木はいったのだ。

乱雑な足音が、周囲から消えた。通路を慎重に曲がると、エレベータ・エントランスがあり、けれど辺りに大津木の姿はなく、もの音が聞こえてきたのはその正面の娯楽室からだった。

入口には扉がなかった。イルマは壁に隠れ、娯楽室内の様子を窺おうとする。迷いが生じ、そのためにすぐに足を踏み出すことができない。大津木は連続殺人の被疑者であり、《爆弾魔《ボマー》》であり、逃亡者であり、現在でも危険人物だ。いったん泳がせるなどの消極的な措置はあり得ず、即座の確保が警察官としての絶対の務めであるのは分かっていた。

一瞬の動きで、娯楽室内部を覗き込む。広いフロアが幾つかの区画に分かれ、一番手前にはビリヤード・テーブルが並んでいる。フロア中央のテーブルの奥に、誰かが身を隠している気配があった。迷いは、手に持った拳銃の使用をどの程度自らに認めるべきか、という点だった。威嚇射撃は許されるはずだが、問題はそれ以上の、実際の攻撃まで移行していい状況か否か。

この自動拳銃の口径はさほど大きくない。それでも貫通力があると聞いていて、たとえ被疑者の手脚へ向けたとしても、命にまで関わる深刻な損傷を負わせてしまうかもしれない。それ以前に、粗悪な模造品が正規の銃と同等の性能を発揮できるのか、それすらも怪しいのだけど。

逃走を許す、という選択肢は最初から、ない。相手の出方によっては……イルマは息を深く吸い、吐いた。

室内へ素早く身を晒し、脚を開いて立つと、両手で持った拳銃の先を中央のビリヤード・テーブルへ向ける。大津木、と大声で呼びかける。静まり返った室内のテーブルの向こう側で、誰かが身動きする衣擦《きぬず》れの音がした。

緩慢な動作で、大津木が身を起こした。頬骨の目立つ顔面が、紅潮している。

「動くな」

イルマは数歩分、注意深く娯楽室に足を踏み入れる。半端な体勢で動きを止めた被疑者へ、

「静かに、両手を挙げろ」

いわれた通りに、大津木は両腕をだらしなく頭の上に持ち上げる。片方の手に携帯端末が握られているのが見えた。

「端末をテーブルに置け。ゆっくり」

大津木の顔面に、小さな笑みが浮かんだ。すぐに消え、

「火傷で腕が突っ張っていてね、うまく指が動かねえんだ」

男の呼吸が荒くなっている。興奮のため、と気付いた。

「渡すから、ここまで……」

仕掛けだ。大津木の。連行されることに奴が抵抗しなかったのは——

イルマは相手が携帯端末を親指で操作し始めたのを合図に踵を返し、本能的な判断で転がるように通路へ出ると、即座に壁に隠れて体を丸め、頭を抱えた。

次の瞬間、爆発の震動と衝撃音がイルマの全身を突き抜ける。


床に転がったまま、思わず自分の手脚を確かめた。全て無事だった。安心した途端、余震のようにまた衝撃が体を揺らし、イルマを怯えさせた。心臓の鼓動が激しく、胸元に手のひらを置いて呼吸を整えなければならなかった。立ち上がると、両脚だけでなく、全身が細かく震えていた。娯楽室の内部を確認しなくてはいけない。

警報が鳴っている。作動したスプリンクラーが、フロアに立ち込める黒い煙を掻き回していた。けれどこの散水はシステムと繋がった包括的な対応ではなく、局所的な対処にすぎない。やがて、室内の状況が見渡せるようになった。被疑者の姿が消えている。

イルマはゆっくりと娯楽室内に踏み込んだ。消失したのは、大津木の姿だけではなかった。フロアの中央に大穴が開き、そこにあったはずのビリヤード・テーブルごと消えている。

大津木とテーブルが階下へ落下したのではない、ということもすぐに分かった。天井や周囲には細かな破片となったテーブルの木材が突き刺さり、少し離れた壁の一部は霧を吹いたように赤く染まっている。鉄の床を穿《うが》つ爆発の威力は、テーブルと大津木も同時に粉砕したのだ。

大津木、と呼ぶことのできる遺体はどこにも存在しない。床の大穴へ近付こうとするイルマの目に、骨片らしき白い組織が目に留まるが、それが骨格のどの部分のものなのか、想像することもできない。スプリンクラーの水滴が洗い流してしまった。

動悸が鎮まらない。大津木は最初から、自爆を狙っていた。私を巻き込むつもりだった。テーブルのレシーバーボックスに仕込んだ爆薬の起爆を、携帯端末で操作し……

イルマはそっと穴を覗き込んだ。足場が崩れるのを警戒して、縁まで近付くことはできなかった。真下には様々な機械が配置されているはずだったが暗く、壁材の細かな破片が積もり、どんな影響を及ぼしたのか、簡単には判断ができない。

口の中に入り込む水が塩辛く、足元に吐き出した。今頃になって、スプリンクラーに海水が使われていることを理解する。もう一度、イルマは全身を大きく震わせた。後ほんの少しでも逃げ遅れていたら、私もこの世から跡形もなく消えていたかもしれない。でも……それならきっと、痛みを感じる時間もなかっただろう。

塩分を含んだ水溜まりで靴裏が滑りそうになり、慌てて退こうとした時、階下で橙色の何かが動く気配がした。おい、と呼びかける年配男性の声。

もう一度覗き込むと、数メートル下からこちらを見上げる顔があり、

「崩れるぞ、もっと下がりな」

掘削エンジニアの西川の大声が届いた。大丈夫か、と訊ねられ、いわれた通り一歩下が

り、何とか、と答えたイルマは西川の傍で動く他の作業服姿を見付け、

「そこにいる、もう一人は誰？」

世田です、という本人からの返答が聞こえ、イルマはほっとする。爆発の余韻が体内で続き、警戒心がうまく解けず、無意味に神経過敏になっている。大津木はどうなりました、と質問され仕方なく、決着はついた、と曖昧な返事をしてから、

「そっちこそ平気……どうして二人はそこにいるの」

訊ね返すと、

「先程の爆発の発生現場を探していたんです」

世田が口の脇に両手を当てて声を張り、

「伍藤さんによると、セキュリティ・システムが働いていないらしくて、現場を特定するよう依頼されました。震動からおおよその見当はついていたのですが、地下に降りた途端、また爆発があって。西川さんも副所長から頼まれて同じように、ここへ」

おびき寄せられたのでは、という疑問が浮かぶ。大津木は最初の爆発でおびき寄せ、さらに幾人かを次の爆破に巻き込むつもりだったのでは。世田へ、

「医務室はどうなっているの？　誰か見ている？」

「加島さんが目を覚ましたので、全員で食堂へ向かってもらいました」

目覚めたところで、加島が自由に動けるとは思えず、

「林の様子は？　また何か仕出かしたら、加島では抑えられないでしょ」

「林はあれから、ずっと泣いているんです」

遠目からでも、世田が複雑な――たぶん、困惑と憐憫の交ざった――表情でいるのが見て取れ、

「ずっと啜《すす》り泣いていますよ。逆に、中島先生が慰めているくらいです」

「そう……で、そっちは安全なの？　地下の設備は？」

「いえ……」

世田は周囲を見回し、

「二次災害は発生していません。着火したものもないのですが、部分的には相当損傷しています。浄水装置がやられて……無停電電源装置はランプが光っているので大丈夫でしょう。後は、生産施設から供給されるガスパイプが、ほとんど天井ごと消えています」

「それだけ？　水と火が使えなくなりました、っていうだけ？　電源装置は何のためのものの？」

「停電時の、ネットワーク・インフラのためのものです。エレファント内の情報インフラは重要設備ですから……」

大津木の、自爆直前の勝ち誇った態度。その意図が、私の命と地下のちょっとした設備を巻き添えにするだけとは、そぐわないように思える。

よく見ておくんだな、と大津木はいった。その結果が結局、浄水装置とガスパイプの破損？

「一つ前の、爆発の痕跡がある」

そう大声で報告したのは西川だった。懐中電灯の光が階下で動いていて、

「ここに鉄製の柱があるんだが、完全に折れちまってる」

「それが一つ前の爆発の仕業だと、どうして分かるの？」

「真ん中の辺りが熱で焦げている。上からの衝撃はこんな風には伝わらないだろう。見な」

西川が電灯の光を向けた先に、大きく湾曲し、切断された鉄柱が浮かび上がった。

二度の爆破がごく近くで発生した、ということだった。やはり、最初の爆発は一種のフェイントのようなものだったのだろうか。大津木は明らかに、その衝撃を合図に動き始めていた。なぜ、そんな必要が？

最初からガスパイプが狙いだったとするなら、直接パイプに細工をしなかったのも疑問だし……イルマは、かなり離れた位置にいる西川と世田の姿を改めて見下ろし、上階の床から狙った方が簡単だったのだ、と思い直す。では柱の破壊は？　柱の役割は当然、上部の梁や床を支えることにある……だとすれば、効率よく床を崩すためには柱を先に折る必要があった、とも考えられる。けれどその凝った工夫は、実際の被害規模の意外な小ささを説明することができない。

さっきからずっと、噛み合わないものを感じている。大津木は、何か大きな失敗を仕出

かしたのかもしれない。そう考えなければ、あの男の大言壮語《たいげんそうご》と現実の結果が釣り合わないように思える。それにしても、奇妙な失敗……

スプリンクラーの散水が止まった。海水の生臭さが室内に漂った。あるいは、大津木の欠片がどこかで存在を主張しているのか。世田が階下で携帯端末に触れているが、うまく繋がらないようだった。地下のWi-Fi中継器も破壊されてしまったのだろう。

伍藤は今も監督室に詰めているだろうか。直接話をする、とイルマは決め、地下の二人へ全員で食堂に集まるよう伝えると、世田はすぐに返事をし、西川でさえ片手を挙げて了解の意思を示した。

通路に戻ると、ようやく海水の臭いがまとわりつくのをやめた。

大津木の気配も。

+

エレベータは停止していなかったが、小さな密室に乗り込む気にはなれず、階段で上階を目指した。重い脚を強いて動かし、段を上る途中また震動を感じ、イルマは手摺りを握って耳を澄ます。状況を探ろうとするが、それ以上の異変は伝わってこなかった。周囲を調べるより伍藤に訊ねた方が早い、と考え、急ぎ監督室へ向かう。

扉を開ける前から、伍藤の罵声が届いてきた。監督室に入ったこちらに注意を移すこともなく、HSE統括部長はPCの置かれた机を前にして俯き、悪態をつき、両手で頭髪を引き千切らんばかりに鷲づかみにしている。伍藤、とイルマは歩み寄り、

「誰かから爆発の報告は聞いた？　こっちで何か分かったことは？　二度の爆発の後も、何度か建物が揺れたけど……」

反応のない、丸められた背中へ、

「何も分からないなら、ここにいる理由もないでしょう。いったん全員で食堂に集まって……」

「システムは働いていません。修復することもできない」

恨みを込めるような声で、

「現在、正確に状況を把握するのは不可能です。しかし生産施設の空気圧縮機《コンプレッサー》が再稼働していることは、画面上に表示されています。これも仕掛けです。しかし本当に、こんな……」

「落ち着いて、分かるように説明して」

伍藤はわずかに顔を上げ、

「……プラットフォームは、採取したメタンガスをコンプレッサーで圧縮し、海底のパイプラインを通じて陸上の基地へ送っています。一部は居住施設の発電機にも……これは、

事業と生活の電源系統を完全に分離するためなのですが」

「居住施設のガスパイプが破壊されたのは、私も知ってる」

「問題は、コンプレッサーまでもが完全にコンピュータ制御されていることです……いえ、トラブルはそれだけでなく……」

話が振り出しに戻ったように思え、

「悪いけど、結論から話してもらえる……」

「エレファント内のメタンガスの流量が増加しているのです。直接、工程フロー図には表示されていないのですが、数値を追うとその変化が明確に現れます。つまり、閉鎖したはずのガス井戸の幾つかが再び開いている、ということです。そして、コンプレッサー……何者かが装置の設定を変更し、ガスに空気を混入させ、それを居住施設へ送り込んだ」

「空気を混入……」

何のために、と考えてイルマはすぐに思い至った。ガスの燃焼に必要なものは、酸素だ。通常であれば、ガスは漏出したものだけが燃える。ガスパイプの中に空気が送り込まれた場合、その内部まで爆破の影響を受けることになる。伍藤、と強く呼びかけ、

「居住施設の爆発は、どこまで広がったの」

「ガスパイプを通して、生産施設まで届いたはずです。先程何度か起こった震動が比較的小さいのは、離れた場所での災害の発生を意味しています」

机を見詰めたまま悔しげに、

「少なくとも、影響はコンプレッサーまで届きました。さらに、どれほど広がるか……後は生産施設のどこに、どれほどの損傷があったかということになるのですが……」

現在の状況こそが、大津木の狙いだったのだ、とイルマは気付いた。娯楽室を爆破したのは、それ自体が目的ではなく、その真下を走るガスパイプを通してメタンガスの精製、輸送を司る生産施設を破壊し、エレファントを機能停止状態に陥らせるためだ。

――狙いは最初から、生産施設が内包する機械設備。

「パイプラインのさらに先は？　陸上の設備は」

焦り、伍藤に問いただす。

「……空気の混入は、変則的な操作となります。約一〇キロ先の陸上の基地までは距離がありすぎ、うまくガスと混合させられないでしょう。犯人の狙いはあくまで、このプラットフォームです」

「落ち着いて聞いて。娯楽室での爆破は大津木が自爆したものなの。彼はもう、この世にいない。でも自らの死とともに、この施設そのものを巻き添えにしようとしている。そうよね？」

何のために、という疑問は残ったが、

「生産施設内の出火はどう止めるの？　炭酸ガスを噴出する設備があるって聞いたけど」

「システムが機能不全となった現状では、遠隔操作で消火装置を作動させるのは不可能です。漏れたガスは火花一つで引火します。二次災害の危険性が高く、直接近寄ることもできません。状況によっては施設自体がばらばらに吹き飛ぶでしょう」

「その確率は」

「……低い、とはいえません」

中年男性は肩を落として項垂れ、

「施設だけでなく、エネルギー政策そのものが瓦解するのです。何年も費やした、我々の労力と資金が。政府、社会からの期待が」

「伍藤」

イルマはHSE統括部長の耳元に近付き、

「エレファントがどれほど重要な建造物かは、あなたから色々な話を聞かされた今の私なら分かる。その破壊が、あらゆる意味で許されないことも。でも今は、残された選択肢の中で決断するしかない。生産施設がばらばらになる。だったらどうすればいい？　伍藤、設備よりもまず人間の安全を考えて」

自分自身も、思考を切り替えなくてはいけない。被疑者確保、原因の追及はもうすでに最優先事項ではなくなったのだ。全員の身を災害から守ること。他にするべきことはない。

監督室の大きな硝子窓からは、デリックと、その先の生産施設の一部が見えている。これまでよりも、はっきりと目視できることにイルマは気がついた。厚い面紗《ヴェール》のように視界を遮っていた雨が薄れ始めている。今なら、子供を含めた全員を施設の外に出すこともできるだろう。伍藤、とイルマはもう一度呼びかけ、

「あなたの決断にかかっている。今すぐに、皆へ指示を出して」

ようやく、伍藤の横顔に血の気が戻ったように感じられる。早く、とイルマがいいかけた時、生産施設の内部で何かが光り、小さな窓硝子が吹き飛ぶのが見え、それと同時に監督室の床が揺らぐのを感じる。

生産施設の一画から、黒い煙が昇っている。突然、室内の照明が消えた。窓からの青白い朝陽を薄らと浴びる伍藤が、呆然と立ち上がった。

g

監督室の窓外の光景を、現実として受け入れることができない。背筋を震わせたまま、眺めているしかなかった。生産施設最上階、二階からの出火……停電の発生からも、ガスパイプの破裂がディーゼル発電機へ影響したことは分かっている。そして、軽油タンクがまだ無事であることも。タンクまで破損すれば、生産施設全体が燃え上がり――

デリックの向こうに存在する生産施設の、硝子の吹き飛んだ小さな窓から黒い煙が勢い

よく立ち昇り、吹きつける風雨に混じって曖昧に滲んでいる。それは伍藤自身が予測した状況でもあったが、急速に現実味が薄れ、今は遥か彼方の景色のようにしか感じられなかった。警視庁の女刑事が耳元で何かを喚《わめ》き立てているが、うまく意識まで届いてはこない。結局、と伍藤は思う。

結局は、このエレファント上で発生する可能性のあった悪い事態は、全て起こってしまったのだ。事故……殺人。さらなる殺人。薬物。作業員の自殺。設備の損壊。会社の切実な内情まで伝え、信頼関係を築いた上で施設の安全確保の協力を訴えたつもりだったが、女刑事は全く何の役にも立たなかった。

混乱する現場の中でメタンガス採掘量の正確な減少値を把握したのちは、ガス井戸を増やすか計画を下方修正するか、現実的な方策を会社へ進言するつもりだったが、その思案も心労も全て無意味となり、湾上のプラットフォームそのものが終焉してしまうのだ。膝の力が抜け、床にしゃがみ込みそうになる。

なぜ大津木は、この施設自体の破壊を狙ったのか。新日本瓦斯開発の社員であれば、東京湾上のメタンガス採掘施設が今後の国策を左右する、舵取《かじと》りとなる事業だと理解していたはずではないのか。この火災事故は湾内の採掘事業の衰退だけでなく、会社とグループ全体の評価の低下、さらには関連会社の株価の下落まで招いてしまうだろう。あの男の一存でこれほどの事件が引き起こされた、とは信じがたい話——あるいは、大津木の背後に黒幕が？　確かに、エレファントと「ＬＮＧハブ」構想を周辺国家の全てが歓迎してるわけではない……

大切な事業なんだろうが、という大声が耳に入った。独り言を続ける自分に気付いた伍藤が、ぼんやり振り向くと、

「動けよっ」

目の前でイルマが怒鳴っている。

「事業のためにも、今できることをやれよっ」

できること、という言葉が頭の中で小さく鳴り響いた。

「早く副所長へ連絡しろって。エレファントもろとも全員を吹き飛ばすつもり？」

「それは……だめです」

霧の中から、自分の意識がわずかに浮かび上がったように感じる。

「事故を、人的被害まで広げるわけには……」

「ばらばらに吹き飛ぶのは生産施設の話よね？」

イルマが、質問を畳みかけてくる。

「エレファント全体にその影響が出るまでの猶予は、どれくらい？」

「時間的には……不明です。恐らく、火災そのものは居住施設まで届かないでしょう。ですが、爆発で生産設備が大きな破片となって降り注ぐ可能性はありますし、爆発が建物の

構造に影響を与えることも充分に考えられます。こうなった以上……避難する他ないでしょう」

自分の口から出た「避難」という言葉に触発され、

「設置されたグラビティ式の救命艇は、二十人以上の人員を収容できます。一斉に、すぐに退避すれば……」

体の動きは鈍かったが、携帯端末を手に取り、Ｗｉ－Ｆｉが今も機能しているのを確かめ、副所長へ連絡を入れようとする。ようやく、女刑事が口をつぐんだ。

ぞっとするような感触が起こった。床からの、這い上がるような鈍い震動を感じたのだ。伍藤は端末の操作を中止し、急ぎＰＣモニタ上の工程フロー図から、細部の流量の変化を呼び出そうとする。照明の消えた室内で、ＰＣの液晶画面だけが輝いて見える。設計通り、情報インフラは停電下でも稼働を続けている、ということでもある。マルウェアに汚染されたシステムの応答は鈍く、全く機能しない箇所もあったが、必要なパラメータは確認することができ、その数字に嘘はない、とエンジニアとして判断した。

問題となるのは……閉じていたはずのラインに再びガスの流入が見られ、圧力と温度が増し、そして一転して急に零へと戻った、という事実。その数値が意味するもの。

両手の拳を机の上で握り締めた。何があったのか、隣でイルマがまたうるさく訊ね始める。

「……海底のパイプラインが破裂しました」

そう答えた途端、再び意識が霞に包まれるように感じる。

「先程説明した、空気混入によるガスパイプ破損の仕掛けが、海底でも作動したようです。いや、これでよかったのかもしれない」

視界が暗くなってゆく。

「陸に繋がるパイプラインが海中で爆発、破裂したという事実は、それ以上の影響が地上の基地まで届くこともない、という話ですから」

背広の襟首を後ろからつかまれ、無理やり引き起こされた。ふらつきながら立ち上がり、ようやく自分が机の上に伏せていたことに気がついた。

「がっかりしてる暇はないんだって……」

こちらへ声を張り上げるイルマが口を閉ざし、周囲を見回した。伍藤にも、その原因がすぐに分かった。金属音が、室内に大きく響いている。眉をひそめるイルマが、

「これ、何……」

金属音には、頭の中を掻きむしられるような気味の悪い感触があり、その正体に思い当たった伍藤は緊張で息が詰まりそうになる。

「海底パイプラインは、エレファントの支柱に沿って海底まで走っていますから……」

「だから何？　結論をいって」

「先程の爆発が、支柱に損傷を与えたのではないかと。このままでは、建造物そのものに

歪みが生じ……エレファント全体が傾き出すかもしれません」

「傾いたら、どうなるの。全部が崩れてしまうの？」

「この建造物は、各施設をモジュールとして積み重ねた構造となっています。傾きが進めば、フレームが崩れる前に」

額に噴き出した冷や汗を手の甲で拭い、

「それぞれのモジュールが、海へ向かって滑り落ちるでしょう」

i

あなたこそ集中しなよ。イルマは自分へ向け、胸の中でいう。

伍藤は携帯端末で副所長に、一階の食堂にいる社員たちと夏を連れて先に救命艇へ向かうよう、指示を出した。伍藤とともに監督室を出たイルマは、ＨＳＥ統括部長の先導に従おうとするが、被疑者を自爆させたこと、その動機に迫れなかったことが心残りとなり、薄らと光る蓄光式の誘導標識を頼りに階段を駆け降りつつ、他のやり方がなかったものか考え続け、伍藤をいつの間にか追い越し、引き離してしまっていた。

大津木の犯行動機を、のちの捜査で明らかにできるだろうか。エレファントが丸ごと海に沈むようなことになれば、犯罪の現場証拠も全て消え失せる格好になるのだ。

――てめえなんぞ、俺の相手にならねえよ。ただの公務員が……

大津木は自爆の前に、そう吐き捨てた。まるで、自分がこれから王様にでもなって大金と権力を手中にし、自由に振る舞ってみせる、とでもいいたげな口振り。けれど、その解釈はおかしい。彼は自分の死を決意し、計画内に組み込んでいたのだから。

私は、何かを見落としているのではないか。大津木の言動とその結末には嚙み合わないものがあり、それどころか、はっきりと矛盾しているようにさえ感じる。

以前の疑問も、そのまま残っている。大津木は火傷を負った状態で、居住施設内を器用に逃げ回っていた。どこに潜んでいたのか、彼は明らかにしようとしなかった。

林が逃走に協力していたのかもしれない、と思う。大津木は、歳の若い作業員の過去を脅しの種にし、利用していたのは間違いないのだから。そして、林からの情報を頼りに様々な場所に隠れ、私の部屋の前に液状の爆発物を――

待て、とイルマは考え直す。

あの男に、冷凍されていたとはいえ慎重な取り扱いの必要な爆発物を運び、仕掛けを作ることができただろうか。火傷で動きの鈍くなった大津木に。協力者が林一人だったとは限らない。事件には、まだ他の関連人物が存在する、という可能性も――

――その存在こそ、本当の《ボマー》なのでは。

踊り場で待つイルマに伍藤が追いついた。小走りに急ぐ伍藤は携帯端末を耳に当て、副所長と連絡を取り合っている。イルマは先に階段から出て通路を走り、金属製の扉の前で、顔を紅潮させてこちらに追いつこうとする中年のHSE統括部長を待った。その短い間にも思索を続ける。真の《ボマー》が実在するなら。

——大津木は、爆殺されたことになる……

そう考えた方が、辻褄が合うように思える。大津木はあの時、本当に王様になる気でいたのでは。大金を手に入れたような口調。その立場を、一体誰が保証した？

息を切らす伍藤へ頷き、扉を開けて外に出た。焦げ臭さが漂う中、意地を張るように伍藤が前に出て、イルマを案内しようとする。居住施設を巡る通路を折れ、救命艇の設置された場所へ走った。首に掛けたままのゴーグルを装着しようとして、その必要はないことが分かった。頭上は今も雲に覆われていたが、ところどころからは青灰色の空が見え、風も雨もはっきりと弱まっている。

高い音色の悲鳴が聞こえた。エレファントの発する悲鳴。

吊り柱《ダビット》と、そこから橙色の巨大な救命艇が二艘連なり、海側へウィンチで吊り下げられているのが通路の先に見えたが、その周囲には誰も存在しない。立ち止まる伍藤へ、皆は、と訊ねると、

「……副所長たちはもう一方のダビットへ向かったようです」

今も連絡を取りながら、

「混乱して避難経路を誤ったようです……マニュアルではいったん、耐火仕様の食堂に集まることになっていますから……」

「向こうは全員揃っているの？」

「問題ないようです」

「じゃあ、その場を動かないように伝えて。こっちがすぐに移動する、って」

伍藤が携帯端末を通して、指示を送る。イルマはHSE統括部長の動きが、今でもやや鈍いのが気になった。事務的に物事を進めているものの、事態に集中しきれていない様子だ。急ごう、と押しやるようにして伍藤を追い立てる。

居住施設の外側をそのまま回り込み、もう一方の救命艇の設置場所へと急いだ。視界の片側は濃紺《のうこん》色の海が占めており、水面を覆う無数の隆起が弱まりつつあるのは見て取れたが、それでも密封された救命艇ごとそこに着水する状況を想像したいとは思えなかった。

プラットフォームの軋む感触が、靴裏から伝わる。

ふとイルマは、金属製の通路の先に吸い込まれそうな錯覚を感じた。通路を滑り落ち、鉄柵を越えて海へと落ちてしまいそうな、感覚のひずみ。体が奇妙に傾き、脚のもつれる嫌な錯覚だった。

違う、と気がついた。錯覚なんかじゃない。目の前で、伍藤が躓いたように手摺りにもたれ掛かった。イルマの背筋を寒気が駆け上る。

間違いない。実際に、このプラットフォームは歪み、傾き始めている。

b

激しい破裂音がまた、生産施設の方から聞こえた。顔を向けるが、この位置では建物の状況を確認することができない。苛立ちが、深い溜め息となった。

このままエレファントから退避してしまっていいのか、と迷い続け、いまだに結論を出せずにいる。扉を覆う風防の内側で全員が身を寄せる中、売人の子供の表情を確かめた。こちらに気付いている様子は少しもない。

危険だろうか、と考えていた。売人の子供がこちらの顔を知らないのは、素振りからしても間違いなかったし、その自信はあった。だが警察に保護され、詳細な聞き取りが行われた際には、犯人像が大津木から乖離《かいり》してしまう可能性がある。父親から取引相手についてどこまで聞いているものか分からなかったが、直に会って取引をしたのは大津木と自分の二人だけだったから、親子が身を潜める間の話題にならないはずはなかったし、子供の記憶に強く残っている可能性も高い。

焦りばかりが募った。本社のＨＳＥ統括部長と連絡を取り合う副所長の会話を盗み聞きしようとするが、風音のせいでそれもうまくいかない。台風は過ぎ去ろうとしている。そんな時機であっても雨滴は風防を回り込み、作業服に染み込もうとするだけの勢いが残っていた。もう一方の脅威を思い出した。最も嵐の激しい時に、何度もエレファントを横断した女刑事のことを。

武器としての爆発物の欠点は、作動する際にすぐ間近で観察できないことだ。あの女には、それを何度も思い知らされることになった。直接発動できない以上、殺害方法として不確かなのは仕方ないとしても、何度も仕掛けから生き延びた事実を思い起こせば、あの刑事の能力――というよりも、野生動物のような敏捷《びんしょう》さ――は認めざるを得ない。

イルマは、こちらの動きに気付いただろうか。

事態は、こちら側とは全く無関係のように進行した。それは大津木を中心人物のように仕立て上げたためであり、本人さえその気になり、それらしく振る舞っていた。あの自惚《うぬぼ》れ屋に通信端末で情報を与えてプラットフォーム内を逃げ回らせ、時にはこちらの部屋に匿い、ドリラーズハウスで、もう動けないと弱音を吐くのを励ましてやり、利益の分け前を約束し、計画の一部と地下で爆薬が起爆する時間を教え、娯楽室の入口付近に設置した、と偽った爆発物でイルマを殺すようけしかけたのだ。女刑事を仕留められなくとも、奴が自分ごと娯楽室を爆破してくれたおかげで、こちらの存在を周囲に悟られず、計画はうまく前進したことになる。

助言に混じる幾つもの嘘に、大津木は何の疑問も覚えなかったらしい。最初の爆破による柱の破壊の目的がガスパイプを効果的に壊すためであり、奴の足元まで崩す下拵《したごしら》えも兼ねているとは想像もしなかったに違いない。時には睡眠導入剤を同僚の飲みものに混ぜ、施設内を動き回ったこちらの苦労など、あの男は知ろうともしなかった。

起爆の権利を与え、安物の拳銃を渡しただけで全ての中心にいる気になった大津木の分不相応な自尊心は、むしろ手駒として働かせるためにうまく機能したことになる。尊大で、その癖すぐに加島の後ろに隠れたがる臆病者だったが、喬木よりも遥かに扱いやすく、こちらの役には立ってくれた。違法薬物まで売人に持ち込ませたのも、喬木や大津木ら、作業員たちを巻き込んで利用するためであり、そしてその目論見はほとんど——喬木に脅迫されたのはあくまで例外で——成功したはずだった。

本物の軍用爆薬の威力は苦労して手に入れた甲斐《かい》のあるもので、その爆発力は娯楽室の鉄製の床を突き破ったことで証明された。ビリヤード・テーブルの下部に大量に張りつけたペンスリット系のプラスチック爆薬に金属の食器を埋め込み、即席の破片《フラグメント》として効果を高めたこともあり、計算以上の性能を発揮し、ガスパイプを完全に破壊してみせた。元はといえば、天井の高い地下から工作できなかったためにやむを得ず変更した方法だったが、予め仕込んでおいたマルウェアとの相乗効果もあり、結果は充分に満足いくものとなった。軍用に相応しい、素晴らしい性能としかいいようがない。

手に入れることができたのは、元人民解放軍たちとの取引に《鯨》が加わったおかげだ。それは突然の話だった。取引相手から、こちらがエレファントに勤務する予定であることを確認するメールが寄越されたのだ。もしそうなら《鯨》から大事な話がある、と。申し出に驚き、怖れさえした。売人たちへは、ガス開発に従事している、という以上の経歴は知らせていなかったのだから。

つまり新たに登場した人物、あるいは組織は元軍属の売人などというけちな立場ではなく、異国の情報を自由に調べ上げる力を持った何者か、ということになる。数回のやり取りののち《鯨》と契約を結ぶ決心をしたのだが、結局爆発物一つ取っても、その価値があったのは間違いない。

それでも、と思う。自らの腕前について自信を深めたのも確かだった。喬木を宙へ飛ばし、加島を重体に追い込み、タンカー船に戻ることのできなくなった売人の心臓を抉《えぐ》り、きれいに始末をつけたのは間違いなく自家製の爆発物の方だった。喬木と加島は尊大な人間であり、売人たちは《鯨》との仲介が始まっても二流以下――プラスチック爆薬だけが高性能だったのは、それが《鯨》からの贈り物だったからだ――の品ばかりを寄越した愚か者だ。爆発物の実験台となるのに相応しい奴ら。

過酸化水素と塩酸と有機溶剤。出来上がった液体を価値のあるものと認めた人間は過去にもほとんどいなかったが、結果が全てを表している。材料の状態でプラットフォームに持ち込み、自室で調合し完成させた液体爆薬は冷蔵庫の中で凍らせ、誰かの注目を受けそうな時には洗面台下の点検口内部に隠し、最後には女刑事の部屋の前で、水と反応し発熱するカーバイドを載せて解凍することで全て使い果たしてしまった。

あそこでイルマを仕留められなかったのは、こちらが慌てていたせいもあるのかもしれない。自室に戻らせていた大津木の知らせを受け、急遽《きゆうきよ》仕掛けを考え実行したために、貴重な爆薬を浪費する破目になったのだ。

風防にもたれ、副所長の通話に耳を澄ませる加島は鎮痛剤のせいか怠そうに見え、移動の動きも鈍かったが、深刻な状態はすでに脱したようだった。加島は凶暴な腕力を備えている。時には規律を他人へ押しつける潔癖なところもあり、その行動を抑えることができたのは一つの成果と考えるべきかもしれない。産業医の中島を見やった。白衣の上に救命胴衣を着け、両手で自分の肩を抱き、誰とも目を合わせようとしない。中島からは、イルマのような動物的な瞬発力や加島のような威圧の姿勢は感じなかったが、普段通りの振る舞いには静かな思慮の気配が窺えた。しかし中島には日頃から、どこか世捨て人的な雰囲気があり、こんな事態であっても積極的に周囲へ興味を向ける様子はなく、こちらが警戒する必要はなさそうだ。加島も中島も今は脅威にはならないと判断し、安堵の息をついた。残りの人員は問題にもならなかった。

問題となるのは、売人の娘とイルマだ。

イルマを侮ることはできない。あの女が真相に辿り着かなかったのは考察が浅かったわけでも行動力不足だったのでもなく、単に捜査支援のない孤立空間に置かれていた、その状況のためにすぎない。本当に警戒するべきは、陸に着いてからのことだ。違法取引の証拠となるはずの連絡用の携帯端末は、すでに海へ捨てていた。それでも売人の子供の詳細な証言とイルマの推論が結びつき、捜査機関がこちらに注目した場合、厄介なことになる。過去を細かく探られた時には間違いなく、エレファント上の一連の事件との関連を見出されてしまうだろう。

冷や汗がこめかみに滲む感触があった。待て、と考え直す。逆にいえば二人の内どちらかが欠けただけでも、捜査がこちらまで届く見込みは確実に薄くなる、ということだ。

そこにいる子供を消せばいい。ぶかぶかの、蛍光色の救命胴衣を着せられ、風防の端で険しい顔をして虚勢を張り、それでも不安は隠せず、びくびくと海を見詰める栄養失調の小娘を。

だが、どうやって。せめて、意思の疎通ができれば。北京語は取引をするために幾らか覚えたが、日常会話をするにはほど遠く、こんな事態に陥るなら携帯端末の中に辞書アプリでもインストールしておくべきだった……

端末を手に取り、幸運が突如訪れたのを知った。眩暈を覚えるほどの幸運。

液晶画面に並んだアプリの幾つかに、通知バッジが重ねられていた。雨が弱まり、衛星通信用のMVSAT回線が再び使用可能となって外部との接続が復活した、という印だった。プラットフォームを孤立させようと――プラスチック爆薬の試験も兼ねて――、二種類の通信衛星回線の内インマルサットのアンテナだけに爆薬を仕掛けたのは台風の接近する中、時間に迫られたためだったが、結果的には一方を残しておいたことで命拾いしたのかもしれない。

天啓のように、ある考えが閃《ひらめ》いた。風防の中にいる者のほとんどが、副所長の通話内容に引き寄せられている。注意深く静かに、売人の子供へと近付いた。

携帯端末のウェブ・アプリを起動し、翻訳サイトを呼び出し、短い文章を北京語へ変換させて小娘に見せるが、どうやら母国語を読む教育さえ受けていないらしい。発音アイコンに触れ、怪訝な顔でこちらを見上げる子供の耳に端末のスピーカーを押しつける。売人の子供の浅黒い顔色が、青ざめたのが分かった。

来た、と副所長が口にし、全員の意識が風防の外へ向いた。HSE統括部長と女刑事の接近する気配があり、皆が通路へ身を乗り出そうとする。売人の子供の袖を引き、彼らとは逆に風防の奥へと導いた。笑いをこらえるために、口元を引き締めなければならなかった。身振りも交え、小娘にその場所への最短距離を教える。小さな顔にひどく深刻な表情が浮かんでいて、年齢に不釣り合いなその面持ちがとても滑稽に見え、再び笑いを引き起こしそうになる。

　社員たちに気付かれないよう、そっと扉を開ける。子供は一瞬、怯えた顔をみせたが背中を軽く押すと意を決したらしく、真っ暗な居住施設の中へと入っていった。

i

　通路を曲がっても社員の姿は一人も見えなかった。焦っていると扉を覆う風防からヘルメットを被った副所長たちが現れ、ほっとしたイルマは風の中、伍藤の肩越しに大声で、

「避難の準備は」

「ダビットの稼働は確かめています。後は救命艇に乗り込むだけです。内部からの操作でウィンチを動かして海面に着水させることができます。難しい手順ではありません。推進力は弱いですが、自律航行も可能です」

「それなら、なぜ早く救命艇を上げないの」

「本当に……退避していいのでしょうか」

　副所長が伍藤の顔を見やり、

「台風が通過するまで後三十分程度です。こちらの状況さえ伝われば、新日本瓦斯開発か海上保安庁のヘリがすぐに救助に来るでしょう。その前に全員救命艇で退避となると、エ

レファントの被害が大きく報道される恐れが……」

「馬鹿。今すぐに……」

イルマはあることに気付き、風防に走り寄って内側を覗く。

「夏は……女の子は？」

全員が、慌てて周囲を見回した。鉄柵で巨体を支える加島が狼狽《ろうばい》した様子で、

「今までそこにいたんだぞ。どこへ……エレファント全体が危険だと理解しているはずだ」

「もしかすると……」

世田が血の気の失せた顔で、

「父親のところへ戻ったのでは」

夏の父親の遺体が安置された場所。医務室。

「私がいく」

安全管理の現場責任者の世田や夏に思い入れのある加島と、誰が向かうかいい争いになる前に、扉に駆け寄った。今も漠然とした表情でいる伍藤へ、

「すぐに戻るから。避難を進めて」

金属製の厚い扉が背後で閉じ、通路が闇に包まれる。イルマは薄らと見える通路の壁や扉の輪郭を頼りに、足を速めた。これまでエレファント内で感じなかった恐れが背筋に生

じ、気持ちを騒めかせている。建物内で幾重にも木霊《こだま》する金属の歪む音が、神経に刺さるようだった。でも、小さな夏もこの攻撃的なノイズを聞きながら医務室へ走ったはずだ。建造物の崩壊は、途中で止まってくれるだろうか。その質問には、たぶん伍藤でも答えることはできない。

居住施設内の経路を頭の中で再現して、最短距離をイルマは駆けた。ところどころで弱々しい光を放つ誘導標識が、頼もしく思える。医務室の前で携帯端末を取り出し、LEDライトを起動して中を覗こうとするが、扉の上下が枠と擦れ合う手応えがあり、建物の歪みがひどくなっているのをイルマは実感する。

シァ、と呼びかけつつ、体重を掛けて扉を引っ張った。返事はなく、小型ライトの頼りない光が、医務室の空間を部分的に照らし出す。室内に足を踏み入れ、奥の二つのベッドのカーテンを引いて、それぞれに遺体が安置されているのを、光を向け確かめた。売人の遺体も変わらずそこにあった。けれど、夏の姿がどこにも見えない。何度も大声で呼んだが、気配すら感じることができなかった。

医務室の中央で立ち竦み、そしてイルマは、おかしい、と思う。

夏がエレファント内を命懸けで後戻りする理由があるとすれば、父親に関すること以外、あり得ないはず。それなのに、どうしてここにいない？　どんな状況であっても父親の傍にいたい、というのが夏の気持ちだったのでは。あるいは傍にいて、父親を守りたい、と――

まさか。

息苦しさを覚え、思わず作業服の胸元を片手で強く握り締めた。いや、きっと間違いない。

急ぎ携帯端末で内線機能を呼び出し、伍藤、と話しかけ、

「これから、生産施設へ向かう」

焦りが体内で膨れ上がるようだった。

「今、向こう側の施設で何が進行しているのか、できるだけ正確に教えて」

『一体……』

「夏が医務室にいない」

状況を説明するのももどかしく、

「だから、あの子はこの火災を止めるつもりなんだ。他に夏が父親を守る方法はないから」

伍藤の唸り声が、端末のスピーカーから聞こえる。イルマは続けて、

「これから私が、消火システムを起動させる。でもその前に、事態を把握したい」

『……あくまで数値からの予想、という話になりますが』

HSE統括部長の声は緊張で少し掠れ、

『井戸から吸い上げられ、行き場を失ったメタンガスが施設内に充満しつつあるはずです。メタンガスは空気よりも軽いため、上階へ向かいます。二階の窓が割れたのは目視で

確認できましたが、あの程度の大きさではガスを逃がしきれないでしょう。いずれ、施設全体にメタンガスが満ちた時は、火花一つで爆発を引き起こすことになります』

思わず黙り込むイルマへ、

『もう一つ……二階には予備燃料である軽油タンクが設置されています。今のところ延焼はしていないようですが、外へ流れ出している可能性はあり、また軽油が気化した場合は空気よりも重いため、階下に溜まります。その状態では引火しやすく、こちらも危険です。二種類のガスが連鎖的に爆発した場合……逃げ場はありません』

「……消火システムはどうやって動かすの？　どこに起動装置が？」

『あの子供は、消火システムのことを知っていたのでしょうか』

「夏は生産施設に隠れていたから、目にしているかもしれない。そんなことより、起動装置はどこに。火災の発生で、入口の扉は自動解錠されている？」

『されているはずですが……』

説明を躊躇する数秒の時間が空き、

『……二階の発電設備の脇の当直室、その奥に制御盤の並ぶ狭い通路があります。突き当たりの壁に赤い消火起動箱が設置されていて、開けると二本の黒いボールグリップのレバーがあります。それらを引けば手動で生産施設全体の天井から、炭酸ガスが噴き下りる仕組みです』

通話を切断しようとすると、

『忘れないでください。炭酸ガスが建物内に充満すれば、呼吸困難に陥ります。メタンガスの濃度が高まった場合も同様です。いずれも毒性はありませんが、無臭のためにむしろ気付くのが遅れる場合があります』

伍藤の声も緊迫しており、

『起動箱傍の柱に、赤色の鞄《かばん》が下がっています。中にある空気呼吸器を装着してください。ボンベとマスクです。が……あの子供が起動箱の正確な位置を知っているとは思えません。探しにいくのは、やはり無謀では……』

「私の他にいない。でしょ?」

そういいつつも、気持ちの奥に違和感らしきものが残った。伍藤のいう通りだ、と考える。夏が生産施設の消火の仕組みを詳しく知っているとは思えなかった。起動箱の位置を把握していなければ、向かいようがない。文字の読めない夏が、どうやって理解したのだろう? それともただ闇雲に、生産施設内を動き回るつもりなのだろうか。

考え込んでいる時間はなかった。

「私たちを待たなくていい」

伍藤へ、

「先に社員だけで脱出して」

『それでは、救命艇の操作を知る人間が……』

「操作手順くらい、船内に貼られているでしょ？　何とかやってみる。このままだと」

脳裏に浮かんだ言葉が、怜悧《れいり》な刃先としてイルマの喉元へ向いた。

「全員の命が危うくなる」

しかし、という反論を聞かず、通話を切った。医務室を飛び出し、生産施設の存在する方向へ誘導標識を頼りに走り出す。

g

通話をイルマから一方的に切断され、すぐには次の行動を指示することができず、風防の中で周囲からの視線を浴びたまま、伍藤は口をつぐんでしまう。

背広の中で、また別の振動を感じた。震えているのは、驚いたことに衛星通信用の端末だった。外部との通信が回復している？　トランシーバーに似た端末を操作してスピーカーから聞こえてきたのは新日本瓦斯開発本社の、専務取締役の一人の声だった。

『伍藤君か』

七十歳に近い、聞き取りにくい嗄《か》れた声音が、

『大丈夫か、君。やっとこちらのモニタにも、プラットフォームの状況が表示されるよう

になったところだ。しかし情報は断片的で、全部を把握することができない。一体、どうなっている。事故が発生したのか』

「……最悪の事態です」

縋るような心地になり、

「爆発事故が発生しました。いつ生産施設がばらばらになってもおかしくありません。それどころか、パイプラインの破損がエレファントの支柱にまで影響したようで、全体が傾き始めています。陸上への影響を、今すぐに確かめるべきと……」

『すでに、大勢の人間が陸上施設の安全性を確認している』

苛立った声が、

『君はエレファントが今どれほどの混乱をグループに巻き起こしているのか、理解しているのか。台風の目に入った際に、君や副所長からは湾上で殺人事件の発生した可能性がある、という報告を受けただけで、それ以降の情報がこちらにはない。殺人はともかく、なぜ建造物自体の損壊にまで話が及ぶのか、説明しなさい』

「後で詳細に報告しますが……つまり、その殺人犯が施設を巻き込む爆発事故を起こした、ということです。単独犯ではなく、背後に大きな力が働いた可能性も……」

『下手な推測はいい。それよりも、なぜそんな事態になるまで黙って見ていたのだ。君がそこにいながら』

「……申しわけありません。穏便に済むよう、配慮したつもりだったのですが」

『何のためのHSE統括部長であるか、君は理解しているのか』

怒気を含んだ口調。元経済産業省の役人が新日本瓦斯開発の専務取締役に天下ったのは、エレファントの建造が具体化した四年前のことだ。伍藤は、骨の上に直接皮膚が張りついたような、痩せた顔貌を思い起こした。

『安全管理の責任者ではないか。ならばいかなる際も、建造物を含め被害を少しでも抑えるよう、努力するべきではないか』

「……お言葉ですが」

ふと、俺もこんな風に作業員からは見えているのだろうか、と考える。

「現在はすでに、その段階をすぎています。全員の人命を救うためにプラットフォームは放棄し、脱出する必要があるのです」

『……そのプラットフォームが会社にとって、この国にとってどんな役割を担っているのか、君の地位にあれば知っているはずだ』

イルマには、どう見えていたのか。あの、異国の小さな子供には。

『危機管理マニュアルは読んでいるだろう。エレファントは様々な天候、災害に対応できる能力を備えているんだ。新日本瓦斯開発の最新設計を、社員の君が否定するつもりか。指をくわえていないで、とにかく最善を尽くしなさい。出火場所を見極め、消火を進め、他に施設を救うためにできることがないか周囲を見回し、冷静に判断して行動したまえ』

今、施設を救うために行動しているのは本社の役員でも作業員でもなく――

『大切なのは、メタンガス生産量の確保だ。救命艇は耐火仕様となっている。乗り込むことさえできれば、もう何も問題はないはずだ。最終手段の前にできることがないか、今一度、考えてみなさい。HSE統括部長として、相応しい振る舞いをするように』

「……了解しました」

感情を込めず答え、通話の切れた端末を凝視したままイルマの言葉を思い起こしていた。

――生きものも組織も、大きな図体になると足元が見えなくなるって。

考え込んでいると、世田が詰め寄って来た。

「本社は、何と」

「避難の前に、プラットフォームを立て直せ、といっている」

「しかし、現在は……」

「分かっている。避難を優先する」

「……夏とイルマさんは、どうなっているのですか」

そう訊ねたのは、自分の体を抱え込むように腕を組む中島だった。産業医の責めるような目付きから顔を背け、

「まだ戻る様子はない。イルマさんは子供が生産施設にいるものと考えて、消火システム

を作動させにいった」

「この状況で……」

中島の言葉の語尾が風に掻き消された。

「全員で待つ必要はない」

伍藤は声を張っていった。意地になっているのか、と自問する。一体誰に対して？

「私が安全管理の責任者だ。私が残る」

自分自身に違いない。端末を握る指が震えているのに気付き、もう一方の手でそれを包んだ。

b

土壇場《どたんば》になってこれほど苛立つことになるとは、想像もしていなかった。馬鹿者揃いだ、と吐き捨てたくなる衝動を、懸命に抑えていた。

売人の子供へ、このままでは父親の体は海に沈んでしまう、しかし助ける方法はある、と教え、生産施設へ向かうようそそのかした咄嗟の機転は、女刑事までがその後を追う、という幸運を重ねさえした。イルマは自身の獣じみた嗅覚のせいで、死地に赴くことになったのだ。ＨＳＥ統括部長がその話を口にした時には喜びを声に出さず、拳を握り締めることで表した。しかし幸運の連鎖は途切れ、今度は苛立ちが、拳に力を込めさせる。

伍藤が、私が残る、と宣言したのも意外だが、さらに予想外だったのは西川までが、自分こそ残るといい出したことだ。熟練の掘削エンジニアである西川が――いつあの子供とイルマに思い入れを持ったのか不明だったが――小娘二人を置いていくわけにはいかない、といい始め、俺が一番の年長者だ、年長には年長の責任の取り方がある、と小柄な体を反らして譲らなくなった。

加島も似たようなもので、言葉は少なかったが風防に寄り掛かり、今も火傷に苦しむ様子でいながらその場を動かない、という態度だった。他の者だけでも脱出を、と焦っていると産業医の中島までが、小さな子供を置き去りにしてはもう二度と医療に携わる資格がない、と主張し始め、そのおかげで、こちらが安易に避難を促すことができなくなってしまった。

林と、もう一人の《協力者》が何もいわなかったのは、こちらの意図を理解していたからだろう。林とは一瞬目が合い、恨みを含んだような視線に、たじろぎそうになる。

副所長と掘削監督と伍藤は、考え込む様子だった。

勝手にお前らだけで沈んでいろ、と心の中で罵倒する。そして、さらに最悪の事態の起こる可能性に気がついた。子供とイルマが、もしも生き残ってしまったら。

イルマは間に合うだろうか？　本当にこの火災を止めてしまうだろうか？　できるはず

がない、と考えるがすぐに、あるいはという気持ちが起こった。

もう一度、僕が居住施設内を捜索します、と心にもないことをいった。子供がまだ、どこかで迷子になっているかもしれない。

今こちらに必要なのは確実性だった。エレファントの浮沈に関係なく、あの二人の命を確実に絶つこと。そのためには、もう一度下準備が必要となる。《協力者》へ目配せしつつ、二人で上下から施設を見て回ればそう時間はかかりません、といい足した。伍藤は許可を出すことを迷う様子だったが、反対されては堪らない。

《協力者》の袖をつかみ、扉を開いた。通路の先は闇に埋もれている。呼び止める声を無視して、足早に内部へ歩を進めた。建物のひずむ音が背筋を震わせる。

怒りが湧き上がってくる。イルマに対する怒りだった。周囲を飛び回る小蠅に対する苛立ち……いや、違う。少なくともあの女は、機関投資家のお零れにあずかろうと右往左往する、雑魚《ざこ》の類いではない。あの攻撃的な性格はむしろ純粋な正義感に基づくもので、粗野な言動はさて置き、顔立ちは清麗な魂に相応しく整っているし、長い手脚は野性的な躍動感と繊細な運動神経を内包するように見え……突然生じた興奮が、胸を熱くする。

今度こそこの世から消し去ってやる。目の前でイルマと売人の子供を、繋ぎ合わせることができないくらいの細かな肉片へと、分解してみせる。

通路の壁に非常用のハンドライトが掛けられているのが視界に入った。蓄光素材のシールが、その存在を緑色の光で示している。素早く手に取り、点灯させた。

光を背後へ向けると、《協力者》の強張った顔が浮かび上がる。

i

デリック側の扉を開けるには、渾身の力が必要だった。ようやく広がった隙間を通り抜け、イルマは外に出る。通路を走ろうとするが足がもつれ、その理由が疲労のせいではなく、エレファントのデッキ地下を横断するガスパイプが破裂し、構造全体に歪みが発生したせいだと気付いた。

巨大なケーシングパイプを積み重ねた一画、その傍の床に亀裂が口を開けているのが見える。視界の中の建造物の歪みが錯覚を呼んで距離感が狂い、全力で駆けることもできない。見上げるとデリックさえ傾き始めているように思えるが、本当にそうなのか、目を細めてもよく分からなかった。

焦げ臭さが強まっている。また何かが前方で破裂する音がし、震動が通路を揺らしたが、生産施設自体に破損は見られず、たぶん内部で小規模な爆発が起こっているのだろう、とイルマは推測する。そのまま漏出したガスを少量ずつ引火させることで消費できたら、大爆発まで進行せずに済むかもしれない。でも、爆破によって局所的な炎を吹き消してしまえば、そうなると逆に、広範囲にガスの充満する危険を高めてしまうだろう。

デリックの上部で金属のぶつかり合う音が立て続けに聞こえ、咄嗟《とっさ》に姿勢を低くする。緊張で、自分の吐く息が乱れているのが分かった。

間に合うか、という不安が改めて体内で存在感を示し始める。いけるはず、と自分を鼓舞しようとする。恐怖を高揚感へ変えなくては。交通機動隊員として交通取締用自動二輪車《白バイ》に乗り、速度超過の違反車両を街中で追い回していた、あの頃のように。

イルマは通路の先、バルコニー状の空間の隅に、自分が置き捨てにした折り畳み式の電動二輪車が倒れているのを発見した。

走り寄り、風雨に晒された車体を起き上がらせる。ミラーの一方が割れ、曲がっているが、今は後方確認など必要ない。スイッチを押すとステアリング中央の液晶パネルが光り、駆動可能な状態であるのを知らせた。これを時間の短縮に使ってやる、と決めて小さなシートに跨がり、ステアリングのスロットル・グリップを捻るとモーターが鋭い音を立てて急速回転し、その動力が後輪に伝わり、タイヤが雨に濡れたデッキの上で飛沫とともに空転した。

慎重に体重を掛けると、薄く張った水溜まりの下の、金属製の床を後輪がつかみ、前輪をわずかに持ち上げて電動二輪車が発進した。

通路の起伏をバイクの貧弱なサスペンションが吸収しきれず、車体が上下に大きく揺れる。数秒前進する間にも通路の傾く方向が頻繁に変わり、全速で二輪車を走らせるイルマはステアリングの微調整と体重移動で、起伏を無理やり乗りきろうとする。

何かの弾ける音が空砲のように、連続して前方で鳴った。生産施設に近付くにつれ空気が濁り、合成樹脂か何かの焼ける嫌な臭いが混じるようになった。首に下げていたゴーグルを片手で引き上げ、装着する。シア、と大声で呼ぶが、風の音かプラットフォームの軋みか、鈍い振動音に搔き消されてしまう。

再び、通路が大きく揺れる。生産施設の窓から一瞬、青い炎が噴き上がるのが見え、黒煙が塊となって身をよじるように上空へ昇った。

状況が、自然と好転することはない。火災をこの手で止めなければ。

生産施設へと続く、手摺りに挟まれた細い通路の上を一気に走り抜け、施設の前の空間に到達した途端、扉が突然開いて今度は真っ赤な炎が噴き出した。勢いよく外へ開いた鉄扉が施設の壁に激突して跳ね返り、蝶番が弾け飛び、扉そのものが枠から離れ、イルマ目掛け宙を舞う。

咄嗟に電動二輪車を横に倒し、車体とともに水飛沫を上げてイルマは通路を滑った。大きな質量がいびつに回転しつつ目の前に迫った時には、思わず瞼を閉じた。頭上を掠めるように過ぎたのを首筋の皮膚感覚で知る。鉄柵に二輪車が激突して止まり、イルマもそこに追突して脇腹をステアリングで強く打ち、痛みで息が詰まり、悲鳴を上げることもできなかった。

背後で鉄扉が通路に落下する音が鐘のように響いた。呼吸困難に陥ったイルマは、その場で体を丸めて息を整え、呻きつつ電動二輪車を起こそうとするが、腕にも脚にもうまく力が入らない。目の前に扉の消えた入口があり、そこから大量の黒煙が流れ出し、床を這って近付いてくる。ひどい臭いに、顔を背けて作業服の腕で鼻を押さえた。

けれど少なくとも、もう熱気は感じない。倒れた二輪車のモーターが無事であるのを確かめた。生産施設内部へと繋がる、入口の奥の闇を見詰める。イルマは、鉄扉が吹き飛ぶ寸前の光景を思い起こした。

扉はわずかに開いていたのだ。だからこそ、受けた爆風でまともに壁とぶつかり、蝶番を破壊する結果となった。開けたのは夏だ。あの子は間違いなく内部にいる、ということ。

暗闇から流れ出る黒い煙が肺に入り、咳き込んだ。体内の煤がイルマの志気を濁らせる。急速に高揚感が薄れ、胸の中に現れた黒色の恐怖が四肢に染み渡ろうとする。指先が震えていた。体の内の黒色と、疲労との区別もつかなかった。

今の爆発が、施設内部に与えた影響を想像しようとする。この臭いは、気化した軽油に違いない。伍藤の説明通り二階の貯蔵タンクから地下へ漏れたのだとすると、爆発は階段を駆け上り、一階フロアを一直線に貫いて扉を吹き飛ばしたことになる。

ふと、もう夏はだめだろう、という気持ちが起こった。

今引き返せば、残った社員と私だけでプラットフォームから脱出できる。異国の、違法薬物の売人の子供。いなくなったところで、誰が気にする？

イルマは一人、微笑みを浮かべる。諦めにも似た気分だった。

もしも夏の小さな手のひらを、もう一度握り締めることができたら――

電動二輪車を起こし、シートに座った。低い振動音が鼓膜と足元を震わせ続けている。けれど、気化した軽油に引火して生産施設の一階が燃え上がったのなら今度は逆に、しばらくは階下から爆発の恐れはない、ということになる……推測ではなく、願望だろうか？

でも。

――もう一度握り締めることができたら、私は「何か」を手に入れた、と胸を張って……

黒煙が床を伝い広がる中、イルマは腕で口と鼻を隠して深く息を吸い、ヘッドライトを点灯させ、スロットル・グリップを握り締め、生産施設内へ電動二輪車を突入させた。

b

ハンドライトを頼りに居住施設の自室に入った。ベッドの上が雑然とし、ユニットバスの扉が開け放たれたままになっている。大津木の奴を短時間匿っただけでこの有り様だと思うと、ガスパイプの破裂とともに木端微塵《こっぱみじん》に飛び散った奴の末路が、教訓を含んだ寓話《ぐうわ》のように思えてくる。

　ユニットバスに足を踏み入れるとまた、建物の歪む甲高い音が歯痛のように意識を引っ掻いた。キーチェーンについた小型ドライバーを取り出し、洗面台下の点検口パネルの螺子《ねじ》を外す。水道の元栓の裏からビニール袋に入った黄土色の塊を二つ、引っ張り出した。

　計約一キログラム。ペンスリットとRDXをほぼ同量混ぜ合わせた、軍用プラスチック爆薬。こちらの所持する最後の爆発物でもあった。わずかな量を残していたのは全てを消費するのに漠然とした不安を感じたからだったが、その勘は正しかったことになる。背後から心配そうな声がかかった。

「……どうして、俺まで連れて来たんだ」

「一人でいく、といったら伍藤さんか副所長に止められるだろ」

　プラスチック爆薬の一つを手渡し、

「それに、人手が足りない。急いでこいつを、仕掛けないとならないんだ。この少ない分量で効果的な罠を作るには、繊細な作業が必要になるだろ？　一人で工作する時間はない」

　相手は手に持ったものをどう扱っていいか分からず、ユニットバスの外で突っ立っている。笑いかけ、

「あんたが思うほど、簡単には爆発しない。雑に扱っても大丈夫だ。服の中にでも、捩じ込んでおけよ」

「……大津木を殺す必要はなかった」

「成りゆき、さ」

急ぎパネルを戻し、《協力者》を押し退けてユニットバスを出た。相手は追い縋るように、

「これ以上、殺す必要があるのか？　警察官や子供を」

「あんたも爪の間に残った注射痕を、知られたくはないだろう」

「喬木を吹き飛ばしたのだって、本当はもっと他にやりようがあったんじゃ……」

「奴ははっきりと、こっちに脅しをかけてきたんだ。消すしかないだろ。あんたはこれから一生、怯えて暮らすつもりかい……心配するなよ」

ハンドライトを振って移動を促し、

「奴らを生産施設の前で待ち伏せしてやる。最短で戻ろうとするなら、東側の通路を使うしかない。イルマっていう警察官は、自分の牙《きば》と嗅覚を過信する余り、深入りしすぎて山火事に巻き込まれる間抜けな狼みたいなものだよ。いや、どうかな……むしろ、あの女自身が火を点けたようなものかな。自分まで巻き込む着火剤《ファイアスターター》だ。あれほど騒ぎ立てたりしなければ、無事に陸へ戻ることもできただろうに。こいつが──」

知識のない者には、包装された粘土のようにしか見えないだろう塊をライトの先で叩くと、相手がびくりと身を離したのが分かる。

「──きれいに奴を罠に落としてくれるさ。それで、全部終わりだ」

ポケットに押し込み、

「いや、その前にどこかの爆発に巻き込まれるだろうね。いずれにしてもイルマにはもう、逃げ場はないよ」

i

イルマはフロアの中央まで電動二輪車を進め、シァ、と叫んだ。生産施設に入った途端熱気を感じ、全身に汗が滲み出す。ゴーグルのおかげで煙の中でも目を開いていることはでき、作業服の立てた襟の中でなら何とか息をすることもできた。

急ぎ周囲を見回す。子供の声が聞こえたような気がした。上階でまた発生した爆発音のせいで、声の方角の見当を失ってしまう。黒い煙が今も視線の先の階下から漂ってくる。爆風の影響があちこちに窺え、備品用のスチール棚が全て壁側に倒れ掛かり、床に落ちた段ボールの幾つかには火が点き、そのまま燃え広がろうとしている。

もう一度名前を呼び、煙に取り巻かれながら反応を待った。

いる。動く人影が奥の方に。

段ボールの炎と煙の先へイルマは目を凝らした。斜めになった棚から這い出したところで備品の火事に囲まれ、その場に座り込んで身動きができずにいる夏は涙を流して咳き込み、その姿がひどくちっぽけに見えた。羽織っていたはずの作業服の上着をなくし、頭に巻いてあった包帯も消え、目尻に貼られた絆創膏《ばんそうこう》が剝がれかかっていた。

でも、生きている。

頑丈な棚とそこに詰め込まれた備品が、ガスの引火から彼女を守ったことになる。

イルマはバイクの後輪を駆動させつつ床を滑らせ、方向を定めて一気に発進した。身を低めて炎を上げる段ボールを轢《ひ》き潰して乗り上げ、夏の前で素早く車体を半回転させる。差し伸べた手のひらを、夏は涙と煤でぼろぼろになった顔で見上げた。

イルマの手が夏に握られる。力強さはまだ、少女の細い腕に残されている。

しがみつこうとする夏を両手で抱え上げ、向かい合わせに膝の上に乗せた。作業服の胸の辺りに顔を埋めた夏が一瞬身を離し、驚いた表情をみせた。ステアリングで打った脇腹が痛んだが、イルマは苦笑してしまう。やっぱり夏の方も、私を男だと思っていたんだ。

再び炎を上げる段ボールを越え、フロアに出た。そのまま入口へ向かおうとするが、それに気付いた夏が顔を上げ、懸命に脚を伸ばしてスニーカーの底で二輪車の前進を止めようとし、床に弾かれる。まだ消火システムを作動させる気でいるのだろう。イルマが急停車すると、電動二輪車から降りようとする素振りまでみせた。

イルマは片手で夏を抱き留め、不安と怒りの混じる顔へ、分かったよ、と声に出すと表情が幾らか和らぎ、意図の伝わった様子があった。爆破から逃げるのも消火に向かうのも、危険はそう変わらない……きっと。たぶん。

踵で床を蹴り、バイクを後退させて、わずかでも前方の空間を広げようとする。自分と夏の合計体重はせいぜい、少し大柄な男性一人分、と計算した。煙のやや薄い場所で、息を深く吸うよう身振りで夏へ指示を送る。ステアリングのグリップを握り締める。夏の両腕が、イルマの背に回った。

スロットル・グリップを限界まで回しても、小型電動二輪車の立ち上がりは鈍かったが、徐々に加速を感じるようになった。夏の両手が、強く作業服を握った。

強引に階段を駆け上がる。勢いを止めないよう、一息に二階を目指した。後輪が滑りそうになり、足で段を蹴ってバランスを保つ。二階フロアに前輪が掛かると、夏ごと車体を持ち上げるようにして強引に乗り越えた。フロアの奥に並ぶ巨大な発電機の方から、きな臭さが漂ってくる。時間がないことだけは、はっきりしている。金属の擦れ合う音が辺りに鳴り響き、実際に床が傾ぎ、空間全体が歪み始めていた。

停車状態でヘッドライトを振り、当直室の場所を確かめる。白煙が充満し、室内の様子を見通すことができない。もう一度夏へ、息を吸うよう指示を出した。

電動バイクを発車させ、当直室の狭い空間に進入し、ステアリングを切って奥の通路へ向かう。

コインロッカーのように通路の左右に並ぶ、「感電注意」の警告ラベルを貼った制御盤があちこちの内部で電子部品の破裂音を立て、嫌な臭いの白煙を流出させる中をイルマは全速で直進した。ヘッドライトは闇の中で煙ばかりを照らし、制御盤からの一瞬の火花が、最奥に設置された真っ赤なタンクの群れを浮かび上がらせた。炭酸ガスの充満する金属製のタンクが数十基、壁に沿って二重に立てられ、それぞれの上部から伸びたチューブが天井付近の太いパイプへと繋がれている。突然、通路の終わりを示す白い壁が目前に迫り、イルマは前輪と後輪のブレーキレバーを思いきりつかんだ。

突き当たりの壁の隅に赤色の消火起動箱が見え、イルマは電動二輪車の前輪を寄せ、近くの柱から下がったプラスチック製の鞄を引き剝がし、中に入った灰色のボンベと、そこにチューブで接続されたゴム製のマスクを急ぎ取り出して、夏の顔に押しつけた。夏がマスクの中で深呼吸したのを確認し、今度は自分の鼻と口に宛てがい、思いきり息を吸う。マスクを夏に返してボンベを肩に掛け、片手を前方へ伸ばし、消火起動箱を開いた。

黒いボールグリップのレバー。二本とも手前に引くと、天井のパイプのところどころに設置されたヘッドから、二酸化炭素が勢いよく噴き出した。その場に車体を方向転換させるだけの空間はなく、イルマは電動二輪車から夏を抱え降ろし、片腕で小さな体を守り、通路を引き返そうとする。

通路は炭酸ガスで真っ白に染まっていた。バイクのヘッドライトから離れるにつれ、足元さえ見えなくなった。息が苦しく、それは痛めた脇腹にしがみつく夏のせいもあったが、マスクを指先で軽く叩くと、歩きながら躊躇なく差し出してくれた。何度か繰り返すうちに、夏との息が合い、滑らかにマスクの受け渡しができるようになった。夏の方がこちらに合わせてくれている、という感覚があり、少女の純粋な聡明さに胸を突かれ、加島のいった言葉を思い出してしまう。

――養子縁組か何かで、この国に留めることができるなら……

だめだ、とイルマは口にした。まず第一に、生産施設から脱出すること。できなければ夏の可能性も未来も、この場で消え失せてしまう。

作業服の中を片手で探り、携帯端末を引き出した。ライト機能を呼び出して通路を抜け、ようやく空間らしい空間に出た。薄らと入口からの光が届くようになったが、天井からの炭酸ガスの噴射は今も激しく、階段がどこにあるのかさえ判断できない。それでも火の気はどの方向からも窺えず、何かが弾ける音も失せ、消火は成功したように思える。端末のライトをあちこちへ向けて見当をつけながら歩き、ようやく階段の手摺りをつかむことができた。自分の姿勢が傾いているのか建物が歪んでいるのか、あやふやな感覚の中、片方の腕を夏の肩に回して慎重に階段を降りようとする。夏からマスクを借りて一呼吸し、息を落ち着かせた。

夏の、イルマの腰に回した両腕に力が入った。階段を降りきると白煙が薄れて見え、開いた入口から外光が生産施設内に差し込み、自分のブーツも、夏のぼろぼろのスニーカーもはっきりと視認できる。夏が緊張する理由にも気がついた。

二人の足元の床から外へ、太い刷毛《はけ》で描いたような褐色の流れが続いている。それはイルマが施設内に持ち込み、夏が地下へ運んだ、少女の父親の遺体が移動した痕だった。避難経路を示す掠れた塗装のように、夏を導いている。

作業服にしがみつく、言葉を交わすこともできない異国の少女。重荷になっているのではなかった。二人の歩幅の違いをうまく調整し、歩みを揃えているのは夏の方で、今はもう要求しないうちから、ボンベに繋がったマスクをこちらが息苦しくなる前に渡してくれる。夏のことを体の一部のように感じ始めていた。一体となって出口を目指している。

二人の向かう先のガスが滲み、外光が長方形に輝いて見えた。未来そのものがそこにあるように思え、イルマも強く夏を抱き締めた。生産施設の唸りを背に、光の長方形へと、歩き続ける。

b

通路の床を固定する要所となる位置に、プラスチック爆薬の小片を急ぎ詰め込んでゆく。台風の衰えが予想以上に早く、作業の妨げになることはなかったが、連れてきた《協力者》が爆薬のビニール包装を少し破いただけで突っ立ったまま働こうとせず、これでは同行させた意味が全くない。作業を続けながら相手の行動を促そうと、もう百万を渡す、と告げた。

「だから、早く動き出せよ」

「……あんたは今回の件で、一体どれくらい稼いだんだ？」

《協力者》がそういい出し、

「新日本瓦斯開発の価値を落とす、とはいっていたけど……ここまで徹底的にやる必要があったのか？」

《鯨》との契約もある、という事情は《協力者》にも話していない。話せば、足元を見られることになる。《鯨》は、数回のメール交換を経てこちらがエレファント勤務の予定を認めた途端、その破壊工作をそそのかし始めた。肯定も否定もしないでいると、今度はいきなり、こちらの銀行口座に五百万円を振り込んだのだ。そして、爆発物の性能は保証する、というメールも。人民解放軍を擁するかの国もシェールガスの生産量は世界の上位に位置すると思い出し、あるいはこの国の「ＬＮＧハブ」構想を潰そうとしているのか、とも想像するが、特に興味のある話題でもなく、そのことを《鯨》に追及したりはしなかった。《鯨》はやがて、エレファントの損壊の度合いによって最高一億円を支払う用意がある、と知らせ、前金としてさらに五百万円を振り込んできた。断る理由も消えた。うまくいけば二重に巨大な利益が手に入るのだ。この爆薬の追加設置により、さらに崩壊が進む可能性もある。どの救命艇に逃げ込むべきか、真剣に退路も考えておかなければならない。《協力者》はすっかり覇気をなくしている。最初から破壊は徹底的に行うつもりだった、とは口にしなかった。説得するのが無駄な労力のように思えてくる。本当に逃げる必要がある場合には、同行させるより海へ蹴落とした方が簡単だろう。

次のポイントは、柱と床梁《ゆかばり》の接合部分だ。その効果を想像しなくては。

今も愚痴のような問いかけを繰り返す相手から黄土色の塊を奪い取り、服の内に仕舞った。すでに生産施設は鎮火されている。すぐにでも、イルマたちが姿を現すだろう。こちらの持ち分で工作を完成させるしかなかった。残り少ない爆薬を乱暴に千切り、手摺りから身を乗り出し、鉄骨との接続箇所に張りつけた。あんたのせいだろう、と《協力者》が再び口を開く。

「あんたが、このプラットフォームに薬物を蔓延《まんえん》させたんだ。今なら、分かる」

震え声で、

「始めから、売り手のあんたは皆を操るつもりで覚せい剤《アイス》を広めたんだろう。自分自身で使用しないのが、その証拠じゃないか」

今更の話にうんざりし、よせよ、といい返した。

「欲しいという人間がいて、伝のある俺が、安く売っただけさ。あんたにも、試してみるかとは訊ねたが強制したわけじゃない。だろう？　薬物のことは気にしなくていい。イルマはここで、命を落とす。下を見ろよ」

　爆薬を設置する手は休めず、

「より広範囲の通路を海へ落とすよう、工夫しているんだ。それにほら、柱の鋲と螺子が、うまい具合に生産施設へ向いている。きっと全部、フラグメントとして飛んでいってくれるぜ。これで、二重の仕掛けが揃った。完璧さ。もうあんたが、警察の目を気にする必要はないんだよ」

　あの小さな子供にさえ、と相手がいった。

「あの子にさえ、未来はあるんだ。アイスを売る親を亡くした、あの娘にだって」

　問い詰めるように、

「なら、俺にだって未来はあるはずだ。薬物で捕まったって、死ぬわけじゃない。やり直すことはできるはずだ」

　これ以上、《協力者》の泣き言を聞いている気にはなれなかった。無言でプラスチック爆薬の設置を終え、作業服の懐を探し、筒状の雷管を見付ける。無線通信アンテナの内蔵された雷管を鉄製の床、配置した爆薬の中心地点となる場所に埋め込んだ。

　起き上がり、相手を改めて見た。雨と汗にまみれた、追い詰められた人間の青白い顔。醜い表情をしている、と思う。相手へ念を押すつもりで、

「……違法薬物との関与を、会社に知られたいか？」

頰に着いた汚れを払ってやり、

「初犯だからって、執行猶予がもらえるとは限らないぜ。お前の未来を握っているのは、俺だ」

もう片方の手で、起爆スイッチとなる携帯端末をポケットの中で確かめ、

「命が惜しければ、早くそこから下がるんだな。邪魔をする気なら……お前も殺すぞ」

g

もう少し全体の状況が見える場所に移動するべきではないか、と考え、そしてまた、安全管理の責任者として右往左往するべきではない、という使命感が起こり、結局は風防の中で腕組みをして、顔を伏せていることになった。動いてはだめだ、と自分にいい聞かせる。人がこの場から離れるほど、再集合が困難になることは分かりきっている。

だからこそ、世田と志水だけを居住施設内の捜索に送ったのだ。それも、突然の行動に押し切られたようなもので、やはり止めるべきだったと何度も後悔していた。イルマたちの帰還だけを待てばいい、という状況にもう二人を付け足してしまったことになる。そして四人全員が消えたまま、今も戻っていない。風防内の他の社員たちを見回した。副所長と掘削監督と西川と中島は、ずっと四人で話し込んでいる。伍藤の位置からはよく聞こえ

なかったが、三人からの、例の売人の子供についての質問に中島が答える、という格好のようだった。加島はこちらと同じように腕を組み、風防にもたれている。加島の火傷の具合が気になったが、本人の眉間に深く刻まれた皺を認めると、そっとしておいた方が無難だろうと思えた。

最年少の林一人がその場で膝を抱え、座り込んでいた。両膝に顔を埋め、ひどく疲労した様子だったが、今になって伍藤は、林はその姿勢で泣いているのでは、と訝しみ始めた。遠くで破裂音が連続して鳴った。この場の全員の耳にも入ったらしく、それぞれが反応を示した。副所長と西川と中島は首を伸ばし、加島は一瞬顔を上げ、林は座り込んだ姿勢のまま丸めた背中を膨らませ、大きく深呼吸をした。

伍藤はまた、風防から出て自身で確かめにいきたい、という欲求と戦わなければならなかった。動くべきではない、ともう一度自分へ向けていう。あの刑事なら、と考えていた。

——イルマなら、本当に生産施設内の消火起動箱まで辿り着けるのでは。

期待しているのだ、と自覚する。エレファントに次々と降りかかる災難を、イルマの来訪が原因と考えるよう自らへ仕向けていたのを認めなくてはならない。

事件捜査へ積極的に協力しようとせず、問題の解決に少しも貢献しなかったのは誰だったのか。

建造物の傾きは止まったようだった。だが、これ以上強い衝撃が加わった時には支柱がもたず、崩壊が再発するだろう。もしもこのプラットフォームに全壊を免れる未来が存在するなら、それはイルマの働きがもたらす結果でしかあり得ない。

その結果をただ待っているだけの自分が、不甲斐なかった。そもそもここにいるのがHSE統括部長の自分であり、娘であってもおかしくない年齢の警察官が生産施設へ向かった、という状況自体が誤りなのだ。

息苦しさを感じ、ネクタイを緩めた。ふと、エレファント全体の空気が変わったように思えた。気のせいかとも考えたが、何度も聞こえていた破裂音が途絶え、設備の燃える臭いが薄れ、潮の香りが蘇っている。まさか、イルマは本当に。

思わず風防の外へ出ようとした伍藤の袖をつかむ者がいた。振り向くと、

「……お話があります」

林が、泣き腫《は》らした赤い両目で伍藤を見詰め、

「本当の犯人は、まだ生きているんです」

驚きの余り伍藤は返事ができなかった。何だと、と低い声を発し、加島が風防から背を離した。

i

生産施設の外は雨も風もほとんど止み、夜気も失せ、晴れた空が頭上に広がる穏やかな景色が存在し、まるで長い異世界での争いから生還したような気分をイルマは味わった。ようやくエレファントの上げる悲鳴も止んだがその傾きは大きく、居住施設側と比べると、プラットフォームの北西側が沈み込んでいるのが分かる。支柱の一本が海の中で湾曲している、ということだろう。見上げると生産施設の二階部分が向こう側へ滑り動いた形跡があり、段差が生じていた。ふと、脳裏に疑問が浮んだ。

なぜ《ボマー》は最初から、直接生産施設内に爆薬を仕掛けなかったのだろう……

背後からは炭酸ガスが流れ続けていたが、自由に息をすることはでき、思わずマスクを外した夏と顔を見合わせてしまう。口元を緩めると、柔らかい笑みが返ってきた。夏の肩を片手で抱いたまま居住施設へ向かおうとしたイルマは唐突に違和感を覚え、夏の体を押さえて足を止めた。

通路の先に、作業服姿の二人が並んで立っているのが見える。その雰囲気が、どこか奇妙だった。夏も前方の二人と、その異質さに気付いたらしい。体を硬直させた。

「イルマさん、危ない」

と七、八メートル離れた位置から大声を出したのは二人のうちの、志水の方だった。

「早く、移動してください。足元に、爆弾が仕掛けられている」

「だめです」

と強く遮ったのは世田で、

「動いてはいけない。通路が海へ落ちるよう、仕掛けがされているんです」

「携帯端末で、起爆するようになっている。僕を信用してください。仕掛けたのは、世田だ」

「志水、やめろ。これ以上は、もうだめだ」

「世田は、新日本瓦斯開発関連の株を大量に空売りしているんです。株価を下げて、膨大な利益を得るつもりでいる」

「株で利益を得ているのは、あんただろう。この場にいてエレファントの事故に巻き込まれるのを、最大の現場不在証明《アリバイ》にするつもりで。そうだろう」

――そう。その決着が、まだついていない。

イルマは自分の顔に、皮肉な笑みが浮かぶのを意識する。被疑者の方から、わざわざ出向いてくれたのだ。二人の被疑者。そのうちの一人が、本物の《ボマー》。

肩に掛けていたボンベを足元に置き、世田と志水のいい争いを、しばらく黙って聞いていた。不安そうな顔を向ける夏の眉尻の、剝がれかかった絆創膏の端を貼り直してやる。

彼らは、限りなく状況を分かりやすくしてくれた。誰が真犯人だったのか。全ての筋道が整い、視界が開けたのを感じる。あの時、夏の父親が嵐の中、生産施設からドリルフロアまで出ていった理由。《ボマー》が爆薬を生産施設に仕掛けなかった、そのわけ。

もういいよ、と二人へ声を投げた。

「三文芝居を観ているのもさ、それなりに愉快ではあるけどね」

夏を、そっと背後へ隠し、

「考えてみれば、明らかじゃない？」

二人の挙動に目を離さず、

「火傷を負った大津木一人が器用に逃げ回って、エレファントのあちこちにうまく隠れるのは難しい。でも、協力者がいればずっと簡単になる……逆にいうと、その者が大津木を操っている、ってことだよね。たぶん、一連の事態全部をコントロールしている。そう考えてみれば、最初からコントロールの気配はあった」

《ボマー》の顔に動揺がよぎったのを、イルマは見逃さなかった。

「あなたはほとんどの時間、私の周囲にいた。遺体を回収する時も。大津木を確保した際も。医務室でも。爆発の現場を、いちいち確かめにいっていた。実際の被害を確認していたんだよね？　つまり世田、あなたはずっと私を監視していたことになる。でも……それは監視だけ」

二人分の、真剣な視線がこちらを刺すように、注がれている。

「認めるよ。私もあなたに、少なからずコントロールされていたことを」

《ボマー》の緊張が増してゆくのが、手に取るように分かる。

「エレファント内での仕掛けは、ずっと前から始まっていたんだ。マルウェアを仕込んだ時から。ずっと機会を窺い、やがて台風が近付いて来た。計画通り……綻《ほころ》びが生まれたのは、喬木の死。でしょ？　そしてあなたは、遺体の第一発見者となった」

軽く手を挙げて指差し、

「犯人はあなた。志水」

「僕が、ですか」

無線通信士が聞き返し、

「僕は何も、あなたの捜査の邪魔をしていないでしょう」

困惑の顔付きで、

「たったそれだけの、限られた状況を根拠に犯人と決めつけるのですか」

「三文芝居、っていったけど……なかなかだと思うよ。特に、どんな状況でも諦めず逆に利用する、って気持ちの強さが、さ」

これ以上、無駄な時間をすごすつもりもなく、

「最初から売人を殺す気だったんでしょ？　あの時、私も時限式の起爆に巻き込めたら、きっと最高だっただろうね」

「何の話をしているのか、全然……」

「簡単。すぐに理解できる話。隠れていたはずの売人が、どうして身を晒したか。嵐にボートを破壊されて、それを取引相手に知らせる必要があったから。で、彼はなぜ、ドリルフロアにいたのか。売人の携帯端末は、その時すでに故障していた。たぶん、ボートからエレファントに上がった際に壊したのね。爆死した時点で壊れたのなら、作業服の中であれほど水に浸ることはないはず。つまり……彼はあなたと連絡を取るための手段を失っていたことになる。そんな時、どうすると思う？　どうしても早急に、相手と会わなければいけない時には。台風、という要素がなければ、当然の発想」

イルマは声を大きくして、

「売人は、相手の視界に入ろうとした。その姿を見付けることができるのは、監督室にいる人間だけ。あの場では掘削監督と私と、あなた以外いない。売人は、いつも取引相手がその部屋でプラットフォームを見下ろしている、と知っていたってわけ。そしてこの場に、掘削監督はいない。どう思う？　それに……エレファントの破壊は居住施設からガスパイプを通して行われた。マルウェアまで用意して。なぜ直接、生産施設に爆薬を仕掛けなかったか。答えは不自然だから。無線通信士が生産施設にいるのは不自然。違う？」

「裏付けもなく判断するのは……」

「裏付け？　そう。その通り。捜査で一番大切なもの」

携帯端末を相手に掲げてみせ、

「最初に食堂で、あなたたちを聴取したでしょ？　エレファントが台風の目に入った時、当然私は、交通違反も含めた過去の経歴を捜査一課に問い合わせているの。氏名と生年月日を基に、検索してもらった。証言との間に矛盾がないかどうか、って話なのだけど、行政処分と前科の記録は警察庁のデータベースに存在しなかったんだ」

運転免許証の情報まで存在しない者もいた。けれどその話は、今は関係がない。

「でも、考えてみたらさ、《ボマー》としての犯罪記録が残っているとしたら前科ではなく、偶発的な事故として処理された可能性が高いよね。前科になっていたら、今も警備部にマークされているはずだし、きっと国家的プロジェクトにも参加できないもの。で、事故の線から改めて照会をかけてみようと思うのだけど、どう思う……」

志水が、視線を逸らした。作業服のポケットに片手を差し入れたのが分かった。イルマは志水の意図を察した。起爆装置の操作を阻止しようとした世田を、志水が突き飛ばす。

志水のその動作がわずかな隙となり、イルマの退避の時間を稼いでくれた。

夏を抱えて転がるように生産施設の中に戻り、壁の陰へと滑り込む。次の瞬間、衝撃が空気を震わせた。金属が割れ、剝がれ、砕ける様が大音響で伝わり、生産施設の内側を覆う防火パネルに連続して硬い何かの突き刺さる音が轟いた。再び施設全体が傾斜し始め、イルマは夏を抱き締めて瞼を閉じ、体を強張らせる。歯を食い縛り、そして傾きが止まったことに気付いた。周囲が静まり返っている。

腕の中で頭を抱える夏も顔を上げた。イルマは立ち上がり、ホルスターバッグから銀色の自動拳銃を手に取って夏へ頷き、少女をその場に残して施設の外に出た。銃の安全装置《セイフティ》を親指で解除する。今すぐに決着をつけてやる。

灰色の煙とともに、火薬の臭いがエレファント上に漂っていた。通路がすぐ目前で分断され、大きな間隙《かんげき》が空いている。その上に転がっていたはずの、生産施設の鉄扉も消えていた。向こう側の通路では、床に伏せた志水が起き上がるところだった。

拳銃で狙いをつけながら、イルマは四、五メートル分の空間の手前、断ち切られた通路の端まで慎重に進んだ。模造品の自動拳銃の照準精度に自信が持てず、志水の足元に座り込む世田へ弾が逸れる可能性もあり、離れた位置からは発砲することができない。

灰色に煙る通路の奥からもう一人、大柄な人影が近付いて来るのをイルマは見た。加島だ、とすぐに分かった。体を傾けた苦しそうな姿勢で、それでも足早に生産施設へと向かって来る。加島の、怒りに満ちた形相に気がついた。接近する人物の気配を察し、振り返った志水が喉頸《のどくび》を加島に両手でつかまれ、空中に吊り上げられた。加島の勢いは、志水を鉄柵越しに湾上へ放り捨て兼ねないほどで、イルマは大声で、待て、と警告を送る。

「加島、手を出すな。そいつは警察が確保する」

「こいつがプラットフォームを破壊して……そして、夏の父親を殺したんだ」

加島の、夏に対する感情はイルマにも理解できたが、それ以上の暴力を許すわけにはいかなかった。

「……手を放せ」

苦しげな声を上げたのは宙に差し上げられた志水で、加島へ黄土色の何かを突きつけ、

「あんたまで、吹き飛ぶぞ」

破れたビニールの中に収められた、粘土状の物体。ひと塊の——プラスチック爆弾。

加島も、土塊《つちくれ》のようなその武器が内包する威力に気付いたらしい。気勢を殺《そ》がれた様子で、ゆっくりと志水を通路に降ろした。志水は喉を押さえながら、

「死にたくなかったら……俺から離れるんだな。本気だよ。こっちの今の状況を考えたら……分かるだろ？」

濁った声を張り、

「この世に未練はないのか？　加島さん。いつもは何ごとも自分とは関係ない、って顔をしているのにな……離れろ、っていってるだろ。あんたのことも調べてある。五年前に娘を亡くしているな？　すぐに会いにいくこともできるさ。俺とこのまま地獄にいく覚悟があるなら、近寄るといい」

加島が数歩分、後退った。歯を食い縛り、次の行動に迷っているのが、離れていても見て取れる。世田が床にへたり込んだまま、志水から少しでも身を離そうと慌て、もがいて

いる。志水が、その場でゆっくりと一回転して、それぞれの手に持った爆弾と携帯端末を誇示してみせる。志水は恐らく、このまいずれかの救命艇に一人で乗り込み、エレファントから退場し、姿をくらますつもりだろう。その他に、逃げおおせる手段はない。

やってみるといい、とイルマは思う。できるものなら。

イルマは数歩分後ろに下がり、自動拳銃の引き金から人差し指を外して銃把を握り締め、そして駆け出し、跳び上がった。

遥《はる》か下方の海が、視界の隅を横切る。崩落した数メートル分の間隔を一気に越えた。その勢いのまま、為す術もなく立ち尽くす《ボマー》にぶつかり、突き倒した。仰向けに転倒した志水の体に、イルマは馬乗りとなって、

「やってみせてよ。さあ」

犬歯を剝き出し、相手の額に銃口を押しつけ、両目を覗き込み、

「その、離れた場所からしか使えない憶病者の武器で、さ」

志水はしばらくの間、ただ口を開けてイルマの顔を見返していた。やがて、

「……もし、もっと雷管を用意していたら」

満面の笑みを浮かべ、

「一緒に吹き飛ぶことができたのに、な。それとも、お前が火を点けてくれるか？」

雷管の仕込まれていないプラスチック爆薬が、ほとんど起爆の性能を持たない——逆説的だがその利点は、簡単には起爆しないという特性にある——ことはイルマも知っている。志水の反応にイルマは興醒《きょうざ》めし、

「やっぱり無理。私とは釣り合わないから」

伍藤のつぶやきを思い起こし、

「あなたは小物だもん。他に黒幕がいても、おかしくないくらいの……後で全部聞かせてもらうから。それに」

少しだけ宇野の面影のある、顎の細い顔を見下ろし、

「私が火を点けるとしたら、私自身にだけだよ」

イルマは銃を持っていない方の手で、自分の胸元を指差し、

「そういうハートを持った正義のヒロイン、ってこと」

体を起こし、自動拳銃に安全装置を掛け、ホルスターバッグに仕舞った。こちらの様子に、志水が一瞬気を抜いたのを見逃さず、その鼻柱に思いきり、イルマは額を叩き込んだ。志水が爆薬と端末を放して両手で顔を押さえ、指の隙間から血が溢れ出した。手加減なしの一撃はこちらの頭までくらくらさせたが、素振りにはみせず、俯せになるよう命じ、後ろ手に結束バンドを巻いて拘束し、爆薬と端末を押収してそれらもバッグに押し込んだ。志水の鼻血の止まらない顔は鼻骨が折れたかもしれず、

「過剰な暴力だ」

涙と鼻血に塗《まみ》れた顔を上げ、忌々しげに、

「必ず、訴えるからな」

「やれば？　女性警察官の頭突きを喰《く》らって泣いちゃいました、って。ああ、でも今の激突は、体勢を崩して偶然倒れ込んだ、単なるアクシデントだよ」

「あんた、友人はいるか？」

《ボマー》は無理に笑顔を作り、

「いずれあんたも、あんたの住む世界もまとめて……」

志水のうわ言は聞かず、淡々と作業服を探って幾つかの所持品も押収した後、手摺りを頼りに立ち上がった。通路に座り込んだままの世田が醒めた表情でどこかを見詰めていて、視線を追って振り向くと、生産施設の入口から夏が顔を覗かせている。世田へ、

「……何かいいたいことがあるなら、聞くよ。一応いっておくけど、発覚前の犯罪について自発的申告をした場合、自首として扱われるからね。刑が減軽されるかも」

世田が、無表情のまま頷いた。他にかけるべき言葉も思い浮かばず、もう一度全身を動かす決心をし、志水は床に伏せたままにしておき、イルマは助走をつけて通路の崩落部分を飛び越え、生産施設側に戻った。

夏の傍まで歩み寄り、その時になって、自分の体内にほとんどエネルギーが残されてい

ないのを知った。体中が痛み、急に何倍も歳を取ったように感じる。施設の壁を背にして座ると、夏も隣で同じようにした。背中に、建物の軋みが伝わってこないことに気付く。夏と目を合わせる。少女も、疲れた顔をしていた。そしてイルマの内側に、改めて寂しさが浮かび上がった。この少女には、どんな未来が待っているのだろう。たぶん夏は貧しい農村部に属し、教育はほとんど受けておらず、そして父親はもう、この世に存在しない。どすん、と大きな音が聞こえ、見ると加島がこちら側に渡って来ていた。イルマは呆れ、

「あなたがこっちに来て、どうするの」

今もまだ少し痛みの残る様子の大男へ、

「梯子か何かを持って来て、通路の間に掛けてくれたら、夏をあっちへ運べるのに。こっち側の方が危ないじゃん」

加島は困ったように頷いたが、通路の奥を顎で示し、そこにも救命艇はある、と主張して夏の前に屈み、北京語で話しかけた。何度かぎこちなく言葉を交わすと、互いに納得したように会話が途切れた。その内容も気にはなったが、

「火傷の具合は……」

加島はこちらの質問には答えず、夏の方を見たまま、

「……カオル、といっていた」

その名前に、イルマの心臓が高鳴った。

「あんたが、螺旋階段から転がり落ちそうになった時に。あの時、俺はすぐ後ろにいたんだ。呼びかけても、あんたは何の反応もなくて……それに、凄く悲しそうに見えたよ。だから気になってな」

「……弟の名前」

隠すつもりもなかったが、思い起こすと目の前が暗くなるように感じられ、

「海で亡くなったの。ずっと前に」

「そうか」

しばらく黙り込んだ後、

「……志水のいった通りだ」

加島は夏の短い髪の毛を無造作に撫《な》でて、

「俺は娘を亡くしている。一人娘だった。だから……あんたのいう通り、夏に感情移入しているのは確かだろうな。てっきり、少年だと思ったんだが」

クレーンの操縦席に貼られた、少女の写真。短めの髪。意志の強そうな眉。少し、夏と似ているかもしれない。イルマはその話を持ち出す気になれず、代わりに、

「医務室でいいかけていた話を、聞かせて」

「……何の話だ」

「聴取した社員全員の経歴を、警察庁に照会したのだけど……あなただけ本当に、交通違

反も含めて何も記録が存在しない。で、あの時、あなたは確か……」

「加島は本名じゃない。そう。それも本当の話だ」

視線を逸らして、

「本当の名は、シイマという。以前にいた組織から隠れるために……という話はしたな。で、どんな罪になるんだい……」

「文書偽造」

イルマは全身の痛みを和らげようと、座ったまま伸びをして、

「ただ、会社側が把握している場合、誰かを騙《だま》したことにはならないから。実際に問題になるのは、詐欺行為の被害が発生した時でしょうね……今更、偽名の罪が気になる?」

「……助けてやりたい人間が、できたもんでな」

夏に、触れられるのを嫌がる素振りがあり、シイマが慌てたように手を離した。

「いったでしょ。彼女がどう考えるかは……」

「分かっている。夏は自分の国へ帰るだろう。その後でも、助けてやることはできる。それを受けるかどうか、決めるのは夏だ」

大切な女性、ってわけね。イルマは苦笑し、

「……あなたはあなたで、逃げているんでしょ。暴力団対策課《ボウタイ》を紹介するよ」

そうだな、と気のない調子で大男が答えた。やれやれ、とイルマは思う。いい男ってい

つも先に、誰かに取られているんだよね。

夏が、何かを手のひらに取り出して見せた。ミニカーだった。黄色のブルドーザー。

「父親から弟への、プレゼントだそうだ」

シイマがそう、教えてくれた。

「母親はいないらしい。だが、弟は祖父と住んでいる、という」

夏がミニカーを握り、空を見上げた。イルマも同じように、青空を仰ぐ。夏の戻る場所が、たとえ山間の寒村だとしても、道はどこかに繋がっているはずだ。うまく想像はできなかったが、それでもやはりどこかには、必ず繋がっている。

隣に座る少女が、何かに耳を傾けているのが分かった。やがてヘリコプターの回転翼の音が、イルマの聴覚にも届いた。

g

傾いたヘリパッドに、海上保安庁の操縦士は、器用に中型の回転翼機を着陸させた。頭上の遠くでは、もう一機のヘリコプターが待機している。

救助、という名目を考えれば、新日本瓦斯開発のヘリや警視庁の航空隊よりも第三管区の海上保安官が先着するのは当然といえば当然だったが、空に見慣れた機体の姿は窺えず、上空からの事故調査撮影も行わない会社の姿勢に、伍藤は不満を覚えていた。

いったん、収容した社員と子供と《ボマー》を陸へ運ぶために、目の前のヘリが先発する手筈となった。海上保安官とともに誰か一人、エレファントに残る必要があり、その人選についてイルマと口論となり、さらには最年長の西川までが出しゃばって揉めたが、伍藤は引き下がらなかった。

西川は上司でもある伍藤に刃向かうのを諦め、文句をつぶやきながらも回転翼機に乗り込んだ。建造物の倒壊は止まっていたが、いつまた傾き始めるか分からず、その心配で海上保安官たちが気を揉むのも構わず、イルマは最後の一人となることを主張し続けた。

「あのさ」

少し顎を上げて喋る女性警察官の態度はもう見慣れたもので、

「あなたは一般市民。でしょ？ さっさと乗り込んでよ。そうしないと、話が先に……」

「私が、エレファントの全ての安全に関する責任者です。海底からデリックの先端まで。その足元も」

鋭い目付きを、両目を細めて睨み返し、

「部外者は早く、出ていってもらいたい。あなたには、志水を警察へ連行するという役目もあるのでしょう」

中型の回転翼機の定員には、まだ余裕があった。しかし居住施設内の遺体を地上へ搬送するためには、誰かが医務室まで海上保安官を案内する必要がある。無毒とはいえ、メタンガスの流出も完全に停止させておくべきだった。

「陸に運びさえすれば、警視庁の人間がすぐに駆けつける」

イルマはあくまで頑固に、

「なら、私もここに残る。それでどう？」

「ごめんですね」

回転翼の轟音に負けないよう、伍藤はいっそう声を張り、

「あなたと一緒に、ヘリに乗るなんて」

「……いったな」

イルマの口元が、綻んだのが分かった。何かいいかけるが首を竦めて踵を返し、操縦士へ頷いて足早に回転翼機に歩み寄り、誰の手も借りず、素早く自分の体を引き上げた。

伍藤が、施設の消火感謝いたします、と大声で礼をいうとイルマはそっぽを向き、その大袈裟な態度で応えたようだった。

すぐに扉が閉まり、白色と水色で塗装された機体が雲のない空へと浮上する。

旋回し、陸へと向かう様子を伍藤はしばらくの間、見詰めていた。

■取材協力　徳弘　崇

(この作品『捜査一課殺人班イルマ　ファイアスターター』は平成二十九年五月、小社より四六判で刊行されたものです。文庫化にあたり、一部を加筆・訂正しました。なお、この本作はフィクションであり、登場人物および団体名は、実在するものといっさい関係ありません)

一〇〇字書評

切・り・取・り・線

購買動機（新聞、雑誌名を記入するか、あるいは○をつけてください）	
□（　　　　　　　）の広告を見て	
□（　　　　　　　）の書評を見て	
□ 知人のすすめで	□ タイトルに惹かれて
□ カバーが良かったから	□ 内容が面白そうだから
□ 好きな作家だから	□ 好きな分野の本だから

・最近、最も感銘を受けた作品名をお書き下さい

・あなたのお好きな作家名をお書き下さい

・その他、ご要望がありましたらお書き下さい

住所	〒				
氏名		職業		年齢	
Eメール	※携帯には配信できません	新刊情報等のメール配信を 希望する・しない			

この本の感想を、編集部までお寄せいただけたらありがたく存じます。今後の企画の参考にさせていただきます。Eメールでも結構です。

いただいた「一〇〇字書評」は、新聞・雑誌等に紹介させていただくことがあります。その場合はお礼として特製図書カードを差し上げます。

前ページの原稿用紙に書評をお書きの上、切り取り、左記までお送り下さい。宛先の住所は不要です。

なお、ご記入いただいたお名前、ご住所等は、書評紹介の事前了解、謝礼のお届けのためだけに利用し、そのほかの目的のために利用することはありません。

〒一〇一－八七〇一
祥伝社文庫編集長　坂口芳和
電話　〇三（三二六五）二〇八〇

祥伝社ホームページの「ブックレビュー」からも、書き込めます。

http://www.shodensha.co.jp/bookreview/

祥伝社文庫

捜査《そうさ》一課《いっか》殺人班《さつじんはん》イルマ　ファイアスターター

平成31年4月20日　初版第1刷発行

著　者　結城《ゆうき》充考《みつたか》
発行者　辻　浩明
発行所　祥伝社《しょうでんしゃ》
東京都千代田区神田神保町3-3
〒101-8701
電話　03（3265）2081（販売部）
電話　03（3265）2080（編集部）
電話　03（3265）3622（業務部）
http://www.shodensha.co.jp/

印刷所　堀内印刷
製本所　積信堂
カバーフォーマットデザイン　芥 陽子

 ISBN978-4-396-34511-2 C0193